Mircea Eliade
Isabelle
und die Wasser
des Teufels

Roman

Aus dem Rumänischen von
Richard Reschika

Insel Verlag

Titel der rumänischen Originalausgabe:
Isabel și apele diavolului, București: Editura Națională Ciornei, 1930
© L'Herne et Librairie Arthème Fayard, Paris 1999
(*Isabel et les eaux du diable*)

Dem Bruder Mihail
und der blinden Bettlerin Lalù
aus der Babu Street
widme ich dieses Buch.
    Bengalen, April–August 1929

I. Ewige Jugend ...

Mein Alter kenne ich nicht. An meine Kindheit kann ich mich nicht erinnern. Die Sprache meines Volkes habe ich vergessen. Geboren wurde ich in einem Land des Nordens. Es gab eine Stadt, in der Passanten sich mir näherten, um mit mir zu reden. Auch von einem Mädchen mit fremdländischem Namen weiß ich, doch wie es hieß, habe ich vergessen. Ich habe alles vergessen.

Die Stadt gefällt mir nicht. Sie ist zu ruhig für meine Jugend. Man hört nur die Stimmen der Arbeiter, und die Stimmen machen mich traurig. Die Arbeit ist hart und hohl!

Warum muß ich in einem fremden, armseligen Zimmer, in einem öden Hotel bleiben? Noch sechs Stunden, nur sechs.

Ich habe das Schiff auf dem Kanal gesehen. Es ist riesig und schwarz. Es ist schön, weil mein Herz vor Freude raste, als ich das Schiff erblickte.

Hotel de la Poste – was für ein blöder Name! Ich bin im Zimmer auf und ab gegangen. Was soll ich sonst tun? Das Fliegennetz des Bettes beschwört etwas Hochzeitliches herauf. Das Mädchen aus meinem Land wird einen Mann gefunden haben...

Ich langweile mich. Das Schreiben macht mir keinen Spaß mehr. Warum soll ich schreiben? Port Said ist eine unnütze Stadt.

Ich bin der »Doktor«, sie ist »Fräulein Roth«. Der gleiche Weg? Wir haben Glück, die Intellektuellen und die jungen Leute. Indien? Indien? Weshalb hat sie soviel gelacht? Sie sagt mir, daß sie es kennt, ach, nur allzu gut kennt. Acht Jahre lang Professorin für Kunstgeschichte an der Universität von Kalkutta. Die Neuigkeit, die sie mir berichtet, wirft mich nicht um; das Schiff hat einen halben Tag Verspätung, der Kanal ist gesperrt. Unglücklicherweise gibt es hier, in Port Said, nichts zu sehen. Sie kennt die Stadt: Der Strand ist armselig, die Straßen schmutzig, ohne jedoch malerisch zu sein, die Menschen sind arm und dumm, das arabische Viertel und das der Prostituierten mittelmäßig. Wer Roland Dorgelès gelesen hat, muß in Port Said nicht mehr haltmachen.

»Ich aber habe ihn nicht gelesen, *Fräulein* Roth, ich habe nichts gelesen. Und Port Said gefällt mir. Es riecht nach fauligem Holz, nach feuchten Kohlen und nach ranzigem Öl, der einzige Geruch, der mich befriedigt, seitdem ich Piräus verlassen habe. Der Strand ist nicht sauber, weil wir nicht in Dänemark sind, doch Sie müssen zugeben, daß dieses geborstene Faß das schönste ist, das Sie jemals zu Gesicht bekamen. Die Araber haben keine Ähnlichkeit mit jenen aus der Wüste, aber ich ziehe sie den anderen vor, weil man all jene auf Filmen festgehalten hat. Die Prostituierten hingegen sind, mit Verlaub gesagt, *Fräulein* Roth, wunderbar.

»Doktor!«

»Oh! *Fräulein* Roth, ich möchte Ihnen das beschämendste Bekenntnis machen: Ich bin jung, jung, und Sie, verzeihen Sie, *Fräulein* Roth … Wie alt sind Sie? Außerordentlich, außerordentlich. Wie können Sie überhaupt noch am Leben sein? Ich bin erst fünfundzwanzig. Die Welt bereise ich zum allerersten Mal, und meine eigentliche Unschuld verliere ich jetzt.

»Oh! Doktor!

»Erschrecken Sie nicht. Ich rede selten, dann aber viel. Bin ansonsten jedoch harmlos...«

»Und greifen mich trotzdem an?«

»Warum haben Sie Roland Dorgelès gelesen? Möchten Sie mit mir zusammen Port Said wiedersehen?

»Das wäre eine unnötige Anstrengung...«

»Warum können Sie kein Rumänisch? Ich würde Ihnen eine schöne Geschichte erzählen. *Tinerețe fără de bătrînețe*... Nur soviel. Den Titel übersetze ich Ihnen nicht. Erlauben Sie mir, in Ihr Notizheft zu schreiben – was für ein schönes Notizheft...! – nur diese Worte. Sie könnten sie im Wörterbuch nachschlagen. Doch hören Sie nur, wie vielsagend sie sind: *Ti-ne-re-țe fără de bă-trî-ne-țe*...

»Ti-neu-re-dze... Doktor, Sie werden sentimental.«

Wir sind zusammen umhergezogen.

Ich habe ihr gestanden, daß ich von den Toten auferstanden bin und mein Teufel mich jahrelang auf übelste Art und Weise beherrscht hat.

»Ist der Teufel eine Frau gewesen?«

»Nein, *Fräulein* Roth, ganz und gar nicht. Der Teufel war ein Lebewesen mit Flügeln und Hufen, mit Geist und Atem. Und ich habe gekämpft, *Fräulein*, gekämpft; mich gequält, gebändigt und verzehrt.«

»Und haben Sie ihn besiegt?«

»Nein; ich bin erwacht, das war es; ich bin erwacht. Ein Wohltäter hat mich mit dem Wasser des Lebens besprengt. Der Teufel ist verschwunden, einfach davongeflogen. Als ich erwachte, wußte ich, daß er *nicht existiert*, daß er lediglich eine Vorstellung oder ein Begriff ist.«

»Und jetzt?«

9

»Jetzt bin ich jung, am Leben und ich selbst, *Fräulein*.
Gestatten Sie mir, Ihnen zu sagen, daß ich jung bin. Das
ist langweilig, nicht wahr? Doch die Freude ist so groß
für mich… Ich weiß nicht, wie ich es ausdrücken soll.
Aber stellen Sie sich vor, Sie würden *in diesem Augenblick* geboren werden, mit Ihrer jetzigen Seele, Ihrem
jetzigen Verstand. Was würden Sie empfinden, während
Sie fühlen und verstehen, daß Sie auf die Welt kommen?
Nein, nein, das ist ein blöder Vergleich.«

»Kennen Sie andere?«

»Was für eine dumme Frage…«

Wer bin ich?

Warum habe ich ein neues Heft angefangen, wo doch
die alten noch nicht voll sind?

Warum habe ich die Gedanken aufgegeben, die mich
bis jetzt ausmachten?

Das neue und glückliche Gefühl, die Persönlichkeit
gewechselt zu haben; ich werde ein Doktor, ich bin ein
Doktor, ich bin nicht mehr ich, mit einem Nach- und
Vornamen, sondern ein Doktor. Der Rest geht verloren.
Der Dilettantismus meiner Kultur erhält einen wissenschaftlichen Schliff. In den Armen des neuen Wortes
wächst ein neues Geschöpf heran.

Fräulein Roth ist nicht schön. Ich glaube, sie hat
schwarze Augen, obwohl sie Wienerin ist. Sie lacht und
weiß viel, doch sie hütet sich davor, vertraulich zu werden.

Das Abendessen im Salon des öden Hotels wäre mir
ohne sie unerträglich erschienen. Doch ich mußte mich
ärgern. Weshalb soll ich bloß aufgrund der Bücher existieren, die ich gelesen habe?

»Ach, Sie verstehen mich nicht, Doktor! ... Für eine Frau existieren alle Männer, und alle sind interessant. Alle Männer haben in den Augen einer Frau eine Persönlichkeit. Aber nicht alle verstehen es, Krebse oder weiche Eier zu essen, nicht alle verstehen es, sich zu kleiden und dabei der Mode und dem Grotesken auszuweichen, nicht alle wissen, was sie lesen sollen, und nicht alle besitzen den Mut, einen Gedanken zu Ende zu denken.

»Ach, *Fräulein* Roth, Sie irren sich... Demnach unterscheide ich mich von einem Matrosen nur durch die Tatsache, daß ich Ihnen jetzt nicht die Glieder breche, und von einem Snob nur dadurch, daß ich Kupferstiche sammle und Bücher lese, anstatt mein Leben in Betten und Bars zu vergeuden...?«

»Nein, nein; vom ersten unterschieden Sie sich, weil Sie keinen Urinstinkt mehr besitzen; vom letzten, weil Sie einen neuen Instinkt erworben haben, einen für das Dasein zwar unnützen, aber vollkommenen Instinkt. Interessant sind die Instinkte, nicht die geborgten Lebensformen. Aus diesem Grund werden Sie – ganz gleich, wie lange Sie unter Matrosen leben würden – niemals den Mut aufbringen, eine unbekannte Frau zu vergewaltigen, noch die Grausamkeit, sie zu schlagen.«

»Oh! *Fräulein* Roth...«

Halb lächelnd, halb verträumt fügte sie hinzu:

»Im übrigen eine köstliche Grausamkeit, ein unentbehrliches Lebenselement für gewisse weibliche Genies.«

»Lassen Sie uns hier aufhören, *Fräulein*, denn andernfalls hätte ich zu viel über gewisse Frauen zu sagen, über die Sünden derartiger Genies...«

Sie lächelte. In der Abenddämmerung wurde der Hafen schön. Beide warteten wir darauf, uns vom Ufer zu lösen. Mir kam das Ereignis wie eine prometheische Erschütterung vor. Sie begnügte sich damit, zu lächeln, bei dem Gedanken, die Villa, die Bibliothek, zwei Freunde, vielleicht sogar viele Freunde wiederzufinden.

Wir reisen im selben Boot ab, steigen dieselbe enge, an Seilen befestigte Treppe empor. Der Bordoffizier überprüft unsere Pässe und Fahrkarten. *Fräulein* Roth schaut sich meine erstaunt an. Dann drückt sie mir hastig die Hand, irgendwie verlegen, da man sie dabei beobachten könnte. Sie geht nach links, durch einen weißen Korridor mit großen Lampen. Träger mit schweren Koffern eilen ihr nach.

Ich breche nach rechts auf, mit einem einzigen Gepäckträger. Steige einige Stufen hinab und stoße auf die Reisekameraden der dritten Klasse ...

Fräulein Roth hat eine Kabine reserviert, eine Kabine in der ersten Klasse.

Es vergehen Tage und Nächte. Ich bin immer noch munter, immer noch jung. Auf dem Deck verbrennt mir die Sonne die Haut. *Fräulein* Roth treibt sich in der ersten Klasse herum. An mich will sie sich nicht erinnern. Natürlich amüsiert sie sich überhaupt nicht mit jenen jungen Leuten, die teure Zigaretten rauchen und den Sportnachrichten aus dem Radio lauschen. Doch der Weg zu mir ist sehr gefährlich ...

Nein, nicht alle auf Deck gesammelten Gedanken und Gefühle finden Platz in diesem Heft. Ich habe dieses Heft wie ein neues Leben begonnen. In ihm kann ich nicht alle Notizen unterbringen, die mit der alten Seele verbunden oder ihr entsprungen sind.

Ich werde wieder unruhig, frage mich erneut, ob ich eine Seele habe oder nicht, und abermals entsetzen mich ihre Begrenzungen. Ich bin frei, und dies genügt mir. Meine Siege bestehen aus der Ignoranz und der Verachtung für die alten Muster, welche mein Leben einengten, meine Gedanken, alles, alles.

Ich müßte diese Frage klären: Bin ich ein neuer, bin ich ein anderer? Habe ich mich wirklich vom Teufel und der Inquisition befreit?

Doch wüßte ich eine Antwort, würde ich mir widersprechen. Mein kurzes Leben habe ich mit der Lösung intimer Fragen verschwendet. Ich habe nichts gelöst. Ich habe mich damit begnügt, mir einen Panzer anzulegen – und weil er meinen Körper verwundete und mich bluten ließ, glaubte ich, er sei meinem Blut und meiner Brust entwachsen. Ich weine nicht, ich bereue nichts. Ich verfluche mich nicht. Ich war nicht blind, sondern verhext. Ich habe geträumt.

Aber jetzt freue ich mich. Zuerst war es eine gellende, wilde, unberechenbare Freude. Die Kröte, die ich schlucken mußte, hat mich vergiftet, doch das hat mir meine Freiheit bewiesen. Anfangs atmete ich auf, schrie. Heute ist meine Freude eine stille. Ich bemühe mich, sie zu wecken und sie dennoch von den Instinkten zu trennen. Die authentische Freiheit, nicht jene, die dem Pulsieren des Blutes entspringt.

Ich würde meine unerträglichen Analysen und spitzfindigen Diskussionen wiederholen, wenn ich die Lösung der Frage in die Länge zöge.

Irgendwie bin ich masochistisch: Ich trage meine Ketten mit mir herum. Eine Ikone, ein paar Photographien, ein altes Inquisitionstagebuch. Jede Seite tat mir weh, als ich sie niederschrieb. Warum habe ich das gemacht? Um mir zu beweisen, daß Wahnsinn und Traum der Gesundheit vorzuziehen seien. Nein, weil sie noch schöner sind. Doch die Schönheit trocknete meine Seele aus. Ich wurde unfruchtbar und welk.

Ich wäre untröstlich zu erfahren, daß meine Freiheit die Folge des zähneknirschend verfaßten, grausamen Inquisitionstagebuchs ist.

Ich verachte es nicht, ich zerreiße es nicht. Es reist mit einem neuen Eigentümer. Dies ist die einzig würdige Vergeltung für das vergossene Blut.

Mich mit Liebe oder Haß dieser Frau zu widmen wäre zu wenig und langweilig. Seit ein paar Tagen folge ich einer anderen Stimme, höre auf einen blinden und zahmen Instinkt. Der Sieg gehört jenem, der gleichgültig bleibt, unbeeindruckt von Freude, Schmerz oder Erfolg. Mein Weg kreuzte den Weg der dünkelhaften Wienerin. Es steht mir frei, sie zu vergessen oder mich ihr wieder anzunähern. Wir werden uns treffen, werden in derselben Stadt wohnen.

Merkwürdig – eine Intellektuelle, die sich dumme Vorurteile bewahrt hat… Ich muß anerkennen, daß mich dieses Ereignis immer noch beschäftigt. Im übrigen klammert sie sich an das, was ich am meisten liebe: an meine Freiheit. Ich handelte frei, spontan und ehrlich. Ich habe ihr Geheimnisse anvertraut, natürlich, weil ich es so wollte. Aber ich habe mich an *Fräulein* Roth gebunden, ich habe mich gebunden, und sie ignoriert mich.

Ich gebe zu, daß ich nicht verärgert bin, aber die Dinge müssen sich ändern. Ich will es so. Dieser Refrain hat mich früher verfolgt. Ob gut oder schlecht, er trug Früchte, viele Früchte. Was bleibt, ist der Wille, das sichere und kalte Instrument. Sonst stünde er im Dienste anderer Ziele.

Aber was will ich? Warum gebe ich nicht zu, daß ich mich rächen will? Dumm, daß ich es nicht will. Ich bin gleichgültig, so, wie ich es immer war. Ich bin zu meinen indochinesischen Studien zurückgekehrt. Auf Deck habe ich mir Anmerkungen zu einem langweiligen Aufsatz über die Tempel aus Bangkok gemacht. Und den javanischen Steinen konnte ich einen neuen Zauber abgewinnen. Wieviel ich zu tun habe, wieviel ich noch sehen muß...!

Ich wiederhole, ich wiederhole dies, weil ich es so will und wünsche.

Heute haben wir uns wiedergesehen. *Fräulein* Roth ist im Badeanzug viel schöner. Sie rauchte und las einen in Port Said gekauften Roman. Das Schwimmbecken war mit Holländerinnen überfüllt.

Ich habe meinen Körper entblößt. Warum habe ich ihn bis jetzt ignoriert? Er ist groß, hat breite Knochen und festes Fleisch. Daß mich die Professorin für Kunstgeschichte mustert, macht mir nichts aus, treibt mir auch keine Schamröte ins Gesicht. *Fräulein* Roth, Miss Roth, wie oft habe ich sie in jener Stunde erwürgt...?

Sie war allein, und ich näherte mich ihr. Das *Fräulein* drückte mir verlegen die Hand und lief davon. Die anderen Passagiere genossen die Szene. Für einige Augenblicke wurde mir schwindlig. Aber ich bemerkte, daß das Knie des jungen Mannes, der am spöttischsten lächelte, steif war. Die anderen hatten schmale Schultern, eine Hühnerbrust und rosafarbene Bäuche. Ich stürzte mich ins Schwimmbecken und schwamm überraschend elastisch und geradlinig, den Nacken über der Wasseroberfläche gespannt. Vor der Gruppe junger Leute stieg ich aus dem Wasser. Mit den Armen herumwirbelnd, spritzte ich sie naß, entschuldigte mich aber nicht, sondern lachte nur. Eine neue Wollust: andere erniedrigen und den Grobian spielen. In jener Minute glich ich den jugendlichen Gepäckträgern. Ich warf mich ins Wasser, spuckte aus, tauchte vor der Gruppe auf und spritzte sie achtlos naß. Die Jungen machten gute Miene zum bösen Spiel, versuchten, mich zu verachten, kamen aber aus dem Staunen nicht heraus. Doch ich verdarb ihnen die Freude, indem ich verschiedene gymnastische Übungen anstellte. Mich daneben zu benehmen bereitete mir Vergnügen. Ich glaube, daß sich einer der Jungen beim Steward beschwerte. Aber ich setzte mein Bad ruhig fort.

Seitdem bin ich nicht mehr wiedergekommen.

Fräulein Roth las auf dem Deck.

Der Wind und der Horizont. Die Insel mit den Kalk- und Kieselstränden habe ich nicht gesehen, weil ein ehemaliger Gefangener sich niemals Inseln anschaut.

Besinnung mit Hilfe der annamitischen Grammatik. Ich habe mich entschlossen, das Annamitische gerade deshalb zu erlernen, weil es mir niemals etwas nützen würde.

Ich mache mir Notizen zu Sonia Karpèles, einem schwachen Aufsatz, der Übersetzungen buddhistischer Texte in drei Versionen wiedergibt: in Sanskrit, Pali und Tibetisch. Doch wie sehr ich mich auch anstrenge, ich kann mich nicht mehr konzentrieren. Der Strand nähert sich. Seit wann treibe ich auf dem Wasser...?

II. Einer unter Zehntausend

Wie nennt man den Vogel mit der violetten Brust?
Die Frau schweigt. Die Frau weiß es nicht.
Ihr Unwissen freut mich unbändig. Es bereitet mir großes Vergnügen, ihr Abende lang Legenden aus meinem Land zu erzählen, aus den nördlichen Ländern. Auf der Terrasse mit den Kakteen beschwöre ich Geister und Seelen herbei, von denen Nilgir's Hills noch nie heimgesucht worden ist.

Es war der Ruf meiner eigenen Stimme, dem ich hierher gefolgt bin. Oatacamund... Wenn ich für andere schriebe, würde ich mich daran ergötzen, das auszumalen, was mir selbst zu beschreiben unnötig erscheint. Ich würde auf eine breite Palette mit grellen und seltsamen Farben zurückgreifen. Den Himmel würde ich kalligraphieren. Und das Gefühl von flüssigem Blau würde meine Hände erhitzen. Die Worte würden sich unter Krämpfen fügen, unfähig, das empfundene Blau wiederzugeben, das meine Seele weitet. Und mit demselben imaginären Griffel würde ich die Hügel kalligraphieren ... die eingestürzten Berge, mit ihren zu Blumen verwandelten Wäldern, die Plattformen aus weißem Stein, deren Weiß die Vegetation verwüstet – und oben die Sonne. Unsinn. Ich habe meine Worte und meine Finger zu sehr an die zauberhaft überladenen Miniaturen Asiens und die grotesken Schmuckstücke gewöhnt, um die Dornenbüsche aus Nilgir's Hills im Eis eingebildeter Empfindungen wahrnehmen zu können.

Eines Abends kam ich an, und ein Fremder schrieb mir die Adresse auf eine Seite meines Notizheftes: »Pastor

Tobie Stephens«. Die Schwester des Pastors, eine alte, kurzsichtige Jungfer, verlangte von mir eine Geldsumme, die ich gerade noch zahlen konnte. Den Kolonialhelm in der Hand, stieg ich im Wohlgefühl der Nacht die Stufen der Terrasse hinauf, um mit gierigen Blicken an der Zeremonie des Abendessens teilzunehmen. Die vielen Namen der mir vorgestellten Personen – darunter Pensionsgäste, Schwager, Tanten, Kusinen und Besucher – konnte ich unmöglich alle behalten. Das Mädchen mit dem Schal gefiel mir, aber die vorgetäuschte Demut, mit der ich die Hand der Pastorengattin drückte, bereitete mir eine unbegreifliche Freude. Weshalb wollte ich eine Sünde begehen? Wie hätte ich innerhalb von nur vier Wochen die Mauern einer protestantischen Ehe erschüttern können? Ich weiß es nicht. Im Bad pfiff ich vor mich hin. Aus einer Tischkaraffe goß ich mir freudig erregt Wasser auf die Schultern. Ich wickelte mich in ein Laken ein und streichelte mit teuflischem Hochmut meine Muskeln. Ich spürte, wie sie leicht vibrierten und das frische Blut in das lebendige Gewebe drang.

Unter dem Anblick der Sterne schlief ich ein. Ich schloß die Augen und preßte die Lider zusammen, doch die vom Wind über den Grat der Berge herüber getriebenen Sterne wollten nicht verschwinden.

Warum hat Leanor den Pastor Tobie geheiratet? Jetzt ist sie nicht mehr jung, war es aber einmal. Der Pastor hingegen ist alt auf die Welt gekommen. Niemals lacht er, niemals ist er verdrießlich. Er ist groß, hager und blond. Seine Frau ist bleich und verwelkt. Ich schaue mir ihre Schwester an und stelle mir vor, was vor zwölf oder fünfzehn Jahren passierte, als Pastor Tobie sich einen neuen Kolonialhelm gekauft und um ihre Hand angehalten hat. Seit dem ersten Abend bereitete es mir Vergnügen, daran zu denken, daß Leanor ein Geheimnis hat. Inzwischen habe ich erfahren, daß ihre Jugend genauso farblos und vergeblich war wie ihre Ehe. Doch ich hielt so stark an der Vorstellung der Geheimnisträgerin fest, daß ich es mittlerweile selbst glaube. Ich habe es ihr eingeflüstert, ihr das Laster gepriesen.

Sie wurde in Oatacamund geboren und wird ihr Leben auch dort beschließen. Ein einziges Mal hat sie das Meer gesehen, aber der Pastor hat sie nicht an den Strand gelassen, weil es Nackte gab. Auch baden durfte sie nicht, wegen des Windes. Zu Weihnachten war sie einmal in Mysore: Ihr Bruder hatte sich mit einer Kanadierin verlobt. Danach verschwand er. In der Villa des Pastors fand die Familie wieder zusammen. Die Jahre vergingen, und um den Gatten wurde es düster. Warum segnete der Herrgott ihre Liebe nicht mit einem Sohn oder einer Tochter? Sie mußten sich damit begnügen, Isabelle großzuziehen und sie als Frucht ihrer Liebe anzusehen.

Und alle waren glücklich.

Ich lüge. Sie sind es noch immer, und alle Versuche, ihr Glück zu trüben, sind vergeblich. Was konnte ich seit meiner Ankunft tun? An den Abenden erzählte ich ihnen von den Wundern Europas, vom Wind, der mit den Meeren und gegen die Türme der alten Burgen kämpft, und von den Fischern in den Buchten. Ihre Schönheit preisend, habe ich sie und mich selbst belogen. Ich habe Abenteuer heraufbeschworen, wo es nur Zufall gab. Und ihnen viel, sehr viel über Länder berichtet, die sie niemals sahen.

Meine Augen paßten sich dem traurigen Staunen des jungen Mädchens an.

...Wie nennt man den Vogel mit der violetten Brust?

Die Frau schweigt. Die Frau weiß es nicht.

Warum lügt sie nicht, warum erfindet sie nicht einfach einen Namen, warum leiht sie sich nicht einen Laut aus? Warum will sie nicht *frei* sein, sich über das Vokabular und die Etymologie lustig machen...? Ein einziges Wort, einem Spiel entsprungen, mit Lust und Laune gepfiffen, und ich hätte im toten Meer ihres Herzens den Strudel der Ausschweifung entdeckt. Das wäre nicht zuviel; die Ausschweifung, die Freiheit, die wilde und grenzenlose Begeisterung, sie alle hätte ich aufgrund eines einzigen Wortes erraten, erschaffen können.

Leanor ist anämisch und zahm, wie die Figuren aus den wohlbekannten angelsächsischen Romanen. Sie ist tot. Niemand hat sie umgebracht, sie ist auch nicht tot auf die Welt gekommen. Sie starb einen langsamen und unsinnigen Tod, wie die billigen Blumen ihn sterben. Ich war enttäuscht: kein einziger Funke, keine Verrücktheit, kein Geheimnis in ihrem von einer schrecklichen Jugend konservierten Körper. Ich verstehe nicht, warum ich wünschte, daß es ein Geheimnis gäbe. Nachts befriedigte ich meinen Durst und meine Neugier, indem ich mir sentimentale Szenarien ausmalte: Leanor war verliebt, Leanor willigte nur schwer in eine Ehe mit Tobie Stephens ein, Leanor hat *Tagebuch* geschrieben usw. Ich lächelte und verfluchte mich wegen dieser unsinnigen Spiele. Denn ich *wollte* die Seele der Pastorengattin richtig verwirren. Nach Gründen suchte ich nicht. Eine Art Laune, etwas, in dem ich mich wiedererkennen, in dem ich ein freies, freudiges Leben, eines ohne Sinn und Pflichten, ohne Regeln vermuten konnte.

...Wenn ich weiterhin mit lockerer Feder Seite um Seite fülle, werde ich mich niemals verstehen. Ich wünsche mir kein unbewußtes, triebhaftes Leben. Die Instinkte lösen sich in einer Reihe unentwegter Explosionen, aber ich muß sie und meine Situation verstehen. Sonst würde ich einen Panzer nach dem anderen anlegen. Von der Kasuistik zur unförmigen Animalität. Während die erste schön und absurd ist, erscheint die andere gewöhnlich und glanzlos. Ich aber möchte nicht gewöhnlich sein. Das ist die Furcht meiner Seele und meines Körpers. Es ist der Schrei, den ich höre, welchen Weg ich auch einschlage. Mein robustes, plebejisches Fleisch wird vom Maßband der zehntausend Regeln eingezwängt, und mein Blut gerinnt. Meine Freiheit besteht im Aufstieg – ganz gleich, an welchem Ort. Die Hölle ist oben, merkt euch das. Das Paradies liegt darüber, aber es interessiert mich nicht. Welchen Weg ich auch gehen mag, meine Muskeln verkrampfen sich und meine Knochen werden zu Stein, sobald ich mich im Tal wähne. Ich bin kein Aristokrat, weil ich von meinen Vorfahren nichts wissen will... Und ich bin auch kein Emporkömmling, weil ich nicht nach den Früchten meiner Anstrengung trachte: Ich jage nicht, um mich zu ernähren, sondern um zu spielen. Ich bin ich selbst, in all meinen Gestalten und Gedanken. Die Spielregeln lerne ich nicht. Ansonsten könnte ich nicht mehr spielen. Soll ich mir die anderen Jahre in Erinnerung rufen? Hier sind sie: Sobald ich die Psychologie eines Lasters erkannte, vermochte ich ihm nicht mehr zu verfallen. Von nun an giere ich nach dem Unvorhergesehenen.

... Und ich möchte den wahren Kern in der Puppe des Pastors Tobie entdecken!

... Was für ein erstickter Schrei... Die Tage vergehen, und der Vorhang fällt jeden Abend bei denselben Worten: *»Good night everybody!«*

Hier beginnt die Geschichte der Jungfrau Isabelle.

Ihre Freunde sind unsicher und konturlos. Nach längerer Anstrengung habe ich ihren Traum erfahren: einen Ehemann finden, der besser Tennis spielt als Villy Crammer. Die großen Ereignisse ihres Daseins: Sie brach sich das Bein im Schulhof und humpelte einige Monate lang; sie wollte Missionarin werden, aber verzichtete darauf, weil sie nach Madura gehen mußte; James Davies hat sie geküßt. Ich haßte diesen James Davies, aber ich beruhigte mich wieder, als ich erfuhr, daß sie seinen Kuß nicht erwidert hatte.

Die eigentliche Überraschung, die mir Isabelle bereitete, war das Bekenntnis eines anderen Wunsches: in England zu leben. England war für sie Europa, mit seinen Stränden, Plätzen, den undeutlichen Türmen aus meinen infamen Erzählungen, die bei Anbruch der Nacht und nach der zweiten Tabakpfeife des Pastors auf der Terrasse endeten.

Ich liebte sie, weil sie sich widersprach. Sie vergaß ihren erträumten Ehemann, den schönen Champion. Wie sehr wünschte ich mir doch, diese aus der sterilen Verbindung zwischen Leanor und Tobie hervorgegangene Frucht zu pflücken...

Ich muß fortgehen. Meine in den Parks verbrachten Tage haben mir eine Wahrheit offenbart: Die Gärten besitzen keinerlei Zauber. Die Vegetation vermag vielleicht ein sentimentales Gemüt zu befriedigen. Ich ziehe die Kupferstichsammlung vor. Immer die gleichen schmachtenden Palmen, Gräser und riesigen Dornbüsche. Der Schatten der Mangobäume, ihr berauschender Geruch und das Rot der Sträucher ermüden mich. Der Schatten ist zu tief, das Licht zu grell – meiner Seele allzu ähnlich.

Es quält einen, zu entdecken, wie das eigene Innere sich im Außen spiegelt. Die Grimassen der Pflanzen, das tierische Treiben finde ich in mir selbst wieder. Im Außen, in den Gegenständen, liebe ich die richtigen Proportionen, die Häuser und Straßen, aber auch das gestörte, groteske Gleichgewicht und natürlich die Kupferstiche. Ich bin ungeduldig, das *Indian Museum* zu besuchen. Mein zweifelhafter künstlerischer Geschmack wird sich an den Bronzestatuen mit ihren obszönen Bäuchen und den unzähligen, himmelwärts gestreckten Armen orientieren.

Außerdem kann ich die Pension des Pastors Tobie nicht mehr ertragen. Der Pastor verdächtigt mich; ein Doktor, der die Welt auf der Suche nach heidnischen Skulpturen und Tempeln durchstreift... Ein Fremder, der zu viel mit seiner Frau spricht. Ein junger Mann, an den Isabelle zu oft denkt. Sie alle sind unerträglich engstirnig und sentimental. Leanor vermag es nicht, mich emotional zu bewegen, sondern reagiert wie eine heranwachsende Person. Nichts Neues, nichts Lebendiges. Für sie bin ich eher ein Vertrauter als ein Freund. Sie beklagt sich nicht, aber ihre Gedanken und Urteile irritieren mich durch ihre Melancholie. Schließlich sagte sie mir, daß sie in ihrem Leben eigentlich nur eine einzige Sache bereut, nämlich kein Kind zu haben, und das wegen des Pastors.

Hier endet die Geschichte der Jungfrau Isabelle.

Im Vitrinenschrank mit den weichselfarbenen Vorhängen bewahrte Isabelle ein Erinnerungsalbum auf; darunter ein Photo, das an jenem Tag aufgenommen wurde, als James sie geküßt hatte (James trug kurze Hosen und sie Schuhe ohne Strümpfe, wie zwei Jugendliche, die noch »huy-huy« spielen); auch eine Puppe, die

ihr der Pastor gleich am ersten, im Krankenhaus verbrachten Morgen geschenkt hatte, als ihr Bein einge-
gipst wurde; außerdem ein paar dunkle, aber perfekt
retuschierte Bilder: der heilige Georg, der Prinz von Wa-
les, ein Reklamephoto für »*Ovomaltine*«; Bilder von
ihrem Verlobten im Tennisanzug, später von ihrem
Mann, der sie in der Kutsche zum Fest von Mrs Wallace
fährt, und noch später, sehr viel später, ein Bild vom
Vater ihrer Kinder... Künftig sollte es in Isabelles
Schrank keinen Platz mehr geben. In ihren Visionen sah
sie, wie die hinter den Vitrinen versteckten Kinder aus
dem Schrank kletterten und sich auf dem Teppich des
Salons herumwälzten. An manchen Tagen hatte sie zwei,
an anderen fünf Kinder. Isabelle nannte und liebte sie
jede Woche auf eine andere Art und Weise.

Von all diesen im Vitrinenschrank angesammelten Geheimnissen wußten nur zwei Freundinnen. Und beide
besaßen ähnliche Schränke.

Doch eines Tages beschließt ein Fremder, ausgerechnet in diesem Zimmer mit den Erinnerungsstücken und
Kristallen zu schlafen. Wie jeder Fremde verfügt er über
besondere Fähigkeiten. Wenn er es möchte... Wenn
dieser junge Doktor aus England ihr vor den Augen
Leanors sagen würde: »Möchtest Du mit mir zusam-
mensein, Isabelle?«... Dann würde sie ihm das Tennis-
spielen und er ihr dafür Französisch beibringen. Kein
Mädchen aus Oatacamund kann Französisch. Der Doktor würde den Pastor an Gelehrsamkeit noch übertref-
fen, und sie...

Teuflische Freuden keimten in mir auf, während ich
nach und nach, mit wachsender Hoffnung, die geheimen
Gedanken Isabelles erriet. Sie konnte sie nicht verbergen.
Ob sie von einem Ehepaar schwärmte oder ein Kind küß-

te, sie verriet sich durch ihre Gesten, ihr Lächeln und ihre Angst, von mir nicht überrascht zu werden.

Aber all diese Dinge waren von einer profunden und unabänderlichen Mittelmäßigkeit. Hier, am Ende der Welt, entdeckte ich die gleichen ehelichen Sehnsüchte und Träumereien, die gleiche Abenteuerlust...

Es ist schmerzlich und amüsant zugleich, sagte ich mir, auf keine Ausnahme zu stoßen, auf keine einzige – aus den typischen angelsächsischen Romanen mit ihren Pastoren und deren blassen Frauen nicht ausbrechen zu können.

Ich begriff, daß – wenn es mir gelänge, diese Figuren zu beeinflussen – ich wie ein Reaktiv ihrer eigenen seelischen Strukturen wirken und nach den Bedürfnissen ihres Organismus angenommen und assimiliert werden würde. Es ist demütigend zu entdecken, daß man sich zuerst ändern muß, um das Herz eines Mädchens oder einer Frau zu erobern. Man muß sich ihren intimen Regeln unterwerfen, dem Klischee ihrer Träume, Filme oder Romane entsprechen. Man muß wechselweise den perfekten Ehemann, den originellen Liebhaber, den platonischen Freund oder den Beichtvater abgeben. Man muß dem eigenen Zerfall in leckere, mundgerechte Stückchen beiwohnen, um ihre schmalen Brüste, ihr dünnes Blut und ihre kindischen Launen zu nähren.

Ich wollte Leanor *verführen*. Ehrlich gesagt, mein Versuch, sie aus der Fassung zu bringen, war nur ein Vorwand. Ich wollte sie gar nicht haben. Ihr fader Körper bedeutete mir nichts. Ich zog den des Dienstmädchens vor. Ich wollte mich lediglich vergewissern, daß sie mich braucht, daß ich sie beherrsche, daß unsere Beziehung wirklich besteht, daß Leanor *mir gehört*.

Es gelang mir, ein Mensch ohne Rückgrat zu werden, halb Freund, halb Beichtvater, mit Eigenschaften versehen, die ich an mir nie vermutet hätte. Man sah über meine vitalen Interessen hinweg, verachtete den Boden, in dem mein Wesen tief verwurzelt war, erkannte aber meine Verrücktheiten, meinen geistigen Horizont nicht.

Und es gelang mir, das lymphatische, universelle Ideal von einem Verlobten, Ehemann und Vater in Isabelles Seele zu verwirklichen. Es gelang mir, sie zu verwirren, aber nicht ich, sondern sie war der Grund ihrer Verwirrung. Die Formen waren vorhanden, ich war nur der Inhalt. Wo habe *ich* in Isabelles Herzen Platz? Wenn ich sie hoffen ließe, würde sie mich lieben. Welche Rolle würde ich in Isabelles Liebe spielen? Aus mir käme nur das heraus, was Isabelles Seele und Körper fassen könnten. Doch die Seele und der Körper einer Jungfrau sind klein, fein, schwächlich, mittelmäßig, unheilbar mittelmäßig.

Ah! Diese Welt, die es ablehnt, den Ausdruck meiner Instinkte zu empfangen...

Die letzte Wendung ist komisch und unerwartet. Der Pastor suchte mich vorigen Abends in meinem Zimmer auf und entschuldigte sich dafür, daß er ein ernstes Wort mit mir reden müßte.

Was ich mit Isabelle vorhabe? Das Mädchen hätte ihrer Schwester viel, sehr viel gebeichtet. Falls ich meine Gedanken äußern würde, könnte man sich vielleicht verständigen. Doch zuallererst: Möchte ich Isabelle tatsächlich heiraten? Und könnte ich genug für den Familienunterhalt verdienen...? Und viele andere ernste Fragen. Der Pastor nennt sie christlich. Und ein wahrer Christ muß darauf antworten.

»Gute Nacht, Pastor *Tobie*...«

Oatacamund... Ich verlasse dich aus eigenem Antrieb.

III. Isabelle

Also, Isabelle.

Wenn es nur der Name wäre... Doch, großer Gott, ich begriff vom ersten Abend an, daß es sich um die Isabelle aus Oatacamund handelte. Genau um jene! Mit einem anderen Körper und einem schöneren Gesicht. Sie ist fünfzehn Jahre alt, hat zwei Schwestern und einen Bruder. Ich kenne nur die eine – weil sie Isabelle heißt.

Es regnet. Vergeblich versuche ich, Fergussons Monographie über die Ausgrabungen und Tempel von Mavalavaram zu lesen. Ich kann nicht denken, folglich versuche ich zu reden. Das ergibt einen charmanten Dialog zwischen einem Mädchen, das nicht denken kann, und einem Mann, der seine Gedanken aufzufrischen sucht.

Ihre Stirn und ihre Augen sind von beunruhigender Größe. Sie hat jugendliche Lippen. Lediglich die Nasenflügel sagen mir mehr.

Der starke, überraschende Zauber des Kontrastes zwischen der Haartracht einer katholischen Schülerin und der unbewußten, körperlichen Unruhe ihrer Nasenflügel.

Isabelle ist schön, wenn sie ihr Sonntagskleid trägt.

Ich schreibe immer weniger in mein Heft, weil es sonst zur Manie werden könnte. Was soll ich erzählen? Die Universität besuche ich nicht, und *Fräulein* Roth ist mir nicht mehr begegnet. Ich habe sie in den Sälen des Museums gesucht. Sie kommt nicht mehr dorthin.

Die alten Steine und Inschriften rauben mir die ganze Zeit. Ich interessiere mich sehr für den Einfluß Indiens auf Annam, Siam und Kambodscha. Meine Arbeit ist ruhig und konzentriert wie jede wissenschaftliche Aktivität, die diesen Namen verdient. Das Wesen der Wissenschaft besteht gerade darin, daß man sich für ihre Gegenstände nicht interessiert. Ansonsten würde sich die Öffentlichkeit ihrer bemächtigen. Das Schwierigste und zugleich Wichtigste besteht darin, daß man angesichts der Fakten nicht nervös werden darf, sondern sie wie eine Reihe von Papieren betrachtet, deren Empfang man nach dem Durchlesen mit einer Unterschrift quittiert.

Aber es regnet. Und der Regen ist unerträglich, wenn man allein ist. Aus diesem Grund denke ich an Isabelle.

Sie steht gegen sechs Uhr morgens auf, um ihre Hausaufgaben zu machen und in die Schule zu gehen. Sie erledigt sie lustlos wie eine unumgängliche Pflicht. Isabelle mag die Schule nicht. Viel lieber möchte sie Verkäuferin in einem Modegeschäft sein. Manchmal, vor allem wenn sie aus dem Kino kommt, wäre sie gern Tänzerin oder eine reiche Dame. Aber das Modegeschäft ist ihr täglicher Traum. Dort würde sie alle Neuigkeiten aus England erfahren, und später könnte sie wie die anderen jungen Frauen rauchen.

Die in der Schule verbrachte Zeit, ungefähr bis vier Uhr nachmittags, gehört ihr nicht. Sie muß an eine Unzahl von Dingen denken, die ihr nicht gefallen oder die ihr genauso gleichgültig sind wie der Verlobte von Adriana. Doch in der Straßenbahn, auf der Rückfahrt, amüsiert sie sich. Sie denkt an etwas, das ihr Freude bereitet. Sie schaut sich die jungen Herren und die Buben mit den kurzen Hosen an. Schüchtern ist sie nicht, auch weiß sie, was sich gehört. Mehrere ihrer Freunde gefallen ihr gut, aber Noel am besten, weil er Hockey-Champion und reicher als die anderen ist. Ihre Mutter hat gesagt, daß ein Mann Geld haben müsse, ansonsten sei die Ehe mit ihm unglücklich, und eine Scheidung durch *Father* Lucas ohnehin nicht erlaubt. Natürlich hat ihre Mutter recht.

Zu Hause ist der Tee ihre erste Freude. Da sie spät heimkommt, trinkt sie ihn in aller Gemütlichkeit allein: barfüßig und *The Statesman* lesend. In der Zeitung interessieren sie ausschließlich die Sport- und Reklameseiten, weil Mrs Axon ihren Kindern Luxusartikel nur dann kauft, wenn die Preise fallen. Nach dem Tee legt sie sich hin, spielt mit der Katze oder liest Romane von Baronesse Orchzi.

Trotzdem verläuft ihr Leben nicht immer so mechanisch. Des öfteren bekommt sie Besuch von Freunden, die mit ihr Tennis oder Klavier spielen. Das Klavier ist verstimmt und sehr alt, aber ihre Freundinnen können nur ein paar wenige Jazzstücke spielen. Unter der Aufsicht ihrer Großmutter amüsiert sie sich dennoch gut. Kurz vor dem Abendessen kommt Noel, der seine Arbeit beim Zoll beendet hat, oder Jimmy, der von der Buchhalterschule zurückkehrt, oder George, der Telegraphist ist, oder Willy, der keine Arbeit hat, aber bis letzten Winter Chefmechaniker bei einer Nobelautowerkstatt war. Es sind alles gute Freunde, und einigen von ihnen bietet Mrs Axon Whiskey an. Isabelle denkt an alle, wägt sie in Gedanken unter allen möglichen Aspekten, vergleicht sie miteinander und stellt sie sich als Ehemänner vor. Doch Noel zieht sie vor, vor allem wenn sie ihn in seinen cremefarbenen Kleidern sieht und er von seinen sportlichen Erfolgen erzählt. Wie jedes

Mädchen betreibt auch Isabelle Sport und besucht alle Wettkämpfe mit freiem Eintritt. Einige von ihnen sind für sie wahre Feste. Die Vorbereitung dauert eine Stunde, weil Mrs Axon sich sehr sorgfältig schminkt, während Isabelles Schwestern das Haar über die Schultern fallen lassen und diese – wenngleich einfache – Frisur sehr viel Zeit und besondere Aufmerksamkeit in Anspruch nimmt. Bei den Sportveranstaltungen trägt Isabelle einen Hut mit Bändern und ein durchsichtiges Kleid, das sie zwei Jahre älter erscheinen läßt. Wie jedes Mädchen schreit sie von der Tribüne und applaudiert, wenn ihr Favorit oder ihr Freund sich hervortut. Bei den Wettkämpfen trifft sie viele befreundete Familien, die sie zuweilen noch am selben Tag zum Tee oder Abendessen einladen. Isabelle freut sich dann über das, was sie eine *Good-time* nennt. Die Freunde sind bestens aufgelegt, singen im Chor die neuesten Schlager, tanzen und lachen laut, vor allem wenn die Großmutter abwesend ist.

Sonntags ist es nicht ganz so angenehm wie samstags. Denn am Sonntag muß sie gegen halb sechs aufstehen, um mit der ganzen Familie zur Kathedrale zu gehen. Natürlich trägt sie sonntags ihr teuerstes Kleid, auch wenn sie später das Haus überhaupt nicht mehr verläßt. Doch am Samstag ist sie wirklich frei, und abends gehen sie ins Kino, wenn sie eingeladen werden. Mrs Axon ist fast immer in Begleitung von zwei Rentnerinnen, jüngeren Kolleginnen ihres Mannes, fast alle Beamtinnen aus dem Süden, die ihren Familien täglich schreiben, ihre Pension aufsparen, aber sich von Zeit zu Zeit erlauben, Mrs Axon und Isabelle ins Kino einzuladen, zu dem sie mit dem Taxi fahren und teure Schokolade kaufen.

Selbstredend beschränkt sich Isabelles vielseitiges,

farbiges Leben nicht nur darauf. Wie viele ihrer Erinnerungen haben mit den täglichen Begebenheiten nichts zu tun, und wie viele neue Begebenheiten passieren täglich...?! Wie oft ist sie nicht mit den Freunden zum Botanischen Garten mitgegangen und hat beim *Victoria Memorial* auch keinen Halt gemacht, um auf dem See Boot zu fahren und sich Arm in Arm mit Noel photographieren zu lassen... Und die winterlichen Picknicks am Flußufer mit der Familie Pottar, die ein großes Auto und ein Grammophon mit einer reichen Plattensammlung besitzt. Und die Weihnachtstage... Lediglich in den Juniferien amüsiert sie sich nicht so gut, weil Mrs Axon nicht mit vier Kindern in die Sommerfrische fahren kann. Daher bleiben sie in Kalkutta, den Monsun wie ein Geschenk erwartend.

Zwei Gedanken beherrschen Isabelles Geist: die Kleider und der Ehemann. Beide würden ihr die Freiheit geben. Frei zu sein bedeutet für Isabelle, einen Mann zu haben und teure Kleider zu tragen, damit die Damen bei den Tanzveranstaltungen und im Kino sie nicht länger mißachten.

Ich kenne ihre Träume, weil ich sie bei einem naiven und dummen Spiel gefragt habe, wie sie sich einen vollkommenen Tag vorstellt. Sie sagte mir, daß sie morgens aufstehen, zum Fenster gehen und in den Himmel blikken würde. Dann würde sie mit ihrem Pferd im nächstgelegenen Park ausreiten. Und danach würde sie sich luxuriös ankleiden und ihre Freundinnen besuchen, falls es jedoch regnen sollte, Romane lesen. Abends würde sie mit ihrem Mann im *Nanking* speisen und hinterher immer ins Kino gehen.

Oh! Aber dies würde sich niemals erfüllen, weil Isabelle keinen so reichen Mann finden würde...

Und dennoch lebt dieses Wesen sein Leben, freut sich und hofft. Ihr Dasein würde sich ohne meine Bekanntschaft nicht minder gut entfalten. Genauso wie sich die Existenzen der Tausenden von Menschen in meiner Umgebung entfalten, einerlei, ob sie einen Tagesmarsch oder hundert Meilen von mir entfernt wohnen. Das also bin ich: Jemand, der daran glaubte, das Leben anderer Leute verwirren zu können. Doch um sie zu verwirren, muß ich mich ihnen nähern, sie meinen Atem spüren lassen, sie schütteln und öffnen. Das Leben eines anderen kann ich nicht berühren. Wer vermag schon das Leben eines anderen Menschen zu kennen, es zu berühren? Vielleicht versuchen wir alle, diesen Teufelskreis zu durchbrechen. Ich weiß es nicht. Ich will hier nicht die Fragen vergangener Jahre wiederholen. Aber Isabelle beunruhigt mich: Sie verändert sich. Verändert sie sich so, wie ich es will? Ich weiß nicht, was ich will. Vielleicht will ich nur meine Kräfte spüren, erfahren, daß ich *existiere,* und meine Seele dabei beobachten, wie sie andere Seelen überwältigt.

Seit einigen Tagen frage ich mich, ob ich mir nichts von den anderen leihen möchte, um mich zu nähren...? Was für ein erstaunliches Leben, das Leben der Jungfrau Isabelle...

Und trotzdem verändert sie sich, kommt auf mich zu. Sie verlangt nach mir – mit ihren Ansprüchen und ihrer Unzufriedenheit. Aber ich erkenne mich nicht wieder. Die gleiche Geschichte. Isabelle hat mir die Ecken gerundet, das Rauhe weggefeilt, damit ich nicht in ihr Herz dringen kann. Sie ignoriert mich. Alle ignorieren mich. Jeder glaubt von mir, was er will. Und ich? Wo bin ich? Ich, mit seinen Nächten, seinen Tagen? Selbst wenn ich schrie und blutete, sie blieben taub und blind. Jeder geht seinen Weg, seinen vom Kopf und vom Schicksal vorgeschriebenen Weg. Ich bin einsam unter tausend Freunden. Ich glaubte, daß die Liebe einen in den anderen hineinversetzt. Aber sie versetzt einen, wohin *er*, wohin *sie* es will, in *seine* Einbildung, in *ihre* Trugwelt.

Weshalb habe ich Isabelles Leben verurteilt, ohne sie zu verstehen?

Und dennoch war ich berechtigt, sie zu verurteilen, weil ich Isabelles Leben verstanden habe. Jeder ist Isabelle. An der Seite eines Genies ist jeder zugleich eine Larve.

Ich glaube, irgendwo gelesen zu haben, daß sich die Larven ganz unterschiedlich entwickeln, abhängig von der Temperatur, bei der sie gezüchtet werden. Genau das ist es, was ich will: die Metamorphose beeinflussen, Flügel mit seltenen, ungewöhnlichen Nuancen erhalten.

Jeder möchte in seinen Nachkommen weiterleben. Mein Instinkt ist geläutert. Ich dagegen möchte in den Schöpfungen meines Geistes weiterleben. Ich weiß, daß ich niemals werde schreiben können, genausowenig, wie ich meinen Jugendtraum, die *Ratlosigkeit nach dem Sieg*, zu verwirklichen vermöchte, eine im Lehm und Kalk meiner Unfähigkeit zerbröckelte Skulptur. Auch über die asiatische Kunst werde ich nicht schreiben können. Meine Bücher werden nur drei unter zehntausend sein. Doch ich will, daß die Ergebnisse meiner Erfahrungen die Leben der anderen verändern. Ich möchte Söhne haben, das ist es. Und jeder kann mein Sohn sein, weil keiner er selbst zu sein vermag.

Wie viel Zeit ist vergangen, seitdem ich anders darüber gedacht habe...?

Ich verstehe nicht, welche Umstände mich vom Thema dieses Heftes weggeführt haben. Es wieder lesend, kann ich die Abschweifungen in bezug auf Isabelle nicht verstehen. Ihre ausgesprochene Dickköpfigkeit läßt keine Veränderungen zu. Sie ist immer noch die gleiche Schülerin Isabelle Axon, deren Gedanken um das Modemagazin und um Noel, ihren zur Idylle stilisierten Freund, kreisen. Daneben schleicht sich – oh! ich kann es ganz deutlich erkennen – das unverstandene Wesen des Doktors ein. Isabelle weiß, woher er kommt, versteht aber nicht, warum. An gewissen Abenden betrachtet sie der Doktor aufmerksam, und seine – wenngleich unsinnigen – Sätze besitzen einen verborgenen Grund, der ihre Träume bereichert. An anderen Abenden gibt sich der Doktor verdrießlich und zornig, während er sie wie ein Insekt betrachtet, das mit keiner wissenschaftlichen Beschreibung übereinstimmen will.

Wir sind gute Freunde, doch ich habe nicht genügend Zeit für meine Freundin Isabelle. Ich habe die Schönheit der annamitischen Statuetten aus dem Museum begriffen. Gestern noch betrachtete ich sie mit dem Auge des luziden Forschers. Doch von heute an werde ich mich selbstredend immer weiter von jener Wahrheit entfernen, die in ihnen nur Holzbüsten und behauene Steine aus Annam entdeckt. Von nun an entdeckt meine Liebe ihre wunderbaren, einer Offenbarung gleichkommenden Formen. Die Wahrheit interessiert mich nicht, solange man sie – ganz gleich, wo sie sich versteckt – nicht mit Liebe aufspürt.

Ich weiß nicht, warum ich dies geschrieben habe, ich, der ich stets unfruchtbar und niemals verliebt bin. Doch wenn ich alles verstünde, was ich schreibe, müßte ich dann überhaupt noch schreiben?

… Isabelle besucht mich oft in meinem von Büchern und Kupferstichen übervollen Zimmer. Anfangs warf sie nur einen flüchtigen, von naiver Neugier und großer weiblicher Einfalt geprägten Blick auf meine Bilder. Ihr Unverständnis und später ihre Gleichgültigkeit bemerkend, konnte ich mir ein Lächeln nicht verkneifen. Als sie eines Tages in wenigen Minuten das Album mit den farbigen Reproduktionen von Kezan durchblätterte, hätte ich mich beinahe in sie verliebt. Weder von den Fischen mit den großen Augen noch von den Lilien ließ sie sich beeindrucken.

Der blaue Schatten der Berge vermochte sie nicht ins Träumen zu bringen. Isabelle zieht das farbige Reklamebild für Tee vor, genauso wie sie die gelbe Schleife der Keksdosen »*Riva*« dem unvergleichlichen Gesicht des *Jungen traurigen Mädchens* von Busho Hara vorzieht.

Die Axons sind zauberhafte Leute. Mrs Axon liest nur Romane, die *Father* Lucas genehmigt hat. Ihre große Freude besteht darin, die Dienerschaft auf Hindi zu beschimpfen und ihnen eine Rupie vom Lohn abzuziehen, wenn sie Mr Axon das *Breakfast* nicht rechtzeitig gebracht haben. Mr Axon ist die einzige Ausnahme, der einzige Wilde in der Familie. Im Alter von fünfzehn Jahren verließ er seine Eltern, um die Grenze Afghanistans zu erreichen. Mit zwanzig war er Chef eines Postamtes in Gamtok, mußte seine Stelle jedoch kündigen, weil er den ganzen Tag auf die Jagd ging und das Amt einem Sikh-Koch anvertraute. Seitdem streifte er im Auftrag der Telephon- und Telegraphenkompanie überall umher. Eine Zeitlang hatte er die Stelle in Lhasa inne, um sich danach in Simla niederzulassen. Alle hielten ihn für einen heillosen Vagabunden, der unfähig war, eine Familie zu gründen, für einen Egoisten und unverbesserlichen Jäger. Im darauffolgenden Jahr verlobte er sich mit Anna Murden.

Letzten Endes setzte sich das Blut von Mrs Axon durch. Die Kinder sind genauso ruhig und brav, wie Anna Murdens fromme Jugend es war. Vielleicht wird sich Verna, die nur zwölf Jahre alt ist, einmal dem zügellosen Rhythmus ihres Vaters anpassen. Unter dem Klima Bengalens kam sie früh in die Pubertät. Sie zieht mit den Gassenjungen des Stadtviertels umher, spricht Hindi und Urdu besser als die Erwachsenen und kneift die Männer mit einer deutlichen Boshaftigkeit in den Arm. Das ist Verna, die ich bislang noch nicht beobachten konnte, weil sie den ganzen Tag in der Schule oder auf der Straße verbringt.

Die andere, Lilian, ist die Zwillingsschwester Isabelles. Sie ist schön und schweigsam. Sie versteht nichts, redet nicht, hat keinerlei Begabung, aber auch keine Unruhe in sich. Sie ist bigott, ohne religiös zu sein. Sie betet, weil *Father* Lucas es so von ihr verlangte. Ein einziges Mal habe ich sie schüchtern sprechen und protestieren gehört, als ich ein Kreuz zeichnete. Das war eine teuflische Sache. Wir schwiegen beide verlegen, wie in der Gegenwart eines mürrischen Fremden. Wenn es Jesus gewesen wäre… Doch es war nur der Katechismus von *Father* Lucas.

Isabelle ist stolz auf unsere Freundschaft, weil sie nur eine Schülerin, ich aber ein Doktor bin. Seitdem ich es mir zur Gewohnheit gemacht habe, mich mit ihr jeden Abend nach dem Essen zu unterhalten, sind ihre Gesten besonnener geworden. Sie strengt sich an, erwachsen zu wirken. Ihr gesunder Menschenverstand hilft ihr dabei. Nur wenn sie muß, stellt sie Fragen und ergreift das Wort. Nach und nach wurde die Vertrautheit Isabelles zur Schrulle. Wissend, daß ich keinen Rückzug mehr machen kann, gelingt es ihr, einen bizarren Flirt zu provozieren: Oftmals redet sie über Noel und gibt mir zu verstehen, daß es ernsthafte Gefühle sind, die sie miteinander verbinden. Natürlich höre ich nicht auf zu lächeln, und meine Ruhe verwirrt sie.

Häufig erzähle ich ihr von den Wundern Europas und sporne sie dazu an, sie sich anzusehen. Ein perfider Ratschlag und ein unschuldiger Blick. Aber dies bindet sie stärker an mich als ein Bekenntnis. Weder Noel noch ein anderer könnte jemals nach Europa gelangen. Er ist so weit weg, dieser Kontinent mit seinen kalten Küsten…

Ich kenne all ihre Freunde. Catherine Irving, die Tochter eines Pastors, kommt aus England. Aber der Pastor ist verstorben, die Mutter hat wieder geheiratet und Catherine ist – wie ihre beiden Schwestern – Tänzerin. Die Keuschheit der Tänzerinnen steht hier nicht zur Debatte.

Vor kurzem zogen die Fräulein Irving – Catherine, Anna und Loveday – in das Haus der Familie Axon ein. Es sind meine Nachbarinnen; doch wenn sie zu Hause sind, bin ich weg. Sie tanzen am *Bristol-Theater* und sparen ihr Geld auf, um zu ihrem Onkel nach Edinburgh zurückzukehren.

Ich glaube nicht, daß Isabelle sie liebt, obgleich sie Catherine »my cat« nennt. Die Mädchen besitzen teure Schals und Ballkleider. Isabelle liebt die Eleganz anderer Leute nicht.

Ich frage mich, warum ich Isabelles Taten nicht mit ihren Worten zusammenbringen kann? Vielleicht, weil sie zu viel redet. Aber vor diesem aufgeschlagenen Heft kann ich mich nicht an ihre Worte erinnern. Selbst heute, nach einem gemeinsam verbrachten Morgen, staune ich über meine Unfähigkeit, das niederzuschreiben, was sie gesagt hat. Mit Hilfe meiner Gedanken kenne ich ihre. Ich verstehe, was Isabelle mir sagt, aber nicht, wie sie es sagt. Wahrscheinlich besteht ihre Sprechweise aus Ausrufen; und ihre Geschichten sind zu schön oder zu persönlich, als daß ich sie mir merken und mit meinem ungeschickten Schreibstil festhalten könnte.

Heute hat mir Isabelle von ihrer Kindheit in Simla erzählt. Sie ist auf eine Schwesternschule gegangen. Sie hatte eine Freundin, die jetzt in Schottland lebt. Die Freundin war immer krank und blaß.

Abermals versuche ich, eine präzise Form, einen Körper in einem gewissen Licht und eine Seele mit gewissen Konturen zu finden. Das soll Isabelle sein. Und neben ihr die kranke Freundin. Es gelingt mir nicht, sie zu sehen. Wo ist Isabelle unter den Tannen der Alleen von Simla? Jede könnte eine Schülerin mit einer kranken Freundin sein. Und ich habe noch nicht alles gesagt: Diese Freundin ist Isabelle, noch blasser, noch schweigsamer; eine kranke Isabelle.

Alles, was Isabelle berührt, wird Isabelle. Alles, was Isabelle denkt, wird zum Gedanken aller. Ihre Kindheit ist ein unverstandener Zauber; ihre Erinnerungen fliehen das Licht und werden zu etwas Nebulösem – wie die durch eine fremde Seele gefilterten Erinnerungen.

Ich versuche, ich versuche zu verstehen: Warum spricht Isabelle nicht aus diesem Heft? Jetzt befindet sie sich im Zimmer nebenan und singt. Ich höre sie deutlich, höre ihre Schritte, stelle mir ihren jugendlichen, auf dem Sofa ausgestreckten Körper vor. Zwischen ihr und der Isabelle aus meinem Heft hat sich eine Mauer des Unverständnisses gebildet. Was könnte ich noch sagen? Isabelle singt. Aber sangen nicht etwa jene anderen zehntausend neben mir, im Zimmer mit dem Sofa?

Irgendwo befindet sich Isabelle, sie selbst, die einzige, unvergleichliche. Doch welches Geheimnis verbirgt sie? Warum kann ich Isabelles Seele nicht wahrnehmen...?

IV. Meine Geschichte

Ich muß zugeben: Ich hatte dieses Heft über mein Leben wie ein Buch begonnen. Das erste Kapitel deutete auf eine Reihe von Ereignissen hin, die viele in einem Atemzug zu Ende gelesen hätten. Ich hatte den Mut aufgebracht, meinen ersten Schritt in einem einzigen Kapitel zu beschreiben – was eine Befreiung von der Literatur darstellt.

Jetzt blicke ich zurück. Nichts von dem, was man hätte erwarten können, ist eingetroffen. Mein Lebensrhythmus hat sich verändert. Die angefangene Linie ist abgebrochen, und ich weiß nicht, ob ich sie durch eine gerade ersetzt habe. Miss Roth ist mir nicht mehr begegnet, und wahrscheinlich werde ich sie auch niemals wiedersehen. Ich erinnere mich, daß ich in jenen ersten Wochen mit großer Freude daran dachte, unsere Freundschaft im Museum wieder aufzufrischen, und dabei nicht aufhören konnte, mir Konflikte vorzustellen. Meine Existenz scheint sich nicht verwirklichen zu wollen. Ein Teil von mir ist gestorben, so wie es jeden Tag geschieht. Vielleicht war es gerade jener Teil, der Miss Roth gefiel.

Isabelle zählt jetzt sechzehn Jahre. Ist schon ein Jahr vergangen? Es sind viele vergangen. Und abermals liebe ich das Heft meines Lebens. Ich habe mich immer geliebt, ehrlich, ganz und gar. Natürlich habe ich mich jedes Jahr anders geliebt, doch etwas in mir trotzte jedem Wandel. Seitdem ich von meinen Schwächen erfuhr, habe ich mich noch mehr geliebt.

Die Farben haben die Hoffnungen und Träume meiner Kindheit entfacht. Das Leben der Steine hat meine nüchterne und qualvolle Jugend begleitet. Jede Nacht träumte ich davon, wie mein leuchtender Arm den Stein meißelte. In meinem Zimmer wartete ich darauf, meine erste Skulptur zum Leben zu erwecken, der ich schon seit langem den Titel *Ratlosigkeit nach dem Sieg* gegeben hatte. Sie sollte jene Furcht heraufbeschwören, die man angesichts *des anderen* in sich selbst empfindet.

Unzählige Male bereitete ich den Gips vor, und nach nächte- und tagelanger Arbeit betrachtete ich ihn stets mit der gleichen Hoffnungslosigkeit.

Daß ich jenes Jahr überstanden habe, verdanke ich der Kirche, die es nicht zuließ, mir das Leben zu nehmen. Ich hatte einen Glauben, wie ihn nur ein unfruchtbarer Koloß haben kann. Alle Steine, die ich im Geiste bearbeitet hatte, verletzten mich bei ihrem Einsturz. Die empfundene Ratlosigkeit angesichts des ersten behauenen Steins! Meine Niederlage war so grausam, daß ich daran dachte, ob es sich nicht vielleicht doch um einen Sieg handelte. Ich lernte die Verzweiflung jenes Menschen kennen, der weiß, daß er an der Seite eines Fremden überlebt. Und das grenzenlose Mitleid, das Mitleid für mein unfruchtbares Genie und die wartenden, unversehrten Steine.

Allmählich lernte ich die Genauigkeit schätzen und näherte mich den preziösen, fragmentarischen, ursprünglichen Arbeiten, vergleichbar einem Menschen, der aus Unfähigkeit, ein Epos zu verfassen, Journalist wird. In meinen unbehauenen Steinen gab es nichts Originelles, wie es auch in der Epik nichts Originelles gibt. Originell sind nur die Journalisten und die Goldschmiede. Ich bin der kundigste Kritiker geworden, und meine Dissertation über die dekorativen Motive in Asien brachte mir den »Natorp«-Preis meiner Universität ein.

Das ist mein Leben. Mir hat es viel zu sagen, und ich erinnere mich an alles. Aber ich habe mich dazu entschlossen, dieses Heft meinem Freund zu schicken. Er wird weder etwas verstehen noch darin erkennen können. Jeder Mensch muß erkannt werden. Meinem einzigen Leser kann ich nur mit unverständlichen Zusammenfassungen und Auskünften helfen. Ich weiß, daß mein Leben wertvoll ist. Ich liebe es. Ich finde es großartig. Mein Freund ist intelligent, und er ist Schriftsteller. Er wird es beurteilen können. Während ich dieses Kapitel schreibe, empfinde ich nur eine einzige Freude: Das erstaunte Gesicht meines Freundes Mihail beim Empfang des Manuskripts – verfaßt von jemandem, den er längst verschollen glaubte.

Ich kann nicht schreiben. Die Beschreibung meiner Jugend werde ich dem Zufall überlassen, so wie ich es immer tat, wenn ich nur für mich selbst schrieb, wenn ich Zeit hatte und mich dem Unverständlichen gegenüber sah. Der Gedanke zu dieser Biographie kam mir heute, als ich das Heft und den einzigen, schon seit langem erhaltenen Brief meines Freundes wieder las, den ich – wie alle anderen – nie beantwortet hatte. Der unverständliche Wunsch, von allen für tot gehalten zu werden. Ich habe ihn mir erfüllt, selbst auf die Gefahr hin, mein Stipendium dabei zu verlieren. In der Tat, nach einem Jahr hat mir die Universitätsleitung meinen Monatsscheck gestrichen. Jetzt muß ich Geld verdienen. Ich bin weder glücklicher noch unglücklicher als zuvor.

Ich beginne mit dem einzig lichten Teil meines Lebens, mit meiner Jugend und der Geschichte von der *Ratlosigkeit nach dem Sieg.*

Warum habe ich von der Stein gewordenen Ratlosigkeit geträumt, mir das große Erstaunen vorgestellt, das der Gladiator beim Sieg über den Gegner und den nahenden Ruhm empfindet? Warum habe ich gedacht, daß jeder Sieg *dem anderen* gehört, jenem, der in der Niederlage weint? Vielleicht, um das zu rechtfertigen, was sich danach ereignet. Alles war eine Vermutung. Ich bin dazu bestimmt, all das zu leben, was ich mir vorstelle, was mir in den Sinn kommt. Das steingewordene Drama habe ich nur deshalb geliebt, um es hinterher am eigenen Leibe zu spüren. Der Schmerz war der gleiche. Jetzt sucht mich der Gedanke an den Tod, an den langen Tod, heim und quält mich. Jene, die mich überleben, werden darüber urteilen, ob auch diese Vermutung richtig war.

Ich glaube, daß jede authentische Geschichte nur die wichtigen Phasen und Höhepunkte verzeichnen muß, das, was groß und bedeutend ist. Das amorphe Geflecht aus gewöhnlichen Daten und Detailanalysen gehört der falschen, von den Historikern gemachten Geschichte an. All dies ist Lüge und Dichtung. Die Wirklichkeit ist groß und selten. Wenn diese Welt wirklich wäre, wären wir alle große Menschen. Doch die Welt – jeder weiß es, aber keiner gibt es zu – ist unwirklich, zumindest teilweise. Wahrscheinlich habe ich früher anders darüber gedacht; aber was beweist das schon?

… Das zweite große Ereignis war die Identifikation mit *dem anderen*, mit jenem, der mich daran hinderte, schöpferisch zu sein, der mein Genie austrocknen ließ. Meine Intimität mit dem Teufel begann an diesem Tag. Ich denke, daß nur wenige moderne Menschen so aufrichtig an den Teufel geglaubt und so ausdauernd mit ihm gekämpft haben, wie ich es tat. Möglicherweise hielten mich viele für abergläubisch. Aber ich habe ihnen die Existenz des Teufels aufgrund der Wirklichkeit des Bösen stets bewiesen. Falls der Teufel lediglich eine

Einbildung, ein Begriff, ein Schreckgespenst, etwas Ver-
altetes, ein Mythos wäre, dann wäre das Böse flüchtig
und könnte keine Gestalt annehmen. Denkt doch nur
einen Augenblick lang an alle Niederlagen und Schwächen. An alles, was den Willen, den Menschen, das
Schicksal, das Gesetz übersteigt. Jenes unerwartete, unermeßlich Böse, das niemand bekämpft, weil jeder mit
ihm geboren, jeder mit ihm die Luft geteilt und sich über
seine Werke gefreut hat. Der Teufel ist ein ebenso großer
Schöpfer wie der liebe Gott. Falls der Teufel nicht groß
und wirklich wäre, hätte unser Leben keinerlei Sinn. Die
Leute denken nicht daran, weil sie an alles denken, nur
nicht an das, was den Ausgangspunkt ihres Lebens bildet.

Meine Intimität mit dem Teufel hielt lange an und
brachte mich auf außergewöhnliche Gedanken. Aus
meinem tagtäglichen Kampf erfuhr ich alle Gründe, die
– seit wie vielen Tausenden von Jahren? – zur Niederlage
der Menschen beitragen. Über sie habe ich lange Trak-
tate geschrieben. Sie fielen alle einem Feuer vom 11.
August zum Opfer, mit dem ich mich von einer demütigenden Vergangenheit trennen wollte. Damals verbrannte ich ganze Säcke von Manuskripten, verbrannte
alles, mit Ausnahme einiger inquisitorischer Hefte
neueren Datums. Ich bewahrte sie aus Stolz oder vielleicht aus Vorsicht auf, aber vielleicht auch nur, weil ich
meinem alten Quälgeist gehorchte.

Die letzten Entdeckungen meiner Jugend waren die
Inquisition und die *Exerzitien* des Ignatius von Loyola.
Ich war Opfer, Richter und Henker in einer Person. Auf
einem grausamen Scheiterhaufen verbrannte ich Körper, Seelen, Bücher und Versuchungen. Die Morgen
verbrachte ich mit Übungen, Gedanken und dem

Schmieden dunkler Pläne. Es war meine einzige fruchtbare Periode, weil ich den Mut aufbrachte, zu wählen, zu hängen und zu loben. Zu wählen heißt, wie ein Auserwählter zu leben. Was gestaltlos, ungenau, unfruchtbar, vermischt und trüb war, vertrieb ich mit der Sicherheit eines Inquisitors. Damals lernte ich viel, weil ich nur zu einem einzigen Zweck lernte: die Dummheit und die Versuchung einzukreisen und zu brandmarken. Lediglich meine Liebe zur Kunst und mein eifriges Studium ihrer Geschichte überdauerten meine *Ratlosigkeit*. Ich weiß nicht, warum ich dachte, daß die Kunst *der anderen* von meinen Obsessionen und Konflikten frei wäre. Wie alle wissen, wurde aus mir der einzige Liebhaber und Kenner der asiatischen Kunst und gleichzeitig der einzige, der eine Metaphysik des Teufels zu schreiben vermochte.

Das Buch wurde noch vor meiner Dissertation gedruckt. Alle hielten es für eine poetische, unwirkliche Fiktion, für das Ergebnis eines träumenden Geistes. Meine Mühe, das Werk des Teufels unter seinem heiligen, das heißt wirklichen und ewigen Aspekt zu erkennen, wurde weder verstanden noch gewürdigt, so daß mich der Schreibekel mit grenzenloser Macht bis heute beherrscht. Von den Kritikern wurde mein Buch als »genialster Alptraum eines Modernen« bezeichnet. Seitdem denke ich oft an die Bedeutung des Wortes »Alptraum« und bin geneigt, ihm die größtmögliche Wirklichkeit zu verleihen.

Mit dem Erscheinen meines ersten Buches – und den nebulösen Diskussionen, die es begleiteten – lernte ich auch die erste Frau kennen. Unsere Geschichte ist bekannt. Aber nicht ich war es, der sie auslöste. Kurze Zeit nach meinem Weggang, als ich unser Abenteuer – meinem absoluten Freiheitsdrang folgend – beendete, publizierte diese Schriftstellerin ihre romantisierten Erinnerungen. Alles, was an meinem Leben falsch, theatralisch und oberflächlich sein mochte, gab sie der Öffentlichkeit preis. Die zweihundertundelf Seiten vermitteln den Eindruck einer besessenen Figur, eines mittelalterlichen Alchimisten. Darin schreibt sie, daß der Teufel mich in meinen Träumen heimgesucht und mich wie ein Gespenst gequält habe, während ich nach Art der Inquisitoren dagegen ankämpfte: mit einem Scheiterhaufen, einem Betschemel, einem Kreuz und einer Zange. Sie trug alle nur denkbaren Legenden und Dummheiten zusammen. Alles wurde auf ekelerregende Weise mißverstanden: mein über das Elend erhabenes Leben, ein wahrhaftiges Symbol und die Wirklichkeit des Bösen. Wenn schon das einzige Wesen, das mich liebte und kannte, so über mich zu denken und zu schreiben vermochte, wie sollte ich in meinem Land des Nordens noch hoffen können?

Und das war vielleicht der Grund meines Entschlusses, zu verschwinden oder zumindest für verschollen zu gelten.

Niemand kennt unsere Geschichte. Nicht, weil ich es so wollte. Die Schriftstellerin hat ihre Erinnerungen veröffentlicht. Niemand weiß vom Scheiterhaufen meiner Wirrnisse. Folglich weiß niemand etwas.

Die Ursachen meines Wandels verstehe ich nicht. Wie alle wichtigen Ereignisse kam auch mein Wandel aus dem Nichts. Er kam, um Klarheit zu schaffen, um das *Nichts* geltend zu machen, es zu verherrlichen. Indem ich auf den Teufel verzichtete, habe ich natürlich auch auf alles verzichtet, was in meiner Seele groß und erhaben war. Vielleicht ist mein Urteil zu hart. Auf jeden Fall habe ich seitdem einen erbitterten Kult um das Nichts betrieben; um die Freiheit und die Kraft, Wertloses zu erschaffen und es zu vernichten. Mit anderen Worten, die Freiheit, nach dem Zufallsprinzip zu leben, so wie es alle wollen.

Die Dinge ereigneten sich folgendermaßen: Wenige Monate nach Veröffentlichung der *Metaphysik*, auf dem Höhepunkt des Skandals, habe ich eines Morgens in der Nähe meines Bettes ein Wesen bemerkt, dessen Atem mich streifte und der ein Teufel zu sein schien. Ich schüttelte mich und rieb mir die Augen. Nein, es war keine Einbildung. Es war ein richtiger Mensch, der wie ein Teufel aussah. *Und er hatte keine Ähnlichkeit mit meinem Teufel*, dem wirklichen Teufel, dem rebellischen Teufel, der mit Gott kämpft. Ich weiß nicht, wie mir geschah, als der Mensch, der der Teufel zu sein schien, sich mir näherte, meinen Körper berührte, meine Hand nahm und mir zuflüsterte: »Du hast mich gerufen, und ich bin gekommen.« Ich erinnere mich, daß mich ein unsäglicher Widerwille, ein alpträumerischer Ekel und ein krankhafter Schwindel erfaßten. Ich hatte Fieber, und vielleicht verlor ich auch das Bewußtsein.

Danach glaubte ich weder an Gott noch an den Teufel. Ich wurde gesund und ein Mensch wie jeder andere. Alles, was in meinem Leben Mythos und Gesetz gewesen war, betrachtete ich von nun an als Aberglauben, als eine Selbsttäuschung, als Versuchung meines nach dem Absoluten dürstenden Geistes, der es in sinnlosen Worten nicht finden konnte. Alles, was Kampf, Schatten und Licht gewesen war, kam mir märchenhaft und unsinnig vor. Alles, was groß gewesen war, wurde unbedeutend. Und seitdem lebe ich mit Nichtigkeiten.

Kurze Zeit nach meiner Krankheit erfuhr ich, daß ein Freund, der sich mit anderen zusammen einen Spaß erlauben wollte, mich bei Tagesanbruch in einem Ballkostüm besucht hatte. Er hatte mich gerade zu jener Stunde überrascht, da die Morgendämmerung endet und die schwindenden Träume Wirklichkeit werden. Ich dankte meinem Freund dafür, daß er mir die Freiheit gegeben hat. Und am 11. August verbrannte ich alle Papiere meiner Jugend, die ich jenem großen Traum geopfert hatte.

Am 3. September bin ich fortgegangen. Am 14. September habe ich Miss Roth getroffen. Die Geschichte ist bekannt.

Oh! Wieviel müßte ich noch hinzufügen...! Heute habe ich die Seiten meines Heftes wieder gelesen. Ich glaube, daß meine Existenz nur dank ihrer Abgründe so wunderbar ist. Ich finde keine Kontinuität zwischen meinem Leben in Oatacamund und meinem Leben in Kalkutta, keine zwischen dem kommenden und dem zurückliegenden. Eine völlige und zum Himmel schreiende Umkehrung der Werte. Ich habe für so gänzlich verschiedene Ziele gelebt, daß sich fatalerweise jedes Jahr meines Lebens ein neuer Feind gegen den alten erhebt. Die Seiten, die ich schrieb, sind genauso vielfältig wie meine Gedanken und vielleicht auch die Sprache, die sie ausdrücken. Nur etwas blieb unverändert: die steinerne Ratlosigkeit meiner Jugend, der unbearbeitete Lehm, der mich Tag und Nacht an die Sterilität meiner Seele erinnert und mir alle Freiheiten widerspiegelt.

Oh! *Die Ratlosigkeit nach dem Sieg...* Wie oft habe ich die Skulptur auf meinen Reisen und in meinen Gedanken geschaffen! Sie steckt in meiner Seele, ich habe sie aufgrund der Tatsachen und Seltsamkeiten meiner

Umgebung geformt, nicht kraft meiner Hände. An unzähligen Morgen und Abenden habe ich über ein anderes Stück Lehm nachgedacht, das diese Ratlosigkeit ausdrücken könnte...

Und jetzt muß ich die Geschichte erzählen, die ich Mihail versprochen habe. Wo sie beginnen und wo sie enden wird, weiß ich nicht. Das Heft erwartet mich jederzeit auf einem mit Büchern überladenen Tisch. Und während ich diese letzten Seiten schreibe, lasse ich häufig einen Satz unvollendet, um zu rauchen oder an Isabelle zu denken.

V. Der sündige Spiegel

Isabelles Bruder heißt Tom und ist Gymnastiklehrer am Kolleg *St. Xavier*. Der junge Mann, der mit mir das Zimmer teilt, hat einen gesunden, prächtigen Körper. Er ist noch keine zwanzig Jahre alt. Da er es in allen Sportarten zum Champion gebracht hat, konnte er die Schule vorzeitig abschließen. Das Wesentliche seiner Kindheit ist mir bekannt: Es ist schlicht und einfach das Spiel. Ein unaufhörliches Spiel, ohne Regeln und Vorurteile, ohne Sinn und Ästhetik. Im Gegensatz zu Vernas Spiel, das unruhig, nervös und launisch ist. Verna spielt, weil sie noch nichts anderes tun kann. Ihre Sexualität verrät sich in ihren Gesten. Tom spielt wie ein Kind; sein Spiel ist ehrlich, frei, absichtslos, schöpferisch und menschlich. Mit dem Alphabet und dem Katechismus lernte er den Sport und die Rekorde lieben. Bis auf wenige Bücher – von Conan Doyle und Edgar Wallace – las er nur amerikanische Sportmagazine. Tom verfügt über eine göttliche Ignoranz und einen ehrlichen Katholizismus. Er läßt keine Messe in der Kirche aus und betet jeden Abend.

Unser Zimmer ist seltsam und zauberhaft zugleich, wie jeder von grotesken Kontrasten geprägte Ort. An einer Wand befindet sich meine Bibliothek sowie meine asiatische Bildersammlung. Die auf Seidenpapier gemalten Reproduktionen aus der Ashikaga-Periode sind zu schön, um sie im Schrank aufzubewahren. Und weil niemand darauf hoffen kann, sich eines Tages einige Originale zu besorgen, habe ich auch in meiner augenblicklichen Armut und mit meinem diskreten Sammlerstolz nicht darunter gelitten, in Mrs Axons Pension die Bilder mit den Geistern, Drachen und Wolken aufzuhängen.

An der gegenüberliegenden Wand befanden sich Toms Bett und seine Schatztruhen: Gewichte und Hanteln, Diskusse, Bälle, Stöcke, Tennisschläger, Nagelschuhe, weiße Schuhe, ein Teppich für die Übungen, anatomische Tafeln, die gesammelten Sportmagazine und die auf Raten aus Amerika gekaufte *Gesundheitsenzyklopädie*. Niemals zuvor habe ich einen ehrlicheren Freund gehabt. Wenn er zur Teestunde aus dem Kolleg zurückkehrt, ruft er freudig: »Hallo, Doktor!« Er nimmt ein Bad und läuft dann nur mit einem Handtuch um die Schultern nackt durchs Zimmer: ein unvorstellbar schöner, in seiner Nacktheit göttlicher Körper. Er raucht und redet von Sport oder Liebe. In Liebesdingen ist er unerfahren und schüchtern. Er hört sich die Geschichten anderer Leute mit aufrichtigem Respekt und offensichtlicher Begeisterung an. Abends, falls ich keine Lust zum Arbeiten habe, initiiere ich ihn auf perfide und oberflächliche Weise. Mein Gerede endet mit seiner Entschuldigung, schlafen gehen und beten zu müssen. Vor dem Bett kniend, die Ellenbogen auf die Matratze gestützt, betet er, ohne sich durch das Licht, meine Gegenwart oder die Jazzmusik aus der Nachbarschaft stören zu lassen. Toms Gebet kann ich nicht hören, weil mich die Handlung so sehr erstaunt, daß ich meine Aufmerksamkeit verliere. Er hat einen strahlenden, lächelnden, konzentrierten, allem Irdischen enthobenen Gesichtsausdruck. Sein kniender Körper wirkt paradox, wie der eines büßenden Apolls. Die Aufrichtigkeit seines einfachen, umfassenden Glaubens demütigte mich in den ersten Tagen. Danach erstaunte und empörte er mich. Da ich jetzt kein Buch schreibe, das allzu sehr in

Details geht, breche ich die Schilderung von Toms Gebet ab, ohne gesagt zu haben, was ich alles erduldet und genossen habe. Vielleicht erinnerte ich mich eines Abends, als ich ihn in seiner nackten Erhabenheit betrachtete, sehnsuchtsvoll an meine vergangenen Jahre, und die Versuchung mag sich meiner Seele bemächtigt haben. Jene Versuchung, Verwirrung zu stiften, Zweifel zu säen, das Bewußtsein von Freiheit in einer stupiden Existenz zu erwecken. Ich weiß es nicht; Tom, meinen Freund, habe ich nicht gehaßt. Brüderlich, gleichgültig und leidenschaftlich (oh! mein Herz schließt diese Worte keinesfalls aus…) habe ich ihm einen anderen Weg gezeigt, ihm neue Horizonte eröffnet. Was ich erwartete, war nicht der Verlust seines Glaubens; Tom kann auf Gott nicht verzichten. Aber ich wollte feststellen, welche Wirkung die fragwürdige Aufklärung des modernen Menschen auf ihn haben würde. Ich dachte nicht daran, ihm eine wissenschaftliche Bildung zu vermitteln. Mein Experiment war ein moralisches, wie jedes meiner Experimente. Was würde mit dieser befreiten Seele geschehen – jenseits der Autorität des Katechismus, des Alltags in der Familie Axon und auf dem Sportplatz? Ich fühlte mich nicht schuldig; wenn Gott wirklich in seinem Leben existierte, würde die Welt ihn nicht zu Fall bringen können (im Sinne des christlichen Sündenfalls). Wenn aber alles nur Aberglauben und Zuflucht ist, würde ihm die Welt einen anderen, nicht minder komplizierten Aberglauben, eine nicht minder tröstende Zuflucht zeigen. Tom, meinen Freund, liebte ich mit allen Fasern meines Herzens, das heißt mit der ganzen Sehnsucht meines unfruchtbaren, ausgedörrten Genies, mit der immer noch lebendigen Erinnerung an die nicht in Stein gehauene *Ratlosigkeit*.

Die Zurschaustellung seiner Nacktheit, sein Auf- und Abgehen im Zimmer, das knappe Handtuch um seine braunen, elastischen Muskeln... Tom weiß nicht, was Scham bedeutet. Anfangs nannte ich ihn einen Heiden, aber dann begriff ich, daß ich der Wahrheit näher komme, wenn ich ihn als einen körperbetonten Katholiken bezeichne.

Jede Freundschaft beruht zum Teil auf einem Mißverständnis. Bei der Einschätzung des anderen schleicht sich zu viel Eigenes ein. Und alles geht gut, bis zu dem Zeitpunkt, wo sich das wahre Wesen beiderseits unwillkürlich offenbart. Diese Stunden sind selten. Nur bestimmte Leute kennen sie und müssen in der Regel ein grausames Schicksal erdulden: Ihre schmerzhaftesten Anstrengungen bestehen gerade darin, die fremdartigen Schattenseiten ihres Wesens zu entdecken. Ich maße mir nicht an, allgemeingültige und ewige Wahrheiten zu verkünden. Ich möchte erwähnen, daß ich das Gefühl für die Ewigkeit und den Drang, Gesetze erkennen zu wollen, seit langem verloren habe. Alles, was ich schreibe, muß als etwas verstanden werden, das sich aus dem Leben einiger weniger Menschen speist: aus meinem, aus Isabelles und aus dem meiner Freunde. Eine Zelle und ein paar Nachbarzellen in einem osmotischen Prozeß.
Somit beruht Toms Freundschaft auf einem Mißverständnis, er irrt sich in meiner Seele. Ich bin nicht der gelehrte, dem Bösen entrückte Doktor. Mein bisheriges Leben nahm keinen stürmischen Verlauf, und das gegenwärtige ist alles andere als flau. Ich habe die Welt nicht durchwandert, wie Tom aufgrund meiner abendlichen Erzählungen glaubt. Im Gegenteil, den Sturm, das Böse und Unvorhersehbare kenne ich erst jetzt. Ich

weiß nicht, ob ein metaphysischer Konflikt Wirklichkeit oder Einbildung ist; aber ich weiß, daß er mit nichts zu vergleichen ist, was mich in Versuchung gebracht hat und mit dem ich in letzter Zeit gekämpft habe.

Tom hat in mir *The man who knew too much* gefunden; und das Bild, das er sich in seinem engen, von wenigen Gedanken und noch weniger Büchern genährten Geist vom Doktor machte, entwickelte sich langsam, aber stetig. Die Dinge erscheinen dann kompliziert, phantastisch, obskur, wie eine unendliche Reihe unverständlicher Begriffe. Nur ein gebildeter, überaus belesener Kopf vermag die Tatsachen zu ordnen, zu vereinfachen und zu erhellen. Die klarste Sicht der Welt und des Geistes habe ich eigentlich immer am Vorabend einer totalen Überanstrengung gehabt. Natürlich empfehle ich diese Methode nicht. Da sie mir aber näher ist als eine Erziehung, welche auf Kosten des Geistes den Körper betont, sehe ich in ihr einen Aspekt meiner Persönlichkeit.

Tom kennt mich nicht und wird mich vielleicht niemals kennen. Ich befinde mich jenseits seines Verständnishorizontes – und vielleicht auch umgekehrt. Eine Sache sei mir hier erlaubt zu sagen: Ich kann darauf hoffen, den wahren Tom (wenn es ihn geben sollte) zu verstehen, während er niemals das Licht und den Schatten jenes *anderen* in mir wird durchdringen können. Oh! Dieses heilige Erstaunen, das mich vor den neugierigen Blicken der Nachbarn schützt. Ein Genie ist nicht leicht zu verstehen; aber ein unfruchtbares Genie zu verstehen, übersteigt jedes Vermögen. Es gibt lichte Gipfel, die man besteigen kann, gerade weil sie hell sind. Wenn aber der Nebel alles bedeckt und überall Abgründe der Ratlosigkeit lauern, wird niemand, absolut niemand, von jenem Berg wissen können, der weder einen Namen noch einen Besitzer hat.

Ich bin frei, weil mein Gedanke den Stein nicht zerschnitten hat. Die fruchtbarste Katharsis ist nicht die Schöpfung, es ist vielmehr die Unfähigkeit, zu schöpfen.

Bereits am ersten Tag, als Tom mit mir dasselbe Zimmer teilte – seines wurde an Mr Thacker vom Zoll vermietet –, bot er mir seine Dienste als Gymnastiklehrer an. Es vergingen Monate, seitdem ich entdeckt habe, daß andere meinen Körper ohne sexuelle Hintergedanken bewundern konnten. Eine ästhetische Bewunderung für einen stattlichen Körper. Es vergingen Monate, und ich hatte es vergessen.

Beim Anblick meines entblößten Körpers konnte Tom sein Erstaunen nicht verbergen. Obwohl ich mit hängenden Schultern meine Bücher las oder Kupferstiche betrachtete, hatte mein Körper nichts von seiner Männlichkeit eingebüßt. Zumal ich der letzte Nachfahre einer berühmten am Ufer des Argeş angesiedelten Familie bin.

Am ersten Abend erkannte Tom jedoch meine Schwächen und stellte für mich ein Programm zusammen. Mein nackter, weißer Körper folgte auf dem Teppich seinen Anweisungen. Ich gewöhnte mich an schwierige Übungen und lernte das Wonnegefühl physischer Anstrengung kennen. Mit steifem Nacken, jagendem Puls und kurzem Atem umklammerten meine Fäuste die Hanteln. In wenigen Wochen bekam ich stärkere und zugleich elastischere Muskeln. Auch mein Gang wurde geschmeidiger. Und seitdem ich wieder zu boxen anfing, blickte ich die Passanten mit noch größerer Verachtung an und trieb mich ohne Furcht nachts in den Bazars herum.

Einmal pro Woche maß Tom den Umfang meiner Muskeln und meines Brustkorbs und stellte komplizierte Berechnungen an, um den Koeffizienten meines Fortschritts zu bestimmen. Das Ergebnis erfreute ihn so sehr, daß er mich umarmte und nur mit einem Handtuch bekleidet schreiend durchs Haus lief und die Zahlen bekanntgab. In wenigen Minuten wußten alle – Mrs Axon, Isabelle und die Fräulein Irving – über meine Maße Bescheid. Lediglich Verna, die gerade Mr Thacker vom Zoll mit einem Fächer ärgerte, konnte sich nicht dafür begeistern. Mr Axon bot mir Whiskey an, während ich in meiner Freude alle zu *Elphinstone* einlud.

Doch der Grund meiner Freude war ein anderer. Die Zahlen konnte ich nur mit einem gleichgültigen Lächeln betrachten, selbst wenn Tom sie mir erklärte und mit jenen aus seinen Magazinen verglich. Meine größte Freude bestand darin, Tom dabei zu beobachten, wie er konzentriert oder aufgelöst neue Übungen ausarbeitete und Ringkämpfe auf dem Teppich improvisierte. Diese ehrlichen und wilden Ringkämpfe waren meine große Überraschung. Sie hatten etwas Rituelles und unsagbar Zauberhaftes, wie alle Riten auf der Welt. Schulter an Schulter, betrachteten wir uns ganz nackt im Spiegel und spannten der Reihe nach Nacken, Arme, Brust und Beine an. Der Lehrer hatte einen braunen, schlanken Körper mit einem großen Brustkorb. Sein langbeiniger Schüler einen weißen, etwas größeren Körper. Jeden Abend entdeckten wir unsere Schönheit aufs neue, stießen Freudenschreie aus und beglückwünschten einander. Wir entdeckten die Rundungen unserer Schultern, steinharte Rundungen aus Sehnen und Muskeln. Wir entdeckten die zu den Achseln hin gespannte Wölbung unserer Brustkörbe; und unsere schönen, flachen Bäuche, welche die Häßlichkeit unserer Eingeweide verdeckten; und unsere straffen, breitknochigen Oberschenkel; und unsere jungen, robusten, entspannten Geschlechtsteile. Wir bewunderten auch unsere Knie, von denen eine gerade Linie zu den fest auf der Erde ruhenden Füßen führte.

Nach den Glückwünschen begann der Kampf, indem einer die Faust des anderen ergriff und ihn in die Knie zwang. Es war ein freundschaftlicher, wenngleich harter Kampf, der aber niemals allein um des Siegens willen geführt wurde. Mühelos gelang es mir, Toms Technik und Strategie zu durchschauen. Tom hatte die Angewohnheit, mit seinem linken Arm meinen Nacken und rechten Arm zu umklammern. Danach schwang er sein Bein um meine Hüften, das er auf das Knie seines anderen Beines stützte. Er besiegte mich innerhalb weniger Minuten und kommentierte danach den Kampf mit kindlicher Ernsthaftigkeit. Viele Abende lang strengte ich mich an, ihn zu besiegen, und jedes Mal verlor ich aufgrund der Unachtsamkeit, die auf die höchste Konzentration folgt.

Eines Abends dauerte unser Kampf länger als sonst. Jeder schien am Widerstand des anderen zu verzweifeln. Unsere Knochen und Muskeln waren unglaublich elastisch und vermittelten uns ein übertriebenes Gefühl von Größe und Weite. Unsere Arme suchten und fanden unerwartete Stützpunkte. Unsere Blicke blieben abwechselnd am Teppich, an den Bettpfosten, am Spiegel oder an den Tapeten haften. Ich erinnere mich an gedankliche Aussetzer, an kindische Hoffnungen und demütigende Gefühle. In Toms Körper glaubte ich mein eigenes aufgewühltes Blut pulsieren zu hören. Und mit einem Male spürte ich, daß Tom sich ergab, daß er besiegt werden wollte, obgleich er der Stärkere von uns beiden war. Eine Sekunde später – vielleicht auch mehrere – lag Tom der Länge nach ausgestreckt auf dem Teppich. Einem blinden Gedanken folgend, setzte ich ihm den Fuß auf die Brust: Endlich hatte ich meinen Jugendtraum von der Skulptur realisiert. Die Wirkung war von befremdlicher Erhabenheit. Der Sieg dauerte eine Ewigkeit. Und trotzdem empfand ich nicht jene Ratlosigkeit, die ich seit Jahren mit mir herumtrug. Ich wollte weinen. Zitternd und erschöpft applaudierte mir Tom.

»Ich wollte, daß Du mich besiegst!«

»Nein, Tom, ich wollte es!«

Der wilde Kampf begann von neuem. Leichtsinnig und ermüdet stürzten wir uns aufeinander.

Ich weiß nicht mehr, wann ich aus diesem Rausch der Instinkte wieder erwachte, aber ich erinnere mich, daß ich gleichzeitig mit Tom erwachte. Und mein Gewissen hielt mir das Verbrechen vor, das ich an mir, an Tom und an unserer einfachen, gesunden Freundschaft begangen hatte. Ich bezwang Tom ein zweites Mal, aber so, wie man ein Mädchen bezwingt. Ich haßte und liebte ihn zugleich, aber so, wie man ein Mädchen liebt.

Das Erwachen war nicht katastrophal. Trotzdem wurden wir beide von dem schrecklichen Vorfall überwältigt. Ohne uns anzuschauen, schliefen wir erneut ein: ich mit dem Gesicht in Richtung der Reproduktionen aus der Ashikaga-Periode, er mit dem Gesicht seinen Sportgeräten zugewandt.

In jener Nacht begegnete mir der Teufel abermals: wirklich, lebendig und nah. Ich erinnere mich, wie ich am Ende einer Steintreppe stand und die Arme auf meinen Kopf legte, während vor mir, aus dem Schatten, der

Freund meiner Jugend hervortrat, der lächelnde Versucher.

Ab dem nächsten Tag führte ich ein anderes Leben. Ich erriet und verstand die Gegenwart der Sünde, jener zum Himmel schreienden, christlichen, menschlichen Sünde. Ich spürte sie in mir, einfach und tragisch. Und dies machte alle Argumente, alle philosophischen oder trivialen Rechtfertigungsversuche zunichte. Um überleben zu können, mußte ich mich ändern. Ich kehrte aber nicht zu meinen alten, mittelalterlichen Glaubenssätzen zurück. Ich verordnete mir auch keine Disziplin, weil meine übermäßige Freiheit den Willen gebrochen hatte. Mein Wille verkrampfte sich jetzt und wurde von langen, unfruchtbaren Zeiten des Sühnens unterbrochen.

Ich beendete die Gymnastikübungen mit meinem Lehrer und Opfer. An jenem ersten Abend, als wir uns beide wieder nackt vorfanden, überkamen uns peinliche Gefühle: stumme Schmerzen, Ekel und Verzweiflung, der ehrliche Wunsch, davonzulaufen. In Toms Gesicht konnte ich die Qualen und Tränen meiner eigenen Seele lesen. Uns hatte das Schicksal zusammengebracht. Während einiger Tage sahen wir uns nicht mehr nackt. Instinktiv mieden wir einander. Er kehrte spät vom Kolleg zurück, und ich arbeitete Tag und Nacht mit einer unbeschreiblichen Angst.

Eines Abends beendete ich mein Bad zu einer ungewöhnlichen Stunde. Ohne mir dessen bewußt zu sein, weil ich es mein Lebtag nicht getan hatte, betrachtete ich mich lange Zeit im Spiegel. Toms Schritte konnte ich nicht hören, und auch er vermutete mich nicht im Nachbarzimmer. Er zog sich aus und begann mit seinen Übungen auf dem Teppich. Als ich die Zimmertür öffnete, erstarrten wir beide beim Anblick unserer Körper zu Stein. Uns verband eine schwere Sünde, obwohl weder er noch ich Schuld daran hatten. Es war der Begleiter meiner Jugend gewesen, der uns dazu getrieben hatte. Tom wußte dies nicht. Und ich wußte nicht, was ich ihm sagen und was ich tun sollte. Also folgte ich einer glücklichen Eingebung und kniete vor Tom nieder. An meine Reden und Gebete kann ich mich nicht mehr erinnern. Vielleicht betete ich zum Herrn des verlorenen Paradieses. Ich schüttelte mich vor Tränen, während Tom still vor sich hin weinte. Tom gab mir den Rat, zu schweigen und die Situation nicht eskalieren zu lassen. Mrs Axon hätte uns hören können. Wir standen auf, küßten uns brüderlich und zogen mit einer unglaublich heiteren Seelenruhe unsere Schlafanzüge an. Ich war glücklicher als es jeder Mensch, jeder Christ hätte sein können. Es war die einzig christliche, ganz und gar reine, heilige, spontane und ewige Tat, die ich seit Beginn meiner neuen, den Launen meines Geistes und meiner Schwächen nachgebenden Existenz vollbrachte.

Trotzdem nahmen wir unsere Übungen nicht wieder auf. Es waren nicht die nackten Körper, die uns daran hinderten, aber sie gemeinsam zu betrachten und die physischen Freuden zu loben, wäre uns verrückt und infam vorgekommen.

Bald bemerkte ich, daß sich Tom stark zu mir hingezogen fühlte und ich ihn dominierte. Trotz meines Widerstandes wurde unsere Freundschaft überhöht. Ich kann nicht behaupten, daß unsere gemeinsam begangene Sünde der Grund dafür war. Genauso gut hätte es sein können, daß sie sich dem Akt der Buße und Liebe verdankte, durch den wir uns geläutert hatten. Tom liebte mich schon viel früher, bewunderte mich und verherrlichte mein vermeintlich gutes Wesen. Doch nach unserer begangenen Sünde bestand seine größte Freude darin, mich reden zu hören. Die Themen wählte ich zufällig aus: Filme, die Evangelien, Sport oder die Romane von Edgar Wallace, die ich lesen mußte, um ihn nicht zu beleidigen.

Während unseres Purgatoriums wurde ich oftmals von anderen Versuchungen und Offenbarungen heimgesucht. Das Handwerk des Schreibens nicht beherrschend, habe ich sie beiseite gelassen, um Toms Geschichte zu beenden. Ich werde später davon erzählen. Von Zeit zu Zeit vernachlässigte ich Toms Freundschaft. Und er erriet, daß mich etwas anderes beschäftigte. Er machte es sich zur Gewohnheit, mich wie einen Kranken zu behandeln. Er ging nur auf Zehenspitzen und legte sich früh schlafen. Er redete nicht mit mir und stellte mir auch keine Fragen. Er war wie ein unterwürfiger Schatten, und wenn ich mich nachts über meine Seiten mit den grotesken Figuren beugte, sah ich seinen braunen, seinen reinen Körper.

Ich kann mich nicht erinnern, wann ich ernsthaft anfing, Tom in Versuchung zu führen. Wahrscheinlich in der gleichen Woche, als ich Isabelle zu verführen trachtete. Mein Vorhaben, Tom zu versuchen, war dieses Mal ehrlich gemeint und ganz und gar spiritueller Natur. Ich hatte damit schon seit langem begonnen, es aber erst spät wirklich in die Tat umgesetzt. Und für meine unfruchtbare Seele war es eine erfrischende Freude gewesen, mich auf zwei unterschiedlichen Wegen den beiden Geschwistern zu nähern. Für Tom hatte ich den Weg der Freiheit, für Isabelle den Weg der Sklaverei ausgesucht.

Die Ereignisse werden diese Worte erhellen, die nichtssagend wie alle vor der Tat gemachten Äußerungen erscheinen.

Isabelle ahnte nichts von dem, was zwischen mir und Tom passiert war. Sie wußte nur von unserer Freundschaft, von der Freundschaft zweier junger Männer, die zusammen ihre Gymnastikübungen machen und an gewissen Abenden gemeinsam ausgehen. Sie kannte den sportlichen, sozialen und vielleicht auch moralischen Aspekt unserer Freundschaft, aber keinesfalls unsere mystische Verbindung, die durch den Willen des Teufels gestiftet und durch den spontanen, göttlichen Akt der Buße geläutert wurde.

Isabelle näherte sich mir immer stärker an. Die Saat der Versuchungen, die ich ein Jahr zuvor ausgestreut hatte, trug – bedingt durch meine Gegenwart und gewisse Gesten – bereits Früchte. Seitdem ich auf mein Stipendium verzichtet hatte, fehlte mir das Geld spürbar. Ich lebte von Erspartem und von meinem einzigen Onkel, der sich noch an mich erinnerte und mir alle paar Monate eine Summe überwies, für die er nur ein telegraphisches Dankeschön erhielt. Briefe schrieb ich unter gar keinen Umständen. Und natürlich erhielt ich auch keine. In jenen ersten Monaten litt ich unter meiner Isolation, danach verstand ich aber das seltene Privileg meiner Situation. Von meinem Land des Nordens wußte ich nichts. Es hätte dort alles Mögliche passieren können, und ich hätte nichts davon erfahren. Meine frei gewählte Freude bestand darin, Veränderungen herbeizuführen, die mir vorerst als völlig undenkbar erschienen waren. Wenn ich meine Erfahrung mit wenigen Worten zusammenfassen müßte, würde ich sagen, daß mich das Spiel immer weiter, immer tiefer in die Wirklichkeit brachte. Und meine Philosophie ließe sich auf ein einziges Dogma reduzieren: Spiele! Allein im Spiel bewahrt sich der Instinkt für die Realität, für das Leben. Alle anderen Dogmen, ob moralischer oder amoralischer Natur, sind nur aus Illusionen gewebt.

Da ich zuwenig Geld hatte, mußte ich dafür arbeiten gehen, was ich vorher nie getan und wie ich es mir nie hätte vorstellen können: Klavierspielen für die Truppe der Irving-Schwestern. Dies band mich stark an die Familie Axon. Unsere Beziehungen wurden ungeahnt intim. Ich gewann Mrs Axons Vertrauen sowohl aufgrund meiner Arbeit als auch aufgrund meiner intellektuellen Beschäftigungen. Meine Freundschaft mit Isabelle weckte Hoffnungen in ihr, und mein geäußerter Entschluß, in der Pension zu bleiben und zu arbeiten, sicherte mir ihre Zuneigung. Mein Gehalt als erster Korrepetitor am *Bristol-Theater* betrug genausoviel wie mein Stipendium. Nur mit der Ausnahme, daß ich von nun an sechs Stunden am Tag eine harte Arbeit verrichten mußte, die mir obendrein aufgezwungen wurde, was mich aber in den Augen von Mrs Axon erst zu einem richtigen Menschen machte.

Isabelle erlebte nun viele glückliche Stunden, wenn sie mich zu den Proben begleitete. Tagsüber beeindruckte der Saal des *Bristol-Theaters* durch seine Leere. Jene Menschen, die ihn zu diesen Stunden betreten, betrachten sich als Auserwählte, die einer okkulten und erhabenen Zeremonie beiwohnen dürfen. Die Proben am Donnerstag morgen waren die angenehmsten. Isabelle nahm auf der Dirigentenbank Platz und freute sich darüber, den Tänzerinnen zuzuschauen und mit den jungen Leuten zu plaudern, die ohne Weste und mit hochgekrempelten Hemdsärmeln durch den Saal und die

Übungsräume rannten. Bald wurde Isabelle für die Proben genauso unentbehrlich wie die anderen *Girls*. Die Tatsache, daß sie bei den schwierigen Tanzschritten nicht mithalten konnte, kompensierte Isabelle, indem sie *Ramona, My blue Heaven* oder *That's my weakness now* sang, was von allen mit Applaus belohnt wurde.

Die zwölf Mädchen des Balletts wurden von Catherine trainiert, aber der offizielle Leiter war Stalin, ein Russe, der aus Australien kam und die Enkelin des Theaterdirektors geheiratet hatte. Stalin kannte sich zwar mit allen Künsten aus, am allerwenigsten aber mit dem Ballett. Für ihn mußten alle Tänze den Rhythmus der russischen Folklore annehmen, um beim Publikum Gefallen zu finden. Selbst den Jazz modifizierte Stalin auf befremdliche Art und Weise. In seiner Vorstellung schlichen sich Reminiszenzen aus den Jahren ein, die er im imperialen Rußland verbracht hatte. Er verfügte weder über Stärken noch Schwächen und gab einen atypischen Russen ab. Das mag auch der Grund dafür gewesen sein, weshalb er allem eine russische Note geben wollte.

Stalins Assistent war ein gewisser Mr Fox, der eine amerikanische Schule besucht und in San Francisco auf einem holländischen Schiff das Telegraphieren gelernt hatte. Obwohl er alles aus Amerika mitgebracht hatte, war es nicht viel gewesen. Dennoch verdanken sich die großen Erfolge der Irving-Truppe seinem Talent und Fleiß. Vor allem Isabelle freundete sich mit ihm an und nannte ihn »*My fox*« oder »*Darling*«, was sie ansonsten nur im Falle von Noel tat. Natürlich stellte sich Isabelle oftmals Mr Fox als potentiellen Gatten vor, und ihre zukünftige Ehe wäre unserer (so, wie Isabelle sie sich erträumte) in nichts nachgestanden, denn ich hätte sie nach Europa und Mr Fox nach Amerika mitgenommen. Außerdem hatte er alle Chancen, reich zu werden, während ich kaum darauf hoffen durfte, meine mittelmäßige Lage, in die mich der verrückte Verzicht auf das Stipendium gebracht hatte, zu verändern. (Für Isabelle war dies so unerklärlich und absurd, daß sie es lange Zeit nicht glauben wollte und in mir lieber einen Lügner als einen Dummkopf sah.)

Das Klavier stand in einer Ecke der Bühne. Der Theaterdirektor sparte viel Geld, indem er mich anstelle eines professionellen Pianisten bezahlte. Ich hängte meine Jacke auf einen Bügel, wie es alle anderen jungen Leute taten, und begann zu spielen. Catherine beobachtete die Bewegungen der Tänzerinnen, gab klatschend den Rhythmus an, unterbrach das Klavierspiel, ließ den Tanz wieder aufnehmen, führte neue Tanzfiguren vor, spendete Lob, machte Mut und rief dabei: »*My goodness!*«

Anfangs fühlte ich mich aufgrund meiner Situation und meines sozialen Abstiegs etwas verlegen. Ich behielt den Titel des *Doktors* bei, aber in den ersten Tagen hatte ich den Eindruck, daß sich hinter der Vertrautheit meiner Kameraden Schadenfreude versteckte. Dem war nicht so. Es waren die Überbleibsel meines alten Stolzes, die mich erröten und erbleichen, die mich arrogant und gleichgültig scheinen ließen. Ich wollte damit signalisieren, daß es nur eine Schicksalslaune war, die mich in diese Lage gebracht hatte. Natürlich begriff ich schnell, daß mich niemand verachtete. Ich freundete mich mit allen an, und meine Freundschaft zu Isabelle nahm eine neue Wendung. Isabelle erhoffte sich nun mehr. Sie wurde zutraulicher und liebevoller. An gewissen Abenden, im Anschluß an unsere Spiele, umarmten wir uns wie aus Versehen, und unsere Umarmung währte lange. Von Isabelle ist in diesem Heft weiterhin kaum die Rede. Isabelle ist dieselbe geblieben. Aber ich und jener, der in Isabelles Herz wohnt, haben sich verändert. Wie, wie soll ich es nur ausdrücken, da ich selbst es kaum verstehe?

Ich machte mir das Varieté-Theater zur Gewohnheit. Manchmal ging ich sogar nachts hin, wenn der Jazz-Club spielte. Ich zog meine besten Anzüge an, und Tom begleitete mich. Wir zahlten nur für die Getränke – ein Privileg, das Tom sehr erfreute.

Mein Experiment mit Tom hatte ich von langer Hand vorbereitet. Den Entschluß, Tom dazu zu bringen, die Stadt zu verlassen und die weite Welt kennenzulernen, faßte ich eines Nachts, als ich allzu sehr unter der Hitze litt und zu unruhig war, um arbeiten zu können. Dennoch setzte ich meine Arbeit fort, weil jede Arbeit zu Ende geführt werden muß. Im übrigen verstehe ich, daß man mit seinen Anstrengungen nicht übertreibt: ein charakteristischer Zug des modernen Geistes, der weder festen Prinzipien folgen noch definitiv auf diese verzichten will.

Tom schlief. Die Wand, an der sein Bett stand, lag im Schatten, meine im Licht. Der Ventilator surrte vor sich hin, und der Schatten, den mein Körper auf die japanischen Rollbilder warf, glich dem zauberhaften Spiel einer Laterna magica. Meine Gedanken schweiften umher, um danach wieder in die Tiefe einer zerrissenen Seele zu gleiten. Eigentlich begann mein Leben mit dem Tag, da ich die Stadt am Schwarzen Meer verließ. Alles, was vorher geschehen war, hatte ich vergessen. Und selbst wenn ich mich an etwas zu erinnern glaubte, kam es mir vor, als wäre es die Erinnerung eines anderen gewesen, eine Erinnerung, die nichts mit mir, meinem Willen und meinen Launen zu tun hatte. Ich besaß zweierlei Erinnerungen: ein lebendige und eine tote. Der Gedanke an das lebendige beziehungsweise tote Wasser aus dem Märchen zwang mich dazu, meine Lektüre zu unterbrechen und zu erkennen, daß ich mich wie jener verzauberte Prinz entweder hätte umbringen oder wieder zum Leben erwecken können, indem ich einfach zwischen den beiden Wassern wählte.

In jener Nacht tauchte ich in meine tote, vereiste Erinnerung unter. Und aufgrund einer befremdlichen Assoziation *sah ich Toms Leichnam*, sah, wie er in dem verzauberten Wasser des Todes trieb, so wie ich es in meinen »metaphysischen« Jahren getan hatte.

Verwirrt drehte ich mich um, um ihn zu betrachten. Tom schlief – lächelnd und nackt. Mich ergriff ein starkes Glücksgefühl, obwohl ich mir der Sünde bewußt war, daß ich Tom – den reinen, unbefleckten, unwissenden – gerade dazu verführte, in die weite Welt zu gehen. Ich wußte, daß mein Vorhaben nicht teuflisch war, und sagte zu mir selbst: Wenn es Toms Gott wirklich gibt, so wie er an ihn glaubt, dann ist er es, der mich jetzt versucht, nicht der Teufel.

Am nächsten Tag hatte ich mit Tom mein erstes ernstes Gespräch über seinen Auszug in die Welt. Aufgrund meiner Erzählungen kannte und liebte Tom die Welt bereits. Doch jetzt ging ich einen Schritt weiter: Warum sollte er sich damit begnügen, sie nur durch meine Augen zu sehen? Er ist stark, und er ist jung. Meine Freundschaft litt unter seiner Feigheit. Denn an der Seite von Mrs Axon und den Mädchen blieb Tom feige. Seine Stärke, sein Glauben und seine Jugend müssen ihn einfach dazu bringen, Türen aufzustoßen und Mauern zu überwinden.

»Tom«, sagte ich zu ihm, »der Katholizismus bedeutet Reichtum und Kampf. Schüchternheit und Angst vor der Welt sind kein Ausdruck des römischen Geistes. Erinnere dich an das Gleichnis vom verlorenen Sohn und die Predigt von *Father* Lucas am vergangenen Sonntag.«

»Ja, Doktor, aber meine Mutter würde mich niemals gehen lassen. Du weißt, daß ich ihr einziger Sohn bin und sie bald meine Hilfe brauchen wird. Ist es nicht so? Ich habe drei Schwestern und eine alte Großmutter. Meine Mutter kann nicht allein leben...«

»Tom«, versuchte ich ihn zu trösten, »eine große Tat erkennt man stets an den Hindernissen, die es zu überwinden gilt, an den Hindernissen der eigenen Seele. Warum befolgst du nicht das erste Gebot unseres Glaubens: ›Laß alles liegen und folge mir nach!‹...?«

»Es gibt noch andere Gebote in den Evangelien, Doktor...«

»Jeder sucht sich das aus, was ihn heilt oder erfüllt, Tom. Vergiß nicht, daß du dich verwirklichen mußt. Der Katholizismus bedeutet Reichtum. Und du bist arm, Tom. Arm unter allen Gesichtspunkten. Du kennst nichts und kannst nichts, doch durch eine einzige Tat wirst du reich und stark werden...«

»Aber ich will keinen Reichtum, indem ich meiner Mutter Kummer bereite...«

»Ziehst du es vor, Gott Kummer zu bereiten, Tom?«

»Du weißt, Doktor, daß meine Mutter in große Geldnöte geriete, wenn ich wegginge. Du weißt, daß wir nicht reich sind. Wie sollte ich im Ausland mein Geld verdienen? Hier bin ich Lehrer am Kolleg, aber in Amerika, was um Gottes willen könnte ich dort bloß machen? Und es käme ja nur Amerika in Frage, denn ich spreche keine andere Sprache als Englisch…«

Ich lachte lauthals los und klärte ihn über meine Pläne auf: Ein junger Mann muß Risiken eingehen. Ich habe es genauso gemacht. Hätte ich mir in Port Said etwa vorstellen können, nur ein Jahr später als Pianist am *Bristol-Theater* zu arbeiten? Ich dachte, ich würde ohne mein Stipendium verhungern; und siehe da, ich bin auf einen Schatz gestoßen. Mit seinem schönen Körper und seinen Fähigkeiten als Trainer hätte Tom ohne weiteres eine Anstellung an einem Varieté-Theater gefunden. (Ich log; ich wußte, daß Tom mit seinem Sport niemals zu Geld kommen würde.)

Jeden Tag unterbreitete ich ihm neue Möglichkeiten, um ihn stärker in Versuchung führen zu können. Tom, der mich liebte und anbetete, verlor seine Stützpunkte. Ich griff ihn von zwei Seiten zugleich an: Mit Hilfe des Katholizismus und des Sports. Ich überzeugte ihn, daß Mrs Axon ihren Kummer bald vergessen und sich über seine Erfolge freuen würde. Ich prophezeite ihm nur Siege. Die schrecklichen Erschütterungen, die mit jedem Abschied verbunden sind und die Seele des verlorenen Sohnes verdunkeln, den Wahnsinn des Vergessens, erwähnte ich nicht. Von meinen Mißgeschicken und Abgründen, die sich nach dem Verlassen der Heimat für mich auftaten, erzählte ich ihm nicht. Ich prophezeite ihm nur Siege, und als Sportler liebte Tom nichts anderes, als zu siegen.

An einem Abend im März ging Tom mit mir, den Irving-Schwestern und Isabelle ins *Bristol-Theater*. Er machte einen ziemlich launischen Eindruck. Tom, der inbrün-

stige Katholik, schien ganz weltlichen Fragen nachzu-
hängen. Selbst ich war aufgeregt, aber nicht aufgrund
von Toms Problemen.

An jenem Abend fühlte ich mich magnetisch von Isabelle angezogen. Isabelle war so schön wie nie zuvor. Sie
lachte und warf sich mir spielerisch – wie eine kecke
Schülerin – in die Arme. Tom war unruhig. Er hätte
wohl gerne mit mir reden wollen, erriet aber, daß ich
mich gerade weit von ihm entfernt hatte. Obwohl ich
bezweifle, daß er bemerkte, wie nahe mir Isabelle gerade
kam. Für Tom war ich eine Art Heiliger, jenseits alles
Bösen. Auch an der Reinheit meiner Gefühle gegenüber
seiner Schwester hegte er keinerlei Zweifel.

Jetzt verstehe ich die Symbolik jenes Abends. Man
könnte sagen, daß meine Aufgabe darin besteht, Unruhe
in den Seelen anderer zu stiften, sie zu verführen, ohne
selbst aktiv und verantwortlich am Konflikt beteiligt zu
sein. Das Drama nimmt seinen Lauf, ich bin nur der
Auslöser im Hintergrund, einer, der die Saat streut.

In der Loge der Irving-Schwestern improvisierten
wir alle sechs ein Abendessen im Stil der Boheme. Ich
bot meinen Freunden Eis und Whiskey vom Buffet an.
Isabelle war schön, sehr schön… Und zum erstenmal
trank sie viel Whiskey aus meinem Glas. Doch ich
möchte mich nicht beim Abendessen aufhalten, da ich
etwas anderes zu erzählen habe.

Nach dem Essen jagten uns die Irving-Schwestern aus
ihrer Loge, weil sie sich umziehen und spanische Ko-
stüme anlegen wollten. Tom traf Freunde in einer anderen Loge und verzichtete darauf, sich mit mir zu
unterhalten. Isabelle und ich warteten hinter den Kulissen auf das Spektakel. Gedankenlos rauchte ich vor
mich hin, während Isabelle sich an meine Brust

schmiegte. Wir schauten uns in die Augen und mußten beide lachen. Ich warf meine Zigarette weg und küßte sie lange und wild auf den Mund, wie ich niemals zuvor jemanden geküßt hatte. Sie erwiderte meinen heißen Kuß auf himmlische Art und Weise. Unser Kuß dauerte viel zu lange, als daß ich den Verstand hätte verlieren können. Und Isabelle?

Auf meinen Armen trug ich sie in ein Atelier, wo uns zu dieser Stunde bestimmt niemand hätte überraschen können.

»Was machst du? Was machst du bloß mit mir?«

Isabelle lachte und weinte gleichzeitig. Alle Sünden lockten mich. Zuerst glaubte ich, Isabelle würde sich nur zieren. Doch dann bemerkte ich, daß Isabelle mich haßte, mich aus tiefstem Herzen haßte und daß Ekel und Tränen die Sinnlichkeit vertrieben hatten. Wir fielen beide auf eine Bank im hinteren Teil des Ateliers, aber Isabelle entwickelte ungeahnte Kräfte. Sie wehrte sich, ohne zu schreien. Ich selbst war ungewöhnlich angespannt. Ich fragte mich, welche Verrücktheit mich ergriffen hatte und warum ich ihr Gewalt antun wollte, anstatt auf die Knie zu gehen und sie um Verzeihung zu bitten. Warum wollte ich mich versündigen? Um mich danach wieder reinwaschen und bereuen zu können?

Isabelle kratzte mir das Gesicht blutig, aber ich war stärker. Mit der Zeit wehrte sie sich kaum noch. Mein Blick fiel auf ihre braunen Schenkel – die jungfräuliche Versuchung. Aber plötzlich überkam mich eine grenzenlose Verzweiflung. Mein Gesicht in den Händen vergrabend, begann ich zu schluchzen und mich in meiner Landessprache zu verfluchen.

Isabelle schaute mich mit unbeschreiblicher Ratlosigkeit an. Die Tränen hatten ihre Schminke verwischt. Ein

Streifen ihres Sonntagskleides hing lose über ihrer Wade mit dem verrutschten Strumpf. Am ganzen Leib zitternd und schluchzend, drückte sie sich gegen die Wand. Doch unversehens schrie sie laut auf und näherte sich mit geballten Fäusten meinem verweinten Gesicht.

»I hate you! I hate you, beast! I hate you!«

Den schrecklichen Ekel und das peinliche Gefühlswirrwarr, die mich in jener Nacht um Jahre altern ließen, habe ich mittlerweile fast vergessen. Hingegen wurden andere Erinnerungen wieder lebendig: Meine Jugend und *Die Ratlosigkeit nach dem Sieg* kämpften mit dem Teufel aus meinen Träumen. Ah! Wie sehr haßte ich doch den Teufel in jener Nacht! Doch wie hätte ich Isabelle sagen können, daß er es war, der mich verführen wollte? Ich brachte nicht den Mut auf, vor ihr Buße zu tun, wie ich es bei Tom getan hatte. Er ist ein wahres Christenkind. Vielleicht *war* auch Isabelle eines? Aber wenn sie es nicht war, hätte ich die Demütigungen nicht überlebt.

Und über all dem, im Nebel meines fruchtlosen Genies, die gleiche steinerne Ratlosigkeit, die gleiche Angst vor dem schwarzen oder weißen Wesen, jenem Unbekannten, Unsichtbaren, der meine Seele beherrscht.

Unter dem Vorwand, schreckliche Kopfschmerzen zu haben, kehrte Isabelle allein nach Hause zurück. Sie sagte niemandem etwas. Lange Zeit ging ich ihr aus dem Weg. Um zu vergessen, arbeitete ich Tag und Nacht. Auch von Tom wollte ich nichts wissen. Ich hatte ihn vergessen. Meine einzige Sorge war, die Schande, den Ekel und die Angst aus meinem Inneren zu vertreiben. Die Visionen jener ersten Nacht hatte ich zunichte gemacht. Ich wollte nicht wieder Christ werden. Ich wollte nicht mehr demütig weinen und beten, nicht mehr gegen einen Teufel und einen Traum ankämpfen. Ich verstand, daß ich meine Auferstehung nur auf dem Weg der Freiheit und der Sünde erreichen konnte, und wählte mir einen anderen Kampfplatz aus. Ich nahm andere Versuchungen ins Visier. Versuchungen und Sünden säumen überall den Weg des Fleisches, und darin besteht das Glück des Menschen. Sich versündigend, befreit er sich von der Dummheit, dem Christentum und den Dämonen. Er wird einfach und rein. Das Licht kommt nicht aus dem Licht, sondern aus der Dunkelheit.

Meine Auferstehung bestand einmal mehr aus Lachen und Gleichgültigkeit. Nur daß ich diesmal nicht die gleiche Freiheit verspürte. Irgend etwas, irgend jemand löste sich unter Tränen in meiner Seele auf.

VI. Das Gleichnis vom verlorenen Sohn

Allem Vorgefallenen zum Trotz mußten wir, das heißt Isabelle und ich, uns wieder in die Augen schauen, weil wir uns beim *Breakfast* und Abendessen gegenüber saßen. Und wir mußten miteinander reden, um Gerüchten zuvorzukommen. Unser Leben nahm wieder seinen gewohnten Lauf. Beide täuschten wir vor, Freunde zu sein, und belogen damit die anderen. Einem aufmerksamen Auge wäre von Zeit zu Zeit Isabelles Verachtung und Ekel, mit dem sie mich berührte, nicht verborgen geblieben; desgleichen meine ängstlichen oder gleichgültigen Gesten, mit denen ich sie nachzuahmen versuchte.

Wir führten ein merkwürdiges Leben, zwischen Haß und Widerwillen, dem Wunsch zu vergessen und in die Zukunft zu schauen. Wir teilten ein Geheimnis, das uns zu Verbündeten machte. An den Abenden, wenn Mrs Axon ihr Whiskeyglas erhob, um auf die Gesundheit der jungen Leute zu trinken, mußten wir uns schöne Augen machen.

»Isabelle, du vernachlässigst deine Freunde ... Warum sprichst du nicht mit dem Doktor ...?« fragte Mrs Axon zuweilen argwöhnisch.

Isabelle errötete, lächelte mir zu und verteidigte sich:

»Das ist nicht wahr, *mammy*, das ist nicht wahr ...«

»Isabelle träumt zu viel«, sagte ich grinsend.

»Und ich denke, daß Ihnen ihre Träume nicht fremd sind, Doktor ...«, unterstellte Mrs Axon.

»*What rubbish, mammy* ...«

»Ihre neuen Freunde, *mistress* Axon, ihre neuen Freunde ... Und ihr Dilemma mit Noel ...«

»Oh! Noel, das ist eine ganz andere Geschichte«, murmelte Isabelle.

»*That's right!*« erwiderte Mrs Axon zu unserer Erleichterung.

Wenn Freundinnen zu Besuch kamen, mußte ich zum Tanz aufspielen und Isabelles Romanzen am Klavier begleiten. Isabelle konnte sich diesem Wunsch ihrer Freundinnen nicht immer entziehen. Das Klavier war verstimmt, die Romanzen idiotisch und ich nervös. Beim grünen Licht der Klavierlampe vermittelten wir jenen altvertrauten Eindruck, der von den Freundinnen auf dem Heimweg kommentiert wurde. Zuweilen verlangten die Mädchen nach Chansons, in denen unzählige Male von »*I love you*« die Rede war, und applaudierten am Ende der stumpfsinnigen Lied-Strophe von *My inspiration is you*. Für mich war das ganze unerträglich, für Isabelle peinlich. Aber wir lachten beide, wenngleich wir jeden Blickkontakt mieden.

Um die Wahrheit zu sagen: Ich gewann meine Selbstsicherheit viel schneller zurück als Isabelle. Mit Lilian und Verna ging ich eine merkwürdige Freundschaft ein, von der ich später noch erzählen werde. Eine sexuelle, dämonische Freundschaft. Mich lockten Hunderte von Sünden. In der Sünde suchte und fand ich Befreiung von allen quälenden Empfindungen. Je mehr ich mir darüber bewußt wurde, daß ich einer Versuchung mit Gleichgültigkeit nachzugeben vermochte, um so schneller vergaß ich besagte Nacht im *Bristol-Theater*. Für Isabelle hingegen blieben meine Tat und der damit verbundene Schauder und Ekel auf unerklärliche Weise lebendig. Ich konnte es deutlich an ihren Gesten ablesen, wenn sie sich in meiner Nähe aufhielt.

Unter dem Vorwand, arbeiten zu müssen, vermochte

ich vielem aus dem Wege zu gehen. An gewissen Tagen nahm ich das *Breakfast* und den Tee lesend in meinem Zimmer ein. Ich ging weiterhin meiner Leidenschaft nach und lieh mir teure Bildbände über asiatische Kunst von der *Imperial Library* aus. Meine Arbeit machte Fortschritte und nahm Konturen an, obwohl ich den Gedanken bereits aufgegeben hatte, sie jemals zu beenden und zu publizieren.

Tom sprach nur noch wenig mit mir, weil ich ihm keine Fragen mehr stellte. Alle unsere Dialoge endeten damit, daß ich ihm zulächelte und meine Lektüre wieder aufnahm. Was in seiner Seele vorging, verstand ich erst später, zu spät, um ihn aufzuhalten.

Ich hatte Vernas Laster entdeckt und stachelte es mit teuflischer Leidenschaft an, wenngleich ich keinerlei sexuelles Vergnügen dabei empfand. Nur um der Sünde willen und weil ein Mädchen von zwölf Jahren daran Gefallen fand. Im übrigen bin ich gar kein sinnlicher Mensch. Meine seltenen Beziehungen ekelten mich bereits nach der allerersten Nacht an. Meine Erfolge auf erotischem Gebiet wurden von Prinzipien, Ideen und Experimenten bestimmt. Aus diesem Grunde schrieb ich einmal, daß ein wahrer Don Juan ein Theologe sein müsse, und zwar im substantiellen, nicht im gelehrten Sinne des Wortes. Was mich an einer Frau interessiert, sind entweder ihre Tugenden oder ihre Laster. Sobald ich sie kenne, sind die Frauen mir jedoch zuwider. Die wildesten Umarmungen ließen mich kalt. Meine Klarheit verlieh mir tausend neue Augen, um den Anblick gespreizter, heißer Schenkel zu genießen. Ich habe die Metaphysik zu sehr geliebt, als daß ich ein Verbündeter der Frauen hätte werden können. Und je mehr ich mich ihnen näherte, um so freier und ruhiger wurden meine

Gedanken. Nein, die Frau hat mich nie um den Verstand gebracht. Ich habe bei ihr stets die engelhafte oder teuflische Seite gesucht. Für mich stellt der Sex nur eine zusätzliche Freiheit dar und ein Dogma, das ich bestätigen oder verwerfen kann. Wie ich schon sagte, ich habe zu sehr in der Metaphysik gelebt. Dies ist der Weg, der über die Frau zur Niederlage oder zum Sieg führt.

Ich weiß nicht, ob ich mich verständlich ausdrücke. Bei diesen Problemen, die mich in meiner Jugend beschäftigten, empfinde ich jetzt einen unüberwindlichen Ekel. Ich vermag sie nicht mehr zu beurteilen. Ich glaube nicht mehr an meine Regeneration. Seit meinem tiefen Fall habe ich alle meine spirituellen Übungen aufgegeben. Das heißt jedoch nicht, daß sich meine Taten und Sünden völlig gewandelt hätten. Natürlich bin ich mir der Veränderungen auf Schritt und Tritt bewußt... Aber könnte ich wirklich behaupten, daß sie nicht schon in mir angelegt gewesen wären...?

Bei Verna habe ich einen für ihr Alter erstaunlich kleinen, unterentwickelten Körper entdeckt. Er war so schön und vollkommen wie der einer Puppe. Und unsere Sünde begann auch bei einem Puppenspiel.

Nein, ich werde nicht alles erzählen, weil es mir Widerwillen bereitet. Mir sind alle Spielarten dieses Gefühls vertraut. Es gab Augenblicke, da ich die kleine Verna aus tiefstem Herzen haßte. Der letzte Spasmus irritierte mich. Der Orgasmus einer Puppe ist monströs.

Und es gab Tage, an denen mich schreckliche Gewissensbisse plagten. Aber es handelte sich nicht um das Gute, das gegen das Böse in meinem Geist ankämpfte. Nicht der Gedanke an sich quälte mich. Ich wollte die christliche Demut nicht wiederholen. Ich vergoß keine Tränen, demütigte mich nicht, wie ich es vor Tom oder

Isabelle getan hatte. Ich tadelte mich, weil ich ein Mädchen durch ein Kind ersetzte. Ich tadelte mich, weil ich unfähig war, Isabelles Körper zu erobern, und statt dessen den lasterhaften Körper der kleinen Verna bekam. Ich tadelte mich, weil ich meine Ziele nicht erreichte und mich – ohne darauf verzichten zu können – mit einem Surrogat zufrieden gab.

Es war zu spät, als daß ich damit hätte aufhören können. Vor allem, da ich darauf hoffte, daß Verna… Aber nein, ich bin hier nicht dazu verpflichtet, alle Verrücktheiten und Launen meines nach Freiheit, Sünde und Ruhe dürstenden Geistes auszubreiten.

Mit Lilian kam es nicht soweit. Lilian hatte kein einziges Laster. Ich bewunderte die Fülle ihrer Formen, und ihre Beine zogen mich an. Meine Vertrautheit mit der Familie Axon eröffnete mir viele Türen. Der große Vorteil des Guten besteht darin, daß es jeden Augenblick ins Böse umschlagen kann. Meine religiösen Gespräche und meine Gelehrsamkeit sowie mein Arbeitseifer und meine Freundschaft zu Tom führten dazu, daß ich wie ein Laienabt angesehen wurde. Auch das bengalische Klima kam mir entgegen. Die Mädchen waren von März bis Oktober fast nackt. Die Hitze ermüdete Mrs Axon, ließ die Großmutter in den Schlaf sinken und führte die Mädchen in mein gut gelüftetes, kühles Zimmer. Zuerst kam Isabelle, um sich meine japanischen Rollbilder anzusehen. Ist schon ein Jahr vergangen? Es sind viele vergangen. Zu jener Zeit quälte mich das Problem der zehntausend Isabelles und des Mannes, der durch den Spiegel in die Seele eines anderen eindrang. Die unerschütterliche Wirklichkeit der Masse demütigte mich. Welchen Wert hatte noch das, was ich Freiheit, Macht und Genie nannte? Die bleierne Masse siegt, ohne zu kämpfen. Sie siegt gerade deshalb, weil sie es ablehnt zu kämpfen, weil sie darauf verzichtet, ihre Kräfte mit der Kraft des Übermenschen zu messen. Und kein Sieg ist beschämender als der kampflose.

Was soll ich noch über mich und Isabelle sagen, die schüchtern und artig das Zimmer des Doktors betrat …?

Ich weiß nichts über die jungfräuliche Lilian zu erzählen. Aber wenn ich diese Geschichte Monate zuvor geschrieben hätte, wäre Lilian anstelle von Isabelle in meinem Heft zu Wort gekommen. Isabelles Worte hatten sich erst nach dem besagten Abend im *Bristol-Theater* durchgesetzt. Was für eine Veränderung! Niemals zuvor hätte ich gedacht, daß sich Isabelle von jenen anderen Zehntausend unterscheiden würde. Mit dem Wutanfall einer beleidigten Jungfrau – »*I hate you! I hate you, beast!*« – hatte sie in ihrer ureigenen Sprache zu sprechen begonnen. Seitdem ist Isabelle einzigartig, unbefleckt und tadellos. Nichts vermag sie mehr zur alten Herde zurückzuführen. Aber wer hat sie aus der Masse der Zehntausend herausgehoben, wer hat ihr eine eigene Gestalt gegeben, wer hat ihr eine Kerze in die Hand gedrückt, wer hat ihr eine Stimme verliehen? Ich, ich, ich. In diesem Fall bin ich ihr Vater, ihr Lehrer, ihr Beichtvater. Sie ist das Geschöpf meines Geistes: Isabelle, die mich haßt, die mir böse, verachtende und zornige Blicke zuwirft.

Das ist der Grund, aus dem ich diese Geschichte niederschreibe: Sie ist schön, lang und lebendig. Und überall begegnet mir das Leitmotiv meiner Ratlosigkeit und Sterilität. Um schöpferisch zu sein, setze ich alle möglichen Mittel ein: das Laster oder verrückte Versuchungen, den Ratschlag oder die Gewalt, die Liebe oder die Gleichgültigkeit. Den Haß gebrauche ich nicht, weil er niemals in meiner Seele gewohnt hat. Er wirkt weder schöpferisch noch zerstörerisch. Ich bin jenseits von ihm. Mihail kennt mich nicht und wird mich auch nicht verstehen. Aber für ihn wiederhole ich es noch einmal: Ich bin über dieses Gefühl erhaben. Meine Arbeit und mein Leben sind von Ekel, Leidenschaft und Mißachtung geprägt. Niemand versteht die Macht und Fruchtbarkeit der Gleichgültigkeit so gut wie ich. Und niemand weiß besser als ich, wie wenig dieses Wort eigentlich sagt und welche heilige Neugier sich hinter ihm verbirgt.

Eine unbeschreibliche Neugier zog mich zur reinen Lilian hin. Ich wollte wissen, was sie über mich und meinen Zwist mit Isabelle dachte. Ich vermutete, daß sie Wind davon bekommen hatte, was zwischen mir und Isabelle passiert war, und zwar nur aufgrund ihrer unschuldigen Einfalt, ihres Unwissens in erotischen Dingen. Manchmal erwiesen sich meine Intuitionen als vollkommen richtig. So auch im Falle von Lilian.

»Doktor, du hast Isabelle geküßt, nicht wahr...?« fragte sie mich eines Tages.

Was hätte ich darauf erwidern können? Ich versuchte, sie zu küssen. Ich war zu schwach, zu schüchtern, zu aufgeregt angesichts ihrer erfrischenden Naivität, als daß ich anders hätte reagieren können. Lilian leistete keinen Widerstand. Für sie war es eine Art Wettspiel. Sie errötete und lächelte mir verwirrt zu.

Ich hätte nicht sagen können, daß ich Lilian verstand. Es gelang mir nicht, sie für meine Zwecke einzuspannen: nämlich mit ihrer Hilfe meine Ruhe wiederzufinden und meine Neugier zu stillen. Die Tage vergingen, und zwischen unseren Umarmungen gab es oftmals lange Pausen. Die wenigen Minuten, die wir zusammen verbrachten, wenn Lilian mir *The Statesman* brachte oder mich fragte, ob ich den Tee etwas früher trinken wollte, endeten, ohne daß ich mehr als ein paar fade Küsse und ein schmachtendes Lächeln bekam. Und trotzdem nahm meine Leidenschaft, den Nebel ihrer Einfalt zu durchdringen, zu und stachelte mich an.

Seit jenem Ereignis im *Bristol-Theater* waren zwei Monate vergangen, und ich hatte mich stark verändert. Daß ich heute klarer, einfacher und tiefer darüber denken kann, liegt an der Verwirrung, der Unsicherheit und der Sünde, mit der ich gelebt hatte. Wie immer wurde ich mir aber der Veränderung erst im nachhinein bewußt. Die Gewohnheit, alles aufzuschreiben beziehungsweise mein Inquisitionstagebuch zu führen, hatte ich aufgegeben. Ich ließ mich einfach treiben, meinen eigenen oder den Impulsen anderer folgend. Dabei wollte ich nichts beweisen und verzichtete auf alle weiteren Experimente, die ich früher zum Dogma erhoben hatte. Nein, ich verfolgte keinerlei Ziel mehr. Meine Neugier galt nicht mehr irgendwelchen Ergebnissen, sondern den Körpern und Seelen, die mir nahe standen. Ich wollte sie kennenlernen. Genauer gesagt, ich mußte sie kennenlernen, um leben zu können.

Eines Abends rutschte ich auf der Terrassentreppe aus. Isabelle war die erste, die meinen Schrei hörte und herbeieilte. Mich auf ihren Arm und ihre Schulter stützend – jene Schulter, in die ich gebissen, und jenen Arm, der mich geschlagen hatte –, erreichte ich mein Zimmer. Mrs Axon und Tom zogen mir die Kleider aus, massierten mich und legten mir kalte Kompressen auf. Es war kein komplizierter Knochenbruch, obwohl ich wenigstens eine Woche lang das Bett hüten und mehrere Monate am Stock gehen mußte. Meine Schmerzen hielten sich in Grenzen; aber Mrs Axon trug Isabelle auf, die Rolle der Krankenschwester zu übernehmen: eine für uns beide unerträgliche Situation. Um uns die Zeit zu vertreiben und dabei Blickkontakte zu vermeiden, las mir Isabelle aus Galsworthy und Browning vor. Die Gedichte Brownings waren das einzig gute Buch in Isabelles Bibliothek. *The Forsyte Saga* von Galsworthy hatte sie sich mit meinem Geld und auf meinen Ratschlag hin gekauft. Isabelle fand das Buch langweilig, zog es aber dem Schweigen vor. Wir sprachen wenig miteinander. Meine alte Schüchternheit kehrte zurück. Während des Vorlesens sah ich sie verstohlen an. Ich weiß nicht, warum sie mir engelhaft schön erschien, mit ihrer breiten, matten Stirn, den langen Wimpern und dem Schwanenhals. Ich träumte vor mich hin, ohne ihr zuzuhören. Manchmal brach sie unvermittelt ab.

»Nur eine Minute, Doktor. Ich habe Mama vergessen zu sagen, daß sie Mrs Barber anrufen muß…«

Diese Minuten kamen mir wie Stunden vor. Mrs Axon ließ mich niemals allein, weil sie es für ihre Pflicht als Gastgeberin und gute Katholikin hielt.

In jenen acht Tagen, da ich das Bett nicht verlassen durfte, waren die Abende meine einzige glückliche Zeit. Tom amüsierte mich, indem er mir von seinen letzten sportlichen Erfolgen berichtete oder mir seinen Traum von einer frivolen Idylle mit der Cousine des anderen Sportlehrers, Mr Ferries, erzählte. Aufgrund seiner Schilderungen begann ich jenen Mr Ferries sympathisch zu finden. Er war ein dicker, unter Heißhunger leidender Mann mit aufgedunsenem Gesicht und kurzen Beinen, der bei der kleinsten Übung schweißgebadet nach Atem rang und das bengalische Klima verfluchte, ihm die Schuld an all seinen Unzulänglichkeiten gab. Ich bereute es wirklich, bestimmte Szenen nicht miterlebt zu haben. Zum Beispiel als er vor seinen Schülern das Hemd auszog und ihnen aus Scham den nackten, mit Pickeln übersäten, schweißtriefenden Rücken zuwandte. Oder als er nach einem Sturz beim Vorturnen elegant wieder aufstehen wollte, sich dabei die Hosen zerriß und unter Husten und Tränen schwor, mit dem nächsten Schiff wieder nach England zurückzukehren; ein Entschluß, den er sogleich wieder verwarf, als ein Schüler ihm Faden und Nadel anbot...

Daß es Mr Ferries' Cousine wirklich gab, bezweifle ich stark. Ich glaube, daß Tom sie nur erfunden hat, um mich zu amüsieren und gleichzeitig seiner Eitelkeit als junger, aber schüchterner Bursche zu schmeicheln. Toms einzige gute Freundin war Nelly; und Tom hatte ihr gleich nach dem allerersten Kuß feierlich versprochen, sich mit ihr in den Weihnachtsferien zu verloben. Ich war der erste, dem Tom sein Geheimnis mit bebender Stimme beichtete, und ich benötigte nur ein paar Abende, um ihn von seinem Versprechen wieder abzubringen und vor solcherlei Schwächen in Zukunft zu bewahren. Und auch dieses Mal war der Katholizismus mein Hauptargument.

An einem dieser Abende eröffnete mir Tom, daß er reisefertig sei. Ich machte große Augen. Fast hätte ich die alten Versuchungen vergessen, die ich in Toms Seele gesät und zum Blühen gebracht hatte. Ich verlangte nach Erklärungen.

»Mein *Dad* hat einen Freund in Manila... Dieser wiederum ist ein guter Freund eines einflußreichen Pastors... Von Manila aus könnte ich jederzeit nach Amerika gelangen... In San Francisco würde ich sofort eine Stelle in einem Varieté oder einem Sportclub finden ...«

Ihm zuhörend und erfreut lächelnd, erkannte ich meinen Sohn in ihm. Ich erkannte meine Träume und meinen Mut wieder. Und selbst die Namen der Städte: Manila, und vor Manila Singapur; und vor San Francisco Yokohama...

»Geh fort, Tom, geh fort.«

»Ich warte nur noch auf meinen letzten Lohn, Doktor. Ein Ticket dritter Klasse für die *British India Company* nach Manila habe ich mir bereits gekauft.«

»Verfügst du über Rücklagen?«

»Drei Livre.«

»Hör mal, Tom, ich habe zur Zeit nicht viel Geld ...«

»Doktor!«

»Ich bitte dich... Ich habe nicht viel Geld, aber Ersparnisse... Ich gebe dir alles, sechzehn Livre.«

»Doktor!«

»Das ist ein Darlehen, Tom, nur ein Darlehen. Wenn du als reicher Mann zurückkommst, kannst du mir das Geld wiedergeben. So eine unbedeutende Summe!«

»Doktor, ich habe dir noch etwas zu sagen... Ich reise nicht allein ab...«

»Mit wem?«

»Mit einem Freund, einem Telegraphisten. Ist das nicht besser so?«

»Das ist schade, Tom, sehr schade. Mit einem Begleiter zu reisen heißt, die Risiken zu teilen, und ist es nicht wert. Glaube mir. Erinnere dich an das, was ich dir über meinen Aufbruch gesagt habe. Verschiebe die Reise lieber. Laß deinen Freund allein ziehen. Jeder mit seiner eigenen Seele. Jeder mit seinem eigenen Schicksal... Bleib hier, Tom.«

»Unmöglich, Doktor, unmöglich. In drei Tagen bekomme ich mein letztes Gehalt. Und Freitag fährt das Schiff nach Fernost ab...«

»Freitag?«

»Ja, ich weiß, was du mir sagen willst. Freitag hat meine Mutter Geburtstag... Ja, ich weiß... Aber mein Entschluß steht fest, Doktor. Ich bin zu dir gekommen, damit du mir Mut machst... Und morgen werde ich in die Kirche gehen...«

Das war zuviel des Guten und brachte selbst mich aus der Fassung. Warum ausgerechnet jetzt? Warum nicht erst nach Mrs Axons Geburtstag? Warum nicht schon vor meinem Beinbruch? Doch im nachhinein verstand ich, daß wir zwar unsere Entscheidungen frei treffen können, die Umsetzung aber eine Frage der Zeit, der Jahre und Stunden ist, und nicht von uns abhängt. Warum sollte ich mich dagegen auflehnen oder in Klagen ausbrechen? Toms Flucht fand zu einem schlechten Zeitpunkt statt, das war alles: Ich ans Bett gefesselt und Mrs Axon in Feierlaune. Trotzdem war es eine Flucht... Und mir wurden noch manch andere Dinge klar.

Auf meinen Stock gestützt, erhob ich mich aus dem Bett und übergab Tom die sechzehn Livre. Wir reichten uns brüderlich die Hände.

»Ich weiß nicht, was dich seit einiger Zeit beschäftigt, Doktor... Immer so in Gedanken... Ich würde gerne mit dir darüber sprechen. Aber ich kann dich ja nicht verstehen, wie du weißt. Du bist ein außergewöhnlicher Mensch... Niemals zuvor habe ich jemanden kennengelernt, der so gut und gelehrt ist wie du… Ich hatte nicht den Mut, dich zu fragen… Doch jetzt kannst du es mir vielleicht sagen.«

Schattenwirbel.

»Die Bücher, Tom, die Bücher… Du weißt, wie mein Leben früher war… Gute Nacht, Tom… Oh! Dieses verfluchte Bein…«

»Auch ich hätte es mir beinahe gebrochen. Ich habe dir nichts davon erzählt… Just an dem Abend, als ich mich zur Abreise entschloß, um berühmt und reich zu werden… Erinnerst du dich an einen bestimmten Abend im *Bristol-Theater*, Doktor?«

Ich könnte viel über meinen Schlaf, meine Träume und Alpträume in der Nacht von Donnerstag auf Freitag schreiben.

Bevor Tom zu Bett ging, zeigte er mir sein Ticket und das Geld. Er umarmte mich unter Tränen und versprach, mir Briefe zu schicken, die der Hausmeister des Kollegs für mich hinterlegen würde. Nachdem er seinen Koffer gepackt und im Schrank versteckt hatte, schlief er ruhig ein.

Ich wachte mehrere Male auf und schaute ihn an. Tom mit seinem überaus schönen, reinen Körper. Jedesmal, wenn ich die Augen öffnete, raste mein Herz vor Angst, ihn nicht wiederzusehen. Und so sollte es auch geschehen: In der Morgendämmerung, im gefilterten Licht des bengalischen Sommers, stand sein Bett, leer und groß.

Ich preßte meinen Kopf ins Kissen und zwang mich, wieder einzuschlafen.

Gegen sechs Uhr standen die Großmutter und Mrs Axon auf. Die Mädchen erst eine Stunde später, weil sie Ferien hatten.

Ich hätte es mir gewünscht, daß Mrs Axon nicht aufsteht, sondern so lange schläft, bis ihr Sohn wieder zurückgekehrt ist.

Aber meine Gedanken wurden von einem gellenden Schrei unterbrochen. Ich nahm meinen Stock, sprang mit schmerzverzerrtem Gesicht aus dem Bett und humpelte aus dem Zimmer. Mrs Axon saß weinend in einem Sessel des Salons, die Mädchen eilten herbei, und die Großmutter suchte nach ihrer Brille.

»Doktor, Doktor...«

Mrs Axons Tränen fielen auf meine Pyjamahose.

»Doktor, er war Ihr Freund... Er war wie ein Bruder für Sie... Er ist weg. Tom ist davongelaufen!«

Es gelang mir, nur die erste Zeile des Briefes zu lesen, den sie mir zeigte: »*Mammy, my dear mammy, my little poor mammy...*«

Was ich sagte, klang unpassend und dumm:

»Wissen Sie, wann Mr Axon zurückkommt?«

VII. Ein Sommernachtstraum

Es fällt mir sehr schwer, meine weitere Lebensgeschichte bis zur Begegnung im *Nanking* zu erzählen. Ich weiß nicht genau, was sich in jenem Sommer nach Toms Flucht ereignete. Das heißt, ich verstehe die Verkettung der Ereignisse nicht. Gedankenpausen, wie ich jene Perioden gerne bezeichne, in denen mich eine magische Lethargie überfällt. Ein merkwürdiger, lebhafter Schlaf, der sich von Tagen, nicht von Nächten nährt, der reich an Begebenheiten und weniger an Bildern ist. Zeiten, in denen sich mein Leben wie eine Blume nach Sonnenuntergang verschließt. Ich weiß nicht, wie ich dieses Phänomen beschreiben soll, weil ich niemals zuvor etwas ähnliches gelesen oder gehört habe. So bleibt mir nichts anderes übrig, als mich meiner eigenen unbeholfenen Ausdrucksweise zu bedienen.

Ich habe mich getäuscht: Vielleicht war mein Leben im letzten Sommer gar kein Traum. Mihail wird diese Seiten mit Skepsis lesen. Aber für mich waren sie genauso wirklich wie die deutlichsten Erscheinungen des Lebens. Ich bin weder ein Schlafwandler noch ein Drogensüchtiger. Ich glaube nicht an Träume. Auch unterscheiden sich meine nicht von denen anderer Leute. Doch zu gewissen Zeiten fühle ich mich erschöpft und kraftlos und kann keinen klaren Gedanken fassen. Tage, an denen ich zu nichts fähig bin. Mein schwaches Bewußtsein gleicht dann dem eines Genesenden. Trotzdem hält dieser Zustand nicht lange an. Die Genesung nimmt ein Ende, und es beginnt ein neues Leben, mit einem neuen Rhythmus und Glanz. Wer könnte behaupten, daß es nur ein Traum war?

Meine Jugend war ein langer, schrecklicher Traum. Ich erinnere mich an sie wie an eine in der Schule gelesene und wieder vergessene Ballade. Meine Erinnerung zerfällt in zwei Teile, ich sagte es bereits. Ich glaube, daß ich nicht der einzige bin, der mit dieser Besonderheit lebt, aber ich weiß, daß es wenige gibt, die darin einen moralischen oder theologischen Sinn sehen und sich nicht mit einer einfachen psychologischen Erklärung begnügen. Mein Traum vom Teufel und vom Scheiterhaufen war kein Alptraum, aus dem ich erwacht bin. Es tat sich mir nur eine andere Welt auf, und ich war erstaunt und froh über das, was ich sah. Meine Jugenderinnerungen kommen mir wie eine Geschichte vor, die *ein anderer* mir erzählt hat und die ich im Halbschlaf an einem Sommernachmittag gehört habe – begleitet vom Summen der Bienen und einer unerklärlichen Traurigkeit. Weil ich aber der Geschichte nur im halbwachen Zustand gelauscht habe, kenne ich sie nicht ganz. Es gab Augenblicke, da ich die Augen schloß oder einen Schmetterling verfolgte, so daß die Worte des anderen keine Spuren auf dem Spiegel meines Geistes hinterlassen konnten. Aber man muß – um Gottes willen – im anderen nicht unbedingt einen Menschen oder einen Geist sehen. Nein, ich selbst war es, der sich etwas erzählte, seiner Lebensgeschichte jedoch keine Aufmerksamkeit schenkte. Dies ist der Schlüssel zu meinen Geheimnissen. Ich ignorierte gewisse Zerfalls- beziehungsweise Entwicklungsprozesse meiner Seele.

Mein längster und zugleich wundersamster Traum war *Die Ratlosigkeit nach dem Sieg*. Zu jener Zeit standen mir die Mythen sehr nahe. Ich erhob mich nicht über die Welt, sondern die Welt nahm meine Träume freudig auf. Ich konnte den Dingen ihren Sinn *ansehen*, und zwar auf ganz natürliche Art und Weise, ohne jede Anstrengung. Für mich gab es keine Kluft zwischen Welt und Mythos, keine Dialektik. Die Gegenstände waren Gegenstände und *zugleich* Symbole, Bedeutungen, Anregungen, Beweise, Auseinandersetzungen und Ideen. Wie viel Zeit würde ich benötigen, um dieses *Zugleich* zu erklären!

Wenn ich die Verbindung zu dieser natürlichen und erhabenen Welt verlor, so lag es nicht an mir. Mein Freund erlaubte sich einen Scherz. Doch Scherze dürfen nur jene machen, die etwas von Metaphysik oder Theologie verstehen. Es gibt nichts Schlimmeres als einen Scherz. Mein Freund verwechselte die Begriffe. Die guten Scherze sind jene, die einer banalen Sache einen neuen Sinn – ein Lob, eine Lüge, etwas Schmerzhaftes – verleihen. Mein Freund brachte durch eine gewöhnliche Sache – sein Teufelskostüm – eine Idee zum Ausdruck. Heute tut es mir leid, daß ich ihm dafür dankte, weil ich das Böse verstehe, das er mir antat. Aus dem Reich der zwei verbrüderten Welten herausgerissen, bin ich dazu verdammt, blind und zitternd meine alte Welt wiederzufinden und sie mit jener zu verflechten, in der ich jetzt lebe. Doch wie könnte ich sie wieder zusammenbringen? Ich suche und suche und verstehe die Tragik dieser Suche nur in den Augenblicken, da ich erschöpft einschlafe und in meinen Träumen von Herrschern und armen Leuten erwache.

Es vergingen düstere Tage nach Toms Abreise. Das Verbrechen lastete schwer auf mir, und die begangenen Sünden drohten, mich zu ersticken. Auf die Tat folgten die Schmerzen. Und ich nahm sie noch stärker wahr, weil Mrs Axon mir von Toms Kindheit erzählte, die anders verlaufen war, als ich es mir aufgrund seiner abendlichen Teilbekenntnisse vorgestellt hatte. Tom war gar nicht so einfältig. Er hätte von allein dem Lockruf der großen, weiten Welt folgen und jenen chaotischen Weg gehen können, zu dem ich ihn gezwungen hatte. Bereits im Alter von zehn Jahren, als er noch in Simla wohnte, war er von zu Hause weggelaufen, um die Kasernen von Delhi zu sehen. Ein Freund der Familie hatte ihn an einer Station im Punjab aufgelesen, als er gerade eine Reisschale mit einem Einheimischen teilen wollte. Wenn dieser Freund ihn nicht zurückgebracht hätte, wäre Tom in Delhi angekommen, und nur Gott weiß, wie sein weiteres Leben ausgesehen hätte.

Tom war nicht der, den ich mir vorgestellt hatte. Ich nahm seine Sünde auf mich und belastete meine Seele unnötig, obwohl Tom auch ohne mein Zutun das Haus verlassen hätte. In diesem Falle wäre es *seine* Sünde gewesen, und im Himmel hätte *er*, und nicht ich, dafür Rechenschaft ablegen müssen.

Diese Offenbarungen verwirrten mich zutiefst. Ich verbrachte furchtbare Nächte, in denen ich mich fragte, wie ich das hätte wiedergutmachen können. Ich sah mir Toms Bett mit schmerzlichen, zwischen Angst, Gewissensbissen und Wut wechselnden Gefühlen an. Ich bat darum, das Bett aus dem Zimmer zu entfernen, weil es sich manchmal in meinen Träumen in einen Sarg verwandelte, aus dem Tom sich grinsend erhob und meine Selbsttäuschung bespöttelte. Seht her! Das bin ich: ein Sünder ohne Sünde, selbst in diesem Fall ein Versager, unfruchtbar, für alle Zeiten unfruchtbar, ein Gespenst über toten Wassern. Seht her: ein vom Schicksal Geschlagener, an die Seite von Menschen gestellt, die sich von ganz allein finden oder verlieren, während ich, das

Opfer einer blinden Vorsehung, mich in dem Glauben wähne, sie zu lenken.

Aber ich, mein Gott, wo bin denn ich? Wenn ich schon keinen Stein zu behauen, wenn ich schon keine Seelen zu verwirren vermag, warum bin ich auf die Welt gekommen, warum hast Du mich überhaupt erschaffen? Ich bin ein Mensch ohne Hände, ohne Sprache, ohne Augen. Was soll ich in dieser weiten Welt machen – mit einem einzigen Schatten, dem Schatten der Ratlosigkeit über mir? Ich allein sehe den Schatten, ich allein laufe in alle Winkel, um sie zu vergessen. Welcher Sohn aus der *Bibel* hat sich in mir verkörpert, um den anderen zu beweisen, daß es nur den einen Gott gibt? Ich glaube nicht mehr an all die Schrecken der Jugend, ich glaube an keinen Gott mehr, so paradox dieses Bekenntnis auch neben allen anderen erscheinen mag. Ich beweine nur mein Schicksal. Es ist mir ziemlich gleichgültig, ob der Teufel nur mir oder allen gehört, ob er nur eine Angst oder ein Wesen ist. Es ist mir ziemlich gleichgültig, solange er meine Gedanken besetzt und meine Lebensfreude zerstört...

Isabelle hatte den Vorfall vom *Bristol-Theater* nicht vergessen, begann ihn aber zu verzeihen. Wenn ich in diesen Sommermonaten, das heißt während meines Traumes, etwas klarer gewesen wäre, hätte ich bemerkt, daß meine Tat in Isabelles Seele an Schwere und Bedeutung verlor und sich mit anderen in Büchern gelesenen oder in Filmen gesehenen Szenen vermischte. Isabelles verwundete Seele verströmte ein süßes, parfümiertes Gift, das ihren Geist zuweilen verwirrte und sie auf andere Gedanken brachte und neue Sehnsüchte spüren ließ. Ich glaube nicht, daß es die Entdeckung der Sinnlichkeit war, sondern vielmehr eine Bewunderung des Vorgefallenen, ein Erstaunen angesichts meines Mutes und meines plötzlichen Handelns. Es war keine Sinnlichkeit; sinnlich war Isabelle immer schon gewesen, verstand es aber, sich zu beherrschen und niemals ihr Ziel aus den Augen zu verlieren, nämlich einen Ehemann zu finden. Ihre Sinnlichkeit kühlte nach dem Vorfall vom *Bristol-Theater* schnell wieder ab, weil niemand die dunklen Winkel des Weiblichen kennt und niemand die Grenzen der Scham oder die Intensität der Wünsche einer Jungfrau erahnen kann.

Ich glaube, daß Isabelles Entwicklung nach dem Schock in eine neue Richtung ging. Ich verfolgte sie nicht länger, war nicht mehr neugierig, sie zu durchschauen, weil ich all meine Kraft für meinen Tagtraum benötigte, seit Verna mich eines Morgens streichelte und ich sie fortjagte.

Dies alles geschah, noch bevor mein Beinbruch wieder völlig geheilt war. Ich las und schrieb im Bett neben einem mit Büchern und Papieren überhäuften Tischchen. Erneut sah ich mir meine Notizen zur javanischen Kunst durch und plante ein Kapitel mit langen und gelehrten Kommentaren. Ich verspürte einen wilden Drang, wissenschaftlich zu arbeiten, das heißt Tag und Nacht, ohne an etwas anderes zu denken. Es war mein erster Arbeitstag, und ich hatte so viele Ideen, daß ich mir schwor, wenigstens zwei Wochen ununterbrochen zu arbeiten. An diesem Abend schlief ich friedlich und voller Zuversicht ein. Seit langem kannte ich nicht mehr diese Harmonie zwischen Wollen und Können. Die Arbeit war für mich meistens nur ein Mittel, um zu vergessen und mich zu beruhigen; ein selbst auferlegtes Gebot, eine körperliche Qual.

Morgens erwachte ich ein wenig später als sonst und versuchte, die Vorstellung der *zwei Welten*, die ich aus meinen Träumen in den Alltag übertragen hatte, loszuwerden. Mein Zustand war angespannt, aber nicht schmerzhaft. Alles, was ich sagen kann – denn meine Erinnerungen sind sehr vage –, ist, daß ich mich viel älter fühlte, andere Gedanken und einen neuen Bezug zur Welt hatte. Dann kam Verna. Sie setzte sich auf meine Knie und schlang sich wie eine Liane um meinen Körper. Allein der Gedanke an die Sünde und die Lust ließ sie erröten. Plötzlich packte mich die Angst. *Ich erkannte die kleine Verna nicht wieder.* Sie erschien mir jetzt groß, sehr viel größer, verlobt mit einem gewissen Thomas, dem ich – soweit ich mich erinnere – zwar niemals begegnet war, den ich jedoch nur allzu gut kannte, um ihn nicht als einen Freund zu respektieren.

Verna verlangte Liebkosungen. Wir waren beide durch das Laster so sehr aneinander gekettet, daß ich mich nicht mehr zurückhalten, geschweige denn eine heuchlerische Miene aufsetzen konnte. Verna bestand darauf, und man kennt ja die wilde Launenhaftigkeit schlimmer Kinder.

Ich versuchte Verna, so gut ich nur konnte, zu vertreiben. Aber ich war zu verwirrt, um einen plausiblen Grund für meine Zurückhaltung zu erfinden. Verna wurde jetzt feuerrot vor Wut.

»Ich werde niemals wieder ein Wort mit dir reden, Doktor! Ich weiß jetzt, daß du Isabelle geküßt hast... Auch Lilian hat mir erzählt, daß du sie geküßt hast... Ich werde Mama sagen, daß du Isabelle und Lilian geküßt hast... Und ich werde Mama sagen...«

Ich weiß nicht, wie jene Morgenstunde zu Ende ging.

Später erfuhr ich, daß Mrs Axon, nachdem sie alles erfahren hatte, zu Verna sagte:

»Vielleicht wolltest du auch von ihm geküßt werden ...?

Und sie bestrafte die kleine Verna, indem sie sie dazu
zwang, im Stehen von einem Nachttischchen zu essen.
Schlimmerem vorbeugend, verbot sie Lilian, mein Zimmer zu betreten, und Isabelle gab sie den Rat, mit ihren
Küssen und Versprechungen etwas sparsamer umzuge-
hen. Obwohl sie mir nichts sagte, verstand ich Isabelles
Verwirrung, nachdem Mrs Axon sie zur Rede über unsere Freundschaft gestellt hatte. Isabelle fürchtete sich
davor, daß ihre Mutter die ganze Wahrheit erfuhr.

Vielleicht waren diese Dinge sogar ganz hilfreich in
meiner Krise, weil sie mich vor allzu vielen Erklärungen
bewahrten und die Vorstellung jener zwei Welten, die
meinen Geist besetzte, nicht verstärkten.

Ich kann mir nicht erklären, welche Umstände dazu geführt hatten, daß ich mich mit Isabelle verlobte. Zu jener
Zeit verlor ich keinen Gedanken an die Außenwelt.
Trotzdem erinnere ich mich daran, daß unsere Verlobung sehr schnell vonstatten ging und wir ein Picknick
am Nachmittag zum Anlaß einer heiteren, aber etwas
faden Versöhnung nahmen. (Jene Fadheit, die einer langen Genesung folgt.) Damals verspürte ich noch einmal
den wilden Drang, mein Leben zu verändern. Ich me-
ditierte tage- und nächtelang über mein Schicksal, über
meine Existenz, die nur von wundersamen, unerwarteten Wendungen vorangetrieben wurde. Alle glaubten,
daß ich Isabelles Mann werden würde, nur ich nicht. An
eine Heirat dachte ich weder in dem Jahr, als ich am
Indian Museum geforscht hatte, noch nach meinem En-

gagement am *Bristol-Theater*. Ich verstand es nie, wirklich zu lieben, und die Frau hätte für mich alles sein können, nur keine Geliebte oder Ehegattin. Daß ich Isabelles Verlobter wurde, verdankt sich einer Stunde himmlischer Vergebung und eines fremden Einflusses auf meine Seele. *Der andere* drängte mich zur Verlobung, und ich gab nach.

Es gibt noch viel zu erzählen, doch je mehr ich erzähle – ich bin mir dessen durchaus bewußt –, desto mehr laufe ich Gefahr, als geisteskrank oder nervlich überspannt zu gelten. Meine Geschichte mag sich unwahrscheinlich oder verrückt anhören. Aber dem ist nicht so. Die Verrückten sind gewöhnliche Leute, die nichts mehr erstaunen kann. Die Verrückten sind Leute, die von Visionen, von Geistern und von der Sexualität heimgesucht werden. Ich dagegen bin ruhig und rein. Meine Gedanken waren niemals zuvor so flexibel und mein Leben so gesund. Wenn das, was ich hier schreibe, wirr erscheint, dann liegt es allein an meiner Unfähigkeit, mich richtig auszudrücken. Das Papier macht mir Angst. Nicht das weiße, sondern das halb volle. Das Niedergeschriebene bringt mich aus der Fassung, weil ich weiß, daß alles, was man schreibt, zur Hälfte unwahr ist. Ich bin ein Mensch, der in Formen denkt, also ein ganzer Mensch. Jene, die schreiben, leiden unter den vielfältigsten Verstümmelungen. Ich denke mit Hilfe von Formen, die sich im Gleichgewicht oder im Ungleichgewicht befinden, mit Hilfe von Klängen, Steinen und Farben. Das Schreiben hat die Kraft des Denkens völlig geschwächt, hat den Geist vom Wort entfernt und natürlich auch von der Idee. Das sage ich nur, damit man versteht, warum meine Geschichte verrückt erscheinen könnte. Alles, was man schreibt, entfernt sich fatal von der Wirklichkeit. Damit das Schreiben noch eine Spur Realität aufweist, haben gewisse Menschen eine *andere* Realität erfunden, die sie durch einfache Sätze, genaue Begriffe und korrekte grammatikalische Bezüge glauben ausdrücken zu können. Ich bin einer von wenigen, die es ablehnen, klar zu schreiben...

Die Existenz wandelt sich im eigentlichen Sinne des Wortes nicht. Wenn der Mensch dem Tode nahe ist, wenn die Agonie sich unwiderruflich ankündigt, blicken die Augen des Körpers und der Seele in eine andere Richtung. Die Welt ist weit. Der Mensch ändert sein Leben, um es nicht zu verlieren. Genauer gesagt, nicht er, sondern sein Engel oder Teufel ändert sein Leben.

Von allen theologischen Vorstellungen ist mir jene vom Schutzengel und vom teuflischen Versucher am lebhaftesten in Erinnerung geblieben. Ich glaube zwar nicht an ihre Existenz, aber ich muß offen und ehrlich zugeben, daß ich mir ohne diese zwei Wächter nichts im Leben eines Menschen erklären kann. Ich lehne es ab, auf kausale, beschreibende Art und Weise über die verschlungenen Wege und Offenbarungen jedes menschlichen Daseins zu denken und zu urteilen. Ich behaupte, daß der Engel und der Teufel alles erklären. Im Gegenzug verdunkelt man das Verständnis nur, wenn man auf sie verzichtet oder sie durch irgendwelche wissenschaftlichen oder soziologischen Begriffe ersetzt.

Aus diesem Grund verstehe ich auch meine unerwartete Verlobung mit Isabelle nicht. Ich weiß, daß diese Veränderung mir einen neuen Lebensquell erschließt, aber die Ursache, die Notwendigkeit und der Sinn bleiben mir verschlossen. Wirklich ratlos wurde ich jedoch erst ein paar Tage später. Ich machte es mir zur Gewohnheit, nach dem Abendessen Klavier zu üben. Eines

Abends ging Isabelle sehr liebevoll mit mir um und hörte mir gedankenverloren zu, während ich Beethovens *Die Abwesenheit* interpretierte.

»Du hast so viel Böses, Wildes in dir, Doktor... Aber weil du mir am Klavier vorspielst, hasse ich dich nicht, nein, ich hasse dich nicht...«

Da mich ihre Worte aufheiterten (aber nicht im sentimentalen Sinne: weder bin noch war ich jemals verliebt), begann ich Opus 18 zu spielen. In diesem Augenblick kam Isabelle durch die Terrassentür herein. Sie war schön angekleidet und wünschte mir einen »guten Abend«.

Plötzlich wurde mir schwindlig, denn Isabelle war die ganze Zeit über an meiner Seite gewesen, von Anfang an! Wie immer, wenn ich eine Situation nicht verstehe, lehne ich es ab, über sie nachzudenken und sie zu verstehen. Isabelle legte ihren Hut neben die Blumenvase auf den kleinen Tisch und näherte sich dem Klavier. Sie setzte sich auf den *anderen* Stuhl, an der anderen Seite des Klaviers nieder. Sie bedankte sich nicht für *Die Abwesenheit*, sondern bat mich, ihr Jazzstücke und Romanzen vorzuspielen, und zwar aus einem Notenheft, das sie von ihrer Cousine Julia geliehen hatte. In diesem Moment wurde mir bewußt, daß ich gleichzeitig in zwei Welten lebe, und ich zwang mich dazu, meine Worte und Gesten zu kontrollieren. Für mich war dieser Traum etwas Natürliches, Wahrhaftiges. Aber andere würden darin nur eine Verrücktheit sehen. Was groß, wunderbar und licht ist, mag anderen unklar, verwirrt und versponnen erscheinen.

Gleich nach unserer Rückkehr von der *St. Xavier Church* (Mrs Axon konnte ihre Freude über die katholische Trauung nicht verbergen) entschlossen wir uns, zwei Monate in der Wohnung von Isabelles Onkel, Mr Williams, in Rawalpindi zu verbringen. Dies waren die ruhigsten Monate meines ganzen Lebens. Isabelle stand sehr früh auf und freute sich, mir Tee machen zu dürfen. Es war die einzige Hausarbeit, die sie verrichten mußte. Um die Küche und die Pflege der Zimmer mußte sich – wie in jedem europäischen Haushalt in Indien – ein halbes Dutzend hinduistischer Diener kümmern. Isabelle liebte es, mir eine Tasse Tee ans Bett zu bringen; die zweite nahmen wir dann zusammen mit Mr und Mrs Williams im Eßzimmer ein. Hier besprach man die neuesten Nachrichten, wie zum Beispiel den Wechsel des Vizekönigs, und Mr Williams erzählte uns – ich weiß nicht zum wievielten Male – von seiner Begegnung mit Sir Bell in der Nähe des Chumby Valley. Ich glaube, niemals zuvor eine knappere und zugleich lebendigere Beschreibung Sir Bells gelesen oder gehört zu haben.

»Er ist sehr reich und hält seine Hand am Säbel. Wenn er jedoch keinen Säbel trägt, lernt er Tibetisch…«

Mit diesen Worten begann Mr Williams seine morgendliche Erzählung. Beim *Breakfast* klärte er mich in der Regel über die Möglichkeiten auf, durch den Anbau von Darjeeling-Tee reich zu werden. Er verfügte über große Erfahrungen als Farmer, gab sie aber aufgrund seiner übertriebenen englischen Vorsicht nur halbherzig preis. Da ich jedoch sein Neffe geworden war, strengte er sich an und teilte mir *Intimes* mit, das heißt im Falle von Mr Williams seine Strategie und Taktik in Handelsbeziehungen mit anderen Farmern…

In dieser nüchternen Atmosphäre zog sich mein Wesen, beziehungsweise das, was ich dafür hielt, allmählich wie eine Süßwasser-Amöbe im Meer zusammen. Um überleben zu können, mußte ich mich an die familiären Strukturen und Gewohnheiten anpassen. Die Zeiten der heroischen Offensive, der erbitterten Verteidigung oder der Versuchungen waren vorbei. Ich leistete meiner Umwelt keinen Widerstand mehr und versuchte auch nicht mehr, sie zu verändern. Schon seit langem belastete die Masse der Menschen meine Seele, jene Menschen, die einen weder anschauen noch nähren.

Tag für Tag spürte ich, wie die intellektuellen Fragen und Probleme sich auflösten. Ich verlor meine Obsessionen, wie man seine Hoffnungen aufgibt; natürlich ohne zu wissen, wann und wo, ohne mich zu fragen, warum, und ohne Tränen zu vergießen oder ihnen nachzulaufen. Morgens wachte ich an der Seite von Isabelle auf und erkannte, wie ich immer stärker jenem Wesen entsprach, zu dem sie mich bestimmt hatte, nämlich zu ihrem Geliebten. Man hätte sagen können, daß Isabelles Vorstellung wie ein Geist oder ein Prokrustes über mich kam, um mich gleichzeitig zu formen und zu verstümmeln.

Ich begann, wie die anderen zu denken, und dies auf ganz natürliche Art und Weise, so paradox mein Bekenntnis auch erscheinen mag. Ich nahm weder den Einfluß eines Fremden noch eine traurige Leere in meiner Seele wahr. Ich entdeckte *den anderen* nicht. Ich wiederhole es, der Fremde in mir machte sich nur bei persönlichen, spontanen Entscheidungen bemerkbar, nicht aber im Falle von äußeren Einflüssen.

Nach unserer Rückkehr aus Rawalpindi fuhr ich fort, im Sinne von Mr Williams zu denken und zu handeln. Es ist schon lange her, und ich kann mich nur undeutlich erinnern, wie Mrs Axons sich darüber freute, daß ich den richtigen Weg, das heißt den Weg des Reichtums eingeschlagen hatte. Isabelle war zufrieden, weil sie einen Ehegatten hatte. Schlechte Erinnerungen kamen nicht auf. Vielleicht waren sie verschwunden, vielleicht versteckte ihr sicherer Instinkt sie in unauslotbaren Tiefen. Isabelle wünschte sich jetzt eine Familie. Auch ich wünschte mir eine solche als Zuflucht. Niemand, niemand wird mir erklären können, weshalb ich mir etwas wünschte, vor dem ich mich in meiner Jugend fürchtete.

Für gewöhnlich hat man als erwachsener Mensch kein schlechtes Gewissen, wenn man die in der Jugend getroffenen Entscheidungen ignoriert. Alle sagen sich, daß es nur naive und exaltierte Versprechen gewesen seien. Nach ein paar Ehemonaten glaube auch ich, von dieser Krankheit angesteckt worden zu sein. Da ich mich entschlossen hatte, mein Leben grundsätzlich zu ändern und doppelt soviel zu verdienen, verließ ich die Pension von Mrs Axon, um mich mit Isabelle in der Nähe von Labong anzusiedeln. Mr Williams hatte mich einem reichen Farmer, einem Freund, der auf Reisen gehen wollte, als Geschäftsführer wärmstens empfohlen.

Ich sage, daß ich die Pension von Mrs Axon *verließ*. Aber die Dinge trugen sich – ich kann es selbst kaum glauben – ganz anders zu. Nur wenige Abende nach unserer Abreise – ich erinnere mich an vieles: den Zug, die Mitreisenden, den Bahnhof, Darjeeling – fand ich mich mit Isabelle wieder in jenem Zimmer, in dem ich mit Tom geschlafen und in dem Isabelle mir Gedichte von Browning vorgelesen hatte.

»Doktor«, sagte sie mir, »ich glaube, du denkst zu viel an jenen Abend zurück... Ich habe dir verziehen.«

Ich schaute sie mit dem gleichen Staunen an wie an jenem Abend, als ich ihr Beethoven vorgespielt hatte. Was wollte sie mir sagen? Ich wußte, daß sie mir seit langem verziehen hatte. Wie viele Jahre sind seit unserer Begegnung verstrichen? Und wie viele Monate seit unserer Heirat?

»Ich weiß, daß es peinlich ist, darüber zu sprechen… Aber jetzt denke ich anders darüber… Ich bin älter geworden, werde bald achtzehn… Ich habe dir verziehen… Und trotzdem bist du immer betrübt, sprichst kaum mit uns. *Mammy* macht sich echte Sorgen…

Auch damals gelang es mir, die Situation durch eine Willensanstrengung zu bewältigen. Ich bemühte mich, mir die kleine Isabelle in Erinnerung zu rufen, die ich zuerst beleidigt und danach gestreichelt hatte. Wir besprachen und erklärten uns das Geschehene, als ob wir es noch einmal erleben würden. Trotzdem kann ich mich nicht mehr an alles erinnern, da es zugleich etwas Unwirkliches, Traumhaftes hatte. Meine wahre Existenz hatte diese Zeiten seit langem durchlebt und wandte sich neuen Schätzen zu. Den beschränkten Verstand der Menschen berücksichtigend, hütete ich mich jedoch davor, Isabelle von jenen zwei Welten zu erzählen. Ich wußte, daß auch sie, früher oder später, diese Welten kennenlernen und in ihnen leben würde. Es gab nur eine einzige Sache aus jenem Sommer, von der ich ihr nicht erzählen konnte, von der ich ihr *unmöglich hätte erzählen können*: das Geheimnis meines Lebens.

Weil die Geschichte der folgenden Ereignisse so ungewöhnlich ist – und der alten Welt angehört, in der ich lebte –, werde ich sie zusammenfassen. Sie ist allzu delikat und schwer verständlich, so daß ich sie lieber aus diesem Heft streiche, um nicht als krank oder verrückt zu gelten. Ist aber etwa nicht jede Geschichte eine Zusammenfassung des Geschehenen?

Tag für Tag überraschte mich die Entwicklung meines Lebens aufs neue, und ich genoß seine Früchte. Alles war neu und nicht vorhersehbar. Ich glaube, irgendwo folgende Bemerkung gelesen zu haben: Die Essenz des Lebens besteht gerade darin, daß man es weder vorhersehen noch vorwegnehmen kann. Aus diesem Grund ist alles, was über die Zukunft geschrieben wird, Unsinn. Man kann zwar vorhersehen, was im Begriff ist, sich zu entwickeln und zu wachsen, nicht aber das eigentlich Neuartige. In dieser Hinsicht läßt sich meine Geschichte noch in eine weitere Formel packen: eine unentwegte Rebellion gegen das Vorhergesehene. Der angeborene und aufrechterhaltene Fehler meines Geistes bestand im Spiel mit den Spiegeln meiner anderen Welt.

Ich erinnere mich, daß die Zeit in meinem Geist und in meiner Seele einen anderen Stellenwert einnahm. Ich achtete nicht mehr auf die rastlose Uhr, nahm nur noch die Tage wahr, zählte nur noch die Jahre. Ich verlor jene lichte Spur der Seele, die einem Sinn für Dauer verleiht. Nicht mehr ich selbst lebte, sondern mein Körper und meine Nächsten lebten für mich. Während jenes ersten, in Museen und Parks verbrachten Jahres litt ich grausam unter dem *Verstreichen der Zeit.* Der langsame Tod der Dinge, das unerbittliche Verfließen der Augenblicke vergifteten, verwundeten mich, brachten die Grundfesten meiner Existenz ins Wanken, führten sie an Abgründe und nahmen ihr jeden Halt. Dieses neue Zeitgefühl war zu stark für meine Seele und zehrte Stunden oder Tage an ihr. Ich vermied es, auf die Straße zu gehen, weil ich spürte, wie alle Menschen jeden Moment starben. In den öffentlichen Gärten überkam mich hingegen eine Unruhe. Die Vergangenheit erschien mir endlos und schwarz. Sie dehnte sich mit jedem verlorenen Augenblick aus. Auch jedes sterbende, zu Staub zerfallende Blatt näherte sich jenem Grab, von dem ich nicht wußte, wo ich es hätte ansiedeln sollen, weil ich es überall vorfand.

Mein neues Leben erlöste mich von dieser Angst. Das Verstreichen meiner Jugend ließ mich gleichgültig. Ich bereute es nicht mehr, daß Hunderte von Symphonien in meiner Abwesenheit aufgeführt wurden, daß Hunderte von Ausstellungen ohne mich geschlossen wurden, daß Tausende von Büchern in allen vier Ecken der Welt publiziert wurden, die ich nicht lesen konnte, und daß meine Augen den Sonnenaufgang an Tausenden von Orten nicht sehen konnten. Gleich meinen Zielen und Hoffnungen änderten sich auch meine Gewissensbisse. Vorwürfe machte ich mir nur noch dann, wenn ich mich bei meiner Arbeit auf der Farm in Labong ungeschickt anstellte. Ich mußte mir alles selbst beibringen, weil ich von der Kunst des Teeanbaus keine Ahnung hatte. Ich mußte das Reiten auf klein gewachsenen Pferden erlernen und mit der Peitsche die bhutanesischen Pflückerinnen ermahnen. Ich ohrfeigte die Diener, um mir den gleichen Respekt wie die anderen Farmer zu verschaffen. Mr Elliot, der reiche Freund meines Onkels, schrieb mir oft, und ich erfüllte seine Anweisungen prompt – mit wachsender Leidenschaft und Perfektion. Ansonsten hatte ich keine Verpflichtungen. An den langen Regentagen vertrieb ich mir die Zeit mit Lesen oder mit den Gedanken an das Geld, das mir der Verkauf der Ernte im nächsten Herbst einbringen würde. Isabelle entwickelte sich zum Faulpelz. Sie langweilte sich zu Tode, und wenn sie keine Briefe von zu Hause erhielt, gab sie sich schweigsam und verdrießlich. Wir hatten kein Klavier. Die Zeitungen kamen nur alle drei Tage an, weil der Kurier sich während der starken Regenzeit nicht bis zu unserer Farm vorwagte. Ich besaß nur wenige Bücher, das heißt genauso viele, wie Mrs Axon mir erlaubt hatte, in einem Wäschekoffer mitzunehmen. Sie interessierten mich nicht. Ich blätterte sie durch, um meine Anmerkungen wieder zu lesen. Einige waren sehr schwer verständlich. Ich versuchte, sie zu begreifen, und wenn es mir gelang, empfand ich jenen heimlichen Stolz eines alten Akrobaten, der nach einer gelungenen Nummer in der Arena bemerkt, daß er noch nicht völlig am Ende ist.

In jenem Jahr kehrten wir zweimal in die Stadt zurück. Das erste Mal anläßlich des Todes von Catherine Irving. Dies rief viele Erinnerungen in mir wach, und ich besuchte alle Orte, die seit meiner Ankunft Spuren in meiner Seele hinterlassen hatten. Catherine war innerhalb weniger Tage an Malaria gestorben. Ihre Schwestern waren zutiefst erschüttert. Auch Isabelles Trauer schien echt zu sein. In jenen Tagen traf sie all ihre Freunde und unterhielt sich lange mit ihnen, vor allem mit Noel, der sich mit einer Cousine aus Colombo verlobt hatte.

Das zweite Mal kamen wir, um uns mit Mr Elliot zu treffen. Dank der Vermittlung von Onkel Williams wurde mir eine weitere Plantage, siebzehn Meilen südlich, überlassen. Mein Einkommen verdoppelte sich, so daß ich über genügend Geld verfügte, um Isabelle während der Ferien nach Darjeeling schicken zu können.

Der weitere Weg meines neuen Lebens liegt für mich mehr oder weniger im dunkeln. Ich weiß nicht, wie viel Zeit ich *hier* verbrachte. Aber ich erinnere mich, daß ich mich definitiv verändert hatte, *einfacher* geworden war. Ich wurde der ideale Ehemann, den sich jede Frau in

Indien erhofft. Ich wurde jener, den Isabelle sich gewünscht, den sie sich erträumt hatte. Und zwar ohne
Isabelles Drängen, sondern nur aufgrund meiner eigenen inneren Möglichkeiten.

Wie viele Jahre sind vergangen? Ich habe sie nicht
gezählt. Unser erstes Kind tauften wir auf den Namen
Michel, in Erinnerung an den Freund aus meiner Heimat. Das Mädchen bekam den Namen meiner Mutter,
Joan. Ein wenig Geist und Licht aus meinem vergessenen Land (meine Staatsbürgerschaft hatte ich im vierten
Jahr gewechselt) erfüllten unsere zwischen Hügeln gele-
gene Farm, deren Atmosphäre von Mal zu Mal wärmer
und intimer wurde: mit Möbeln und Kindern, mit ein
paar Büchern in einem luxuriösen Regal und mit ver-
gilbten japanischen Rollbildern an den Wänden, deren
Anblick mich irritierte.

Alle wurden älter. Ich erinnere mich gut an dieses Gefühl, an diesen Seelenzustand: Alle wurden älter. Ich
verspürte eine innere Leere, wurde mir meiner Unzulänglichkeiten bewußt, mich plagten Sorgen und Zweifel. Ich war älter geworden, ohne gelebt zu haben. Meine
wahre Existenz begann seit meiner Verlobung mit Isabelle. Alles Vorherige war nur Märchen, Trugbild, Verirrung, Dialektik. Wenn ich mich an kaum etwas
erinnere, so deshalb, weil ich lange gelebt hatte. Nur die
kurzen Leben sind reich an Erinnerungen. Mein ge-
schäftiges, sorgenvolles Leben vertrieb mir die Freunde
– und ließ mich mit leeren Händen zurück. Selbst die
Erinnerung an schöne Ereignisse blieb aus. Ich gab mich
mit meiner Mittelmäßigkeit zufrieden. Lediglich die
Müdigkeit des nahenden Alters bereitete mir Unbeha-
gen. Ich hatte lange Zeit eine entfremdete Arbeit ver-

richtet. Mich erwartete kein sicherer, ruhiger Lebens-
abend. Ich glaube, mittlerweile ziemlich reich geworden
zu sein, aber Isabelle wollte die Kinder zum Studieren
nach Oxford schicken, und dafür reichten unsere Ersparnisse kaum aus.

Während meines langen, zerstreuten Lebens gab es
nur ein einziges Gefühl, an das ich mich überhaupt nicht
erinnern kann: meine Liebe zu unseren Kindern. Ich
betrachtete sie mit einer lächelnden Neugier. Vielleicht
bereitete es mir Vergnügen, ihnen beim Spielen auf dem
großen Teppich zuzusehen, den wir im ersten Jahr unserer Ankunft in Labong gekauft hatten. Vielleicht
nahm ich sie auch freudig in den Arm. Aber ich entsinne
mich nicht, gespürt zu haben, daß sie Fleisch von meinem Fleische wären, dazu bestimmt, meine Leidenschaft für Eroberungen und Ketzereien fortzuführen.
Ich hätte nicht sagen können, daß sich meine Persönlichkeit in ihnen fortpflanzte, sich gleichsam verewigte.
Ich verstand sie und half ihnen dabei, mich zu verstehen,
doch zwischen mir und ihnen klaffte ein Abgrund. Ich
fühlte mich abgeschnitten, begrenzt, ohne Nachkommen, ohne Früchte. Und es wühlte mich stark auf, an der
Seite meiner Kinder das Drama des Erwachsenwerdens
erneut zu durchleben.

Je mehr ich mich einem gewissen Jahr nähere – vielleicht dem sechzehnten oder siebzehnten unserer Ehe –,
um so deutlicher, lebhafter und detaillierter werden
auch meine Erinnerungen. Es schien, daß die Zeit ihre
Schritte verlangsamte. Ich könnte Tag um Tag, Stunde
um Stunde aus unserem Leben wenige Monate vor der
Abreise der Kinder nach England erzählen. Mein einge-
mauertes, mit kalter Asche bedecktes Innenleben mel-
dete sich nach sechzehn Jahren plötzlich wieder zu Wort

– und mit ihm meine alten Zweifel und Hoffnungen. Meine alte Seele erinnerte sich wieder. Ich entsinne mich an die einzige wirklich nostalgische Stunde im Laufe jener langen Jahre: Unsere Kinder bereiteten sich auf die Abreise vor. Ich sah im Geiste meine eigene Abreise als Jugendlicher wieder und sagte meinen Kindern eine ähnliche Zukunft, fern der Heimat, voraus. Ein seltsames Gefühl beschlich mich – den kühlen, neugierigen Verstandesmenschen – bei dem Gedanken, daß Michel und Joan die gleichen Meere befahren würden wie ich, der damals nicht ahnen konnte, das Schwarze Meer nicht wiederzusehen.

Vor allem Michel galt mein Interesse. Er war schüchtern und kränklich, hatte weiße langfingrige Hände, liebte die Bücher und hegte gegenüber seiner Schwester Joan einen unverständlichen Haß. Ich hatte schon seit langem die Eifersucht und Feindschaft zwischen meinen Kindern bemerkt und mir Vorwürfe gemacht, weil ich nicht darunter litt, sondern vielmehr eine Neugier entwickelte.

Je mehr sich meine Seele aufhellte, desto öfter begann ich, die Welt von verschiedenen Blickwinkeln aus zu betrachten und auf die versteckten Signale meiner Kinder aufmerksam zu hören. Joan ähnelte Isabelle. Von mir hatte sie die Hautfarbe und die Liebe für die Musik geerbt. Aber weder sie noch Michel zeigten irgendein Interesse für meine Sammlung von Kupferstichen, die ich in letzter Zeit erweitert und der ich einen Ehrenplatz in meinem Zimmer verschafft hatte.

Abermals fühlte ich, wie der unreine Geist von mir Besitz ergriff. Abermals hatte ich Lust, jemanden zu verwirren und zu verführen. Ich wußte nicht genau, was ich mit Michels Seele anstellen wollte. Aber meine Ungeduld, mit der ich ihn zur Teestunde erwartete, und mein Eifer, wenn wir uns allein unterhielten, signalisierten mir, daß mein altes Laster zurückkehrte. Wir sprachen über das Leben, das ihn in Oxford erwarten würde, und über den ganzen Reichtum, den seine Jugend ihm wie eine reife Frucht anbot. Mit jedem Abend wurde unsere Freundschaft inniger. Ich entdeckte meinen Sohn mit der Leidenschaft eines alten Botanikers, der eine neue Spezies züchtet. Doch ich ignorierte, was er über mich dachte. Zweifellos war ihm meine damalige Veränderung nicht entgangen. Aus einem viel beschäftigten, zerstreuten Vater, der nachts von Labong heimkam und in der Morgendämmerung wieder loszog, war ein alter, redseliger Freund geworden. Mit ihrem erstaunlichen Instinkt erkannte Isabelle das Desaster, das uns alle aufgrund meiner Wandlung erwartete. Denn ich kümmerte mich überhaupt nicht mehr um die Plantagen, und jedesmal, wenn ich zu arbeiten versuchte, mußte ich mir offen eingestehen, daß ich von all den Rechnungen und Geschäften *nicht die geringste Ahnung hatte.*

Onkel Williams war mittlerweile verstorben, und von Mr Elliot hatte ich mich fünf Jahre zuvor getrennt. Ich hatte keine Kollegen mehr, auch keinen Freund, der mir hätte helfen können. Isabelle scheute sich nicht, mir Vorwürfe zu machen, und erledigte demütig an meiner Stelle zumindest die Büroarbeiten.

Ich zog mit Michel umher: Wir sammelten Pflanzen und diskutierten über die biblische Kosmogonie. In einem Alter, das die ersten ernsthaften Ängste mit sich bringt, beschäftigte ihn dieses Problem am allermeisten. Soweit ich mich erinnere, half ich ihm, indem ich die Dinge zu vereinfachen suchte. Michels Jugend drückte sich in einem starken Idealismus aus, bei dem unzählige Konflikte vorprogrammiert waren. Aber es war nicht meine Jugend. Auch vermochte ich mich nicht in seiner schrecklichen Verschlossenheit wiederzuerkennen. Meine Jugend wies die feinen, warmen, wenngleich ekkigen Linien einer byzantinischen Ikone auf; Michels Jugend hingegen die groben Züge eines jeden konformen Katholiken. Mein Drama bestand aus einer wilden Agonie, einer asketischen Süße. Michel wurde von Fragen, nicht von Versuchungen gequält. Zahllose Fragen, auf die er dogmatische, seiner Religion entsprechende Antworten suchte. Aber er selbst wußte keine Antworten, sondern fragte mich, wenn der *Pater* gerade nicht in Reichweite war. Deshalb war der Kampf, den er kämpfte ein endloser...

Als unsere Freundschaft enger wurde, begann ich instinktiv, ihn in eine bestimmte Richtung zu lenken. Während Isabelle ihn zum Studium der Politikwissenschaften drängte, riet ich ihm, sich der Romanistik zu widmen. Erst später verstand ich, warum ich ein Fach auswählte, das ich nicht kannte und das mich niemals gereizt hatte. Ich wollte, daß Michel *meine Sprache* erlernte, ich wollte, daß er unbekannten Stimmen folgte und Qualen erduldete.

Wenn Michel sich von meinem Blut auch nur einen einzigen Tropfen bewahrte, so war es ein Tropfen Gift, war es unstillbarer Aufruhr. Ich fragte mich nicht, weshalb ich meinen Sohn leiden sehen wollte. Vielleicht um zu erfahren, ob er wirklich mein Sohn war.

VIII. »Nanking«

Hier bricht meine Erzählung nach reiflicher Überlegung und aufgrund der Ereignisse meines Lebens ab. Allzu viele Schicksalsschläge hatten mich erschüttert. Eine körperliche Schwäche und eine seelische Ohnmacht kündigten mir an, daß eine Lebensperiode zu Ende ging. Es lag an mir zu wählen. Ich entschied mich für das Alltägliche.

Ich weiß, daß diese Erklärungen den Nebel meiner zwei – in einen Sommertraum verflochtenen – Leben nicht vertreiben. Selbst mir ist es schleierhaft, warum der Traum ein Ende haben mußte, und vor allem, warum dies ausgerechnet zu einem Zeitpunkt geschah, da wir noch nichts Genaues über die Abreise von Michel und Joan wußten. Vielleicht weil ich ein Gefühl für die *Gegenwart* zu entwickeln begann, ein Gefühl für das unmittelbare, konkrete Leben. Vielleicht, weil die Zeit mich auf den Rhythmus aller anderen Menschen einstimmte, mir Sprünge in die Vergangenheit oder Zukunft verbot und mich dazu zwang, mich der Familie Axon und den anderen zehntausend anzugleichen... Ich weiß nichts. Das Leben, der Traum, der Sommer kommt und geht, ohne daß ich davon weiß, ohne daß die Menschen davon wissen.

Ich befand mich in einem Prozeß der Auflösung, der Genesung. Wenige kennen diesen seltsamen, um nicht zu sagen, verrückten Zustand, wenn die Dinge sinnlos werden, wenn die Gedanken noch Spuren jener neuen Dimension aufweisen, in der sie sich gestern oder vor hundert Jahren entfaltet hatten. Eine Dimension, die ich nicht verstehen, aber auch nicht leugnen kann, die von Unsicherheit und Zögern geprägt ist.

Ich näherte mich einer Grenze und natürlich auch einem Ende. Mein Leben an der Seite Isabelles und der Kinder, unser Haus – alles begann sich zu entfernen, war aber am Horizont noch sichtbar, sichtbar genug, um meine Gesundheit zu ruinieren. Von nun an war der Traum keine Realität mehr, sondern Krankheit. Die blassen, abgemagerten Gesichter ähnelten jenen, die ein Kranker in seinen Fieberträumen sieht. Aber ich kannte das Heilmittel. Es ähnelte dem Spaß, den sich ein Freund in meiner Jugend mit mir erlaubt hatte. Um mich von diesen faden Träumen zu befreien, mußte ich selbst fade Träume heraufbeschwören, Träume, welche die Folge einer Vergiftung oder einer nervösen Erschöpfung waren. Deshalb entschloß ich mich, Opium zu rauchen.

Natürlich hatte die Familie Axon meine Verwirrung, Zerstreutheit und Besessenheit schon seit langem bemerkt. Trotzdem ahnte niemand etwas, wenn ich vorgab, müde zu sein. Sie unterstützten sogar meinen Entschluß, jeden Abend in der Stadt zu verbringen.

Und so kehrte ich eines Abends im September im *Nanking* ein, einem Restaurant, das ich bereits kannte. Mit Tom und anderen, heute längst vergessenen Freunden hatte ich dort – genauer gesagt, in privaten Nebenräumen mit chinesischem Ambiente und hinduistischen Bediensteten – viele lustige und zugleich frivole Abende verbracht. Ich kannte den Patron und wußte, daß Mr Chen, *The manager*, den Stammgästen Opium oder Mädchen aus Shanghai besorgte. Das chinesische Viertel verwirrte mich, allerlei Phantasien führten mich in Versuchung. Obwohl ich nur die Einfachheit und das Licht liebte, ganz gleich, von wo sie auch herkamen.

Visionen aufgrund von Lasterhaftigkeit, Trägheit, Alkohol, Krankheit, bloßen Ahnungen oder Mystifikationen waren mir zuwider. Mein Sommertraum war klar und lebendig gewesen. Sobald ich spürte, daß er sich meines Körpers mit Schwindel und Trugbildern bemächtigte, begann ich, ihn zu hassen. Er überwältigte, ermüdete und irritierte mich wie eine lang anhaltende Vergiftung, und wie ein taumelnder Trunkenbold suchte ich verzweifelt, mein Gleichgewicht wiederzuerlangen.

…Ich zuckte regelrecht zusammen, als ich Miss Roth im *Nanking* wieder sah. Zuerst glaubte ich, es wäre nur eine Halluzination aus meinem kranken Traum. Zwei Jahre waren vergangen, und ich hatte die Hoffnung, Miss Roth zu treffen, längst aufgegeben. Sie erkannte mich wieder, und aufgrund der Lebhaftigkeit, mit der sie mich zu sich rief, erriet ich, daß es sich um eine gewandelte Miss Roth handeln mußte, eine ausschweifende Frau, die Drogen und Wein liebte. Sie schien jetzt viel schöner, trotz der Schatten, die das Alter ihren Gesichtszügen verliehen hatte. Sie war nicht allein, und deshalb akzeptierte ich es, mich an ihren Tisch zu setzen.

Ihre Begleiter waren seltsam, zumindest kamen sie mir so vor. Ein Eindruck, der sich spätestens dann bestätigen sollte, als sie mir ungefragt intime Dinge aus ihrem Leben erzählten, die mich irritierten. Zu meiner Rechten saß ein Konsul, der seinem Akzent zufolge aus dem Norden stammte. Schon in der ersten Stunde erfuhr ich von ihm – der vor langer Zeit mit einer Touristengruppe für einen Kurzbesuch nach Indien gekommen war –, daß er in einer *Gari* eine unbeschreiblich schöne Frau gesehen hatte. Nur weil seine Reisekameraden ihn daran gehindert hätten, wäre er ihr nicht sofort gefolgt. In den nächsten Tagen hatte er vergeblich nach ihr gesucht. Er hatte versucht, sie zu vergessen, indem er in fröhlicher Gesellschaft die Meere Indiens befuhr. Nach seiner Rückkehr hatte ihn der Gedanke an die schöne Bengalin weiterhin gequält. Um sie wiederfinden zu können, war er nach Indien zurückgekehrt, wo er nach großen Anstrengungen Konsul wurde. Es waren viele Jahre vergangen. Der Konsul hatte die Tochter eines englischen Oberst geheiratet. Ihre Kinder waren jetzt groß. Fast hätte er das in der *Gari* gesehene Mädchen vergessen. Selbst wenn er ihr jetzt begegnete, würde er die mandeläugige, schwarzlockige Schönheit nicht wiedererkennen. Bestimmt hatte sie mittlerweile Kinder, die einer hohen Kaste angehörten oder Parias waren. Wie dem auch sei, das Leben des Konsuls hatte sich aufgrund einer flüchtigen Begegnung völlig geändert.

Der andere Freund von Miss Roth war Professor für Geschichte an einem staatlichen Kolleg und, wie ich vermutete, ein gescheiterter Schriftsteller. Die vielen Parallelen zwischen meinem Leben, meinem unfruchtbaren Geist und den beiden Männern um Miss Roth irritierten mich. Der Geschichtsprofessor vertrat eine eigene – konfuse und komplizierte – Theorie über das zweite buddhistische Konzil. Was ihn jedoch interessant erscheinen ließ, war die fixe Idee, etwas zu wissen, das die Orientalisten nicht wußten. Auf Grund zweier kaum bekannter chinesischer Apokryphen, glaubte er, die Reiseroute der zwölf Mönche, welche die Heiligen Schriften bei sich führten, rekonstruieren zu können. Er gab vor, auf einer alten Landkarte aus der Bibliothek des Rajahs von Bikaneer jene vier Höhlen lokalisieren zu können, in denen ein geheimes Konzil abgehalten worden war und in denen jene zwölf Mönche die Heiligen Schriften versteckt hatten. Schon seit Jahren suchte er das nötige Geld für die Reise und die Ausgrabungsmannschaften zusammen. Die schwer zugänglichen Höhlen würden sich am nordwestlichen Abhang eines nepalesischen Gebirges befinden.

»Nur zehntausend Rupien... Und ich widerlege alles, was man über die Geschichte des Buddhismus der ersten drei Jahrhunderte geschrieben hat. Nur zehntausend Rupien... Und ich schenke der Welt den Originaltext des Kanons!«

Aber er hatte zu viel erwartet, zu viel verlangt und sich zu sehr gedemütigt. Niemand wollte ihm glauben. Selbst er verlor allmählich die Lust, die Welt an seinen Entdeckungen teilhaben zu lassen. Mit teuflischer Freude las er alle neuen historischen Arbeiten über die Konzilien, die sich natürlich alle auf dem Holzweg befanden...

Für Miss Roth war er ein verhinderter Romancier, und es amüsierte sie, seinen Spekulationen zu lauschen, denn eine Verbindung zwischen den Apokryphen und der Landkarte von Bikaneer ließ sich beim besten Willen nicht nachweisen. Aber mit einem Lächeln auf den Lippen entgegnete der Professor:

»Gerade weil man sie nicht nachweisen kann, ist sie richtig...«

Woraufhin der Konsul nicht umhin konnte, die Gläser erneut zu füllen.

Vielleicht machte auch ich einen verwirrten, trunkenen Eindruck, und vielleicht vertraute man mir deshalb so vieles an. Die veränderte Miss Roth zeigte sich überaus freundschaftlich. Genüßlich und humorvoll kommentierte sie unsere Begegnung in Port Said und versuchte dabei ihr Verhalten auf dem Schiff zu entschuldigen.

»Doktor, die Armut ist unästhetisch und erniedrigend. Ein Armer kann ein Denker oder ein Heiliger, aber niemals ein Künstler sein. Die Boheme ist die Zuflucht der Gescheiterten. Um schöpferisch zu sein, muß ein Künstler im Luxus leben und ihn lieben. Auch jene, die nicht schöpferisch sind, müssen den Luxus lieben. Denn sollte diesen etwa der Zugang zum Schönen verwehrt bleiben? Ist ein geschmackvoll eingerichtetes Eßzimmer oder ein gut geschnittener Anzug nicht einem mittelmäßigen Bild vorzuziehen? Der Reichtum besitzt den großen Vorteil, daß er einen vor der Mittelmäßigkeit der Kunst schützt, daß er einen davor bewahrt, ein mittelmäßiger Künstler zu werden... Ich glaube, ich könnte auch malen, aber ich habe es niemals versucht. Ich ziehe es vor, meine Porzellansammlung aus Canton in den Händen zu halten oder teure Blumen zu kaufen...«

»Oh! Sie irren sich, Lucy, Sie irren sich!« unterbrach sie der Konsul. Der Reichtum ist nur für Sie oder mich von Bedeutung, also für Menschen, die keine Künstler sind. Was die anderen Leute betrifft, darüber wissen wir nichts, und es sollte uns im übrigen auch ganz gleichgültig sein.«

»Die anderen Leute, die anderen Leute, das könnte jeder von uns sein, ich zum Beispiel«, entgegnete der Professor mit einem gezwungenen Lächeln. »Zehntausend Rupien, nur zehntausend Rupien...«

»Ja, wir wissen es, Sie schreiben die Geschichte Asiens um...«

»Doktor, für jemanden, der Miniaturen liebt, ist eine Reise in der dritten Klasse etwas Widerwärtiges. Ich glaube nicht, daß die Abenteuerlust Sie hierher geführt hat. Soweit ich mich erinnere, sind Sie zu intelligent dafür.«

»Oh! Wenn Sie wüßten, Miss Roth...«

»Lucy, Ihr Freund scheint... Warum haben Sie ihn uns nicht schon früher vorgestellt?«

»Waren Sie die ganze Zeit in Kalkutta?« fragte mich der Professor.

»Fast die ganze Zeit. Aber diesen Sommer...«

»Habe ich Sie nicht in Darjeeling gesehen? Ich bin mir ziemlich sicher...«

In diesem Augenblick fand eine unerwartete Veränderung in meiner Seele statt, die mein Gesicht zum Leuchten brachte. Ich glaube, daß diese Veränderung auch meinen neuen Bekannten nicht verborgen blieb und sie befremdete, weil die erstaunten Blicke der anderen an meinen weichen, sich sogleich aber wieder verhärtenden Zügen haften blieben. Schwer zu sagen, was ich empfand. Ich hatte das Gefühl, daß mein Sommertraum das wahre Leben gewesen war, während meine verwirrte Existenz an der Seite der Familie Axon nur einem müden, kalten Traum glich.

»Dann kennen Sie vielleicht Isabelle? Und Mr Elliot?«

»Isabelle Brown?«

»Nein, Isabelle, geb. Axon, heute meine Frau ...«

»Ah! Ja...!«

Ihre Köpfe näherten sich meinem. Panik erfaßte mich. Ich griff nach dem Arm des Konsuls und dem von Miss Roth.

»Verzeihen Sie bitte, ich werde Ihnen später den Grund dafür nennen. Aber sagen Sie mir doch, in welchem Jahr befinden wir uns jetzt? Bin ich alt oder jung? Und ist Isabelle meine Frau?«

Meine Erregung beunruhigte die anderen. Miss Roth versuchte zu lächeln, versuchte die verrückte Stimmung ironisch zu überspielen, was ihr aber nicht gelang.

Sie erkannte, daß es zwischen Gesundheit und Krankheit noch einen anderen Zustand gab, einen Zustand voller Licht und Schatten.

»Doktor, Sie haben zu viel gearbeitet...«

»*Very sorry*, aber Sie haben keine Ahnung von den Symptomen der Überarbeitung. Und was für eine Ästhetin besonders bedauerlich ist, ist die Tatsache, daß Sie an die Übermacht des Nervensystems glauben, nicht wahr? Es fällt mir nicht sonderlich schwer, Ihre Theorie über den Einfluß des Rückenmarks auf die Dynamik der Visionen zu zerstören. Nehmen Sie zur Kenntnis, Miss Roth, daß ich die Lektionen von Binswanger nicht vergessen habe. Aber bin ich wirklich verrückt, nur weil ich Ihre Hilfe in Anspruch nehme, um eine Dimension zu erhellen, die seit mehreren Monaten nicht mehr die meine ist? Ich erinnere mich einfach nicht mehr, das ist alles, ich erinnere mich nicht mehr an das, was an meiner Seite passierte...«

»Trotzdem, Doktor, solange wir uns an dem orientieren, was an unserer Seite passiert, wage ich es zu bezweifeln, ob Sie nach einer medizinischen Untersuchung noch das Recht hätten, sich normal zu nennen...«

»Lucy, ausgerechnet Sie sprechen von medizinischer Untersuchung?!«

»Die Ärzte sind in der Regel Dummköpfe«, warf der Geschichtsprofessor lächelnd ein. »Wie jeder Mensch, der eine Theorie zu verifizieren versucht. Jeder Arzt hat ein diagnostisches System und eine klinische Methode. Und weil die Kranken rar gesät sind, stehlen die Ärzte einander die interessanten Fälle. Sie nennen alles einen interessanten Fall, was ihre Theorie stützen kann, auch wenn er in der pathologischen Literatur überhaupt nicht vorkommt.«

»Oh! Seien Sie doch nicht so profan, hören Sie mit Ihrer Kritik auf!« ereiferte sich Miss Roth. »Es gibt hier, im *Nanking,* keinen einzigen Spezialisten, der diese Wissenschaft verteidigen könnte. Zuallererst müssen wir auf die Fragen unseres Freundes antworten. Kennen Sie vielleicht Isabelle? Ich selbst glaube, daß sie nur in seinem überarbeiteten Hirn existiert…«

»Miss, Sie verärgern mich, wenn Sie mich weiterhin nur für einen Halluzinanten halten. Ich kann Ihnen Isabelle in einer Viertel Stunde herholen…«

»Dann ist alles klar, Doktor!«

»Nein, Miss, nichts ist klar. Ich wiederhole meine Frage: Glauben Sie, daß ich Isabelles Ehemann bin?«

»*Well*«, erwiderte der Konsul lächelnd, »solange Sie eine übertriebene Diskretion an den Tag legen, werden wir Ihnen niemals Antwort geben können…«

»Doktor, Sie machen mich neugierig. Ist sie auch eine Künstlerin?«

»Nein, nein, Miss Roth. Isabelle ist ungebildet, einfältig und egoistisch.«

»Das nenne ich, kein Blatt vor den Mund zu nehmen«, sagte der Professor.

Aber mein angespannter Zustand war schmerzhaft. Der freche Ton der Konversation versetzte mich in die Familie Axon zurück und vertrieb die Schatten meines Sommertraums. Erneut ergriff ich den Arm des Konsuls.

»Darf ich *hier* Opium rauchen?«

Das Verstummen der anderen signalisierte mir, daß

ich meine Frage zu einem unpassenden Moment gestellt hatte und daß ich mich erklären mußte.

»Verzeihen Sie bitte. Ich habe eigentlich nicht die Angewohnheit, Drogen zu nehmen. Aber Sie werden gleich verstehen, warum ich es heute tun muß. Stellen Sie sich einen Fieberkranken vor. Man verordnet ihm Chinin, nicht wahr? Mein Fieber vergiftet mich gerade. Mein Traum von Herrschern und Armen kommt mir jetzt wie die Fata Morgana eines Verdurstenden vor. Mein Mittel ist einfach, weil es metaphysisch ist. Ein durch Drogen hervorgerufener Traum ist widerlich, ekelerregend. Und er würde mich in die Realität zurückführen. Eine dumme, mittelmäßige Realität, ich gebe es zu, aber eine konkrete, direkte. Es ist die einzige, die ich mir jetzt wünsche. Die andere, die nur mir gehört, ist zu weit weg. Ich bin zu krank, um noch träumen zu können. Ist es nicht natürlich, daß ich aufwachen und wieder gesund werden möchte?«

Ich redete, ohne Atem zu holen, meinte es ganz und gar ehrlich. Ich glaube nicht, daß meine Bekannten meiner Argumentationskette folgen konnten. Trotzdem schien mein Vorschlag sie jetzt weniger einzuschüchtern. Ihr Mißtrauen hatte nachgelassen. Denn wie mir Miss Roth später beichtete, gab es keinen einzigen unter ihnen, dem Drogen fremd waren, wenngleich niemand davon abhängig war. Was sie erschreckt hatte, war einfach meine unmittelbare Frage und eine drohende Razzia.

»Mit Hilfe von Opium aufwachen zu wollen, ist das nicht ein Widerspruch, Doktor?«

»Für mich ist es ein natürlicher Vorgang. Jeder Schwindel bindet einen stärker an die Wirklichkeit. Ist Ihnen schon aufgefallen, daß Dichter nur dann Literatur lesen, wenn sie krank sind? Und daß Mystiker sich nur deshalb mit Theosophie beschäftigen, um ihren Ekel vor dem Weltlichen und zugleich ihre initiatorischen Erfahrungen zu verstärken? Ich sehe im Opium, in der Stimulation der Vorstellungskraft durch Drogen oder sinnliche Erregungen nur gewöhnliche Täuschungen, mittelmäßige Versuchungen, um sich eine reine Welt vorzugaukeln und diese gewaltsam an das Gehirn weiterzuleiten.«

»Doktor, verzeihen Sie bitte meine erneute Indiskretion, aber Ihre Ausführungen vermitteln einen viel zu klaren und bewußten Eindruck, als daß Sie noch einer weiteren Therapie durch Drogen bedürften.«

»Solange ich mich im *selben* Raum befinde und mich seinen Gesetzmäßigkeiten unterordne, bringt mich nichts aus der Fassung. Aber ich vergesse nicht, daß sich mein Wesen auch in einer anderen Dimension aufhält, weit weg... Wo? Wo nur?«

Wir setzten unsere Unterhaltung bis weit nach Mitternacht fort. Wenn ich hier einen Teil davon zu Papier bringe, so in der Hoffnung, meinen wahren Seelenzustand in jener Septembernacht festhalten zu können. Jetzt breche ich meine Schilderungen jedoch ab, weil mir immer klarer wird, daß ich die Umstände und Gespräche falsch wiedergebe. Die Wahrheit ist, daß ich, obwohl ich Herr meiner Gedanken und Worte blieb, zwischen meinen zwei Leben hin und her sprang und daß dies die anderen verzauberte und nicht mehr an meinem besonderen *Fall* zweifeln ließ. Vor allem Miss Roth konnte ich trotz ihres kühlen Verstandes durch meine gleichermaßen schwungvollen wie nebulösen Ausführungen in meinen Bann ziehen. Wenn ich sprach, versuchte sie mir zu folgen, indem sie lächelnd ihre Augenlider sinken ließ, so wie man einem einzigartigen, dunklen und vollkommenen Gedicht lauscht.

Selbst ich erinnere mich nur vage an das, was ich in jener Nacht von mir gab. Wie gewöhnlich mischte sich *der andere* ein, nutzte die zahllosen Informationen und erntete an meiner Stelle Erstaunen oder Lob. Er sagte stets etwas anderes oder sogar das Gegenteil von dem, was ich zu sagen beabsichtigte.

Wo bin ich hingegangen, und in welchem Haus habe ich die Nacht verbracht? Um etwas Licht in diese Geschichte zu bringen, muß ich eine neue Person einführen: Miss Edna, Miss Roths Freundin und Mitbewohnerin. Es stellte sich heraus, daß Miss Edna die einzige war, die an die Entdeckungen des Geschichtsprofessors glaubte. Vielleicht, weil sie die jüngste war oder weil sie in ihrer Jugend die Bücher von Frau Blavatsky und Annie Besant gelesen hatte und sich immer noch nach dem halb Geheimnisvollen sehnte. Soweit ich es beurteilen kann, gehörte sie zu jenen jungen Frauen, die in ihrer Jugend die Hoffnung hegten, eines Tages eine berühmte Person zu treffen und mit ihr zusammenzuarbeiten. Den ersten Träumer, den sie getroffen hatte, sah sie dazu bestimmt, die Welt zu verändern. Und dies war der Geschichtsprofessor, der Jahr für Jahr weniger an den Offenbarungen der Landkarte aus der Bibliothek von Bikaneer zweifelte. Miss Edna war vielleicht das einzige Wesen, das mehr von dieser Sache wußte, weil der Professor sich dazu herabgelassen hatte, ihr gewisse Passagen aus den chinesischen Apokryphen zu übersetzen und zu interpretieren. Dadurch glaubte sie über ausreichende Beweise für die Authentizität jener zwei Apokryphen zu verfügen. Der Professor räumte ein, daß es

sich um Texte jüngeren Datums handelte, möglicherweise aus der Zeit der konfuzianischen Polemiken gegen
den Buddhismus. Aber gewisse Indizien, die nur er
kannte, überzeugten ihn davon, daß eine Reihe von
Werken, die jene achtzig Mönche auf Geheiß des Herr-
schers Ming-Ti nach China gebracht hatten, von Generation zu Generation mündlich in den Klöstern der
ehemaligen Hauptstadt Lo-Yang weitergegeben worden
waren. Bestimme Doktrinen waren nur in Krisenzeiten
zum Vorschein gekommen, wie zur Zeit der offiziellen
Religionskriege zehn Jahrhunderte später. Darin bestand das Hauptargument des Professors…

Miss Edna saß noch an ihrem Arbeitstisch, als unsere
Gruppe vom *Nanking* zurückkehrte. Ein Einfall von
Miss Roth. Es gab genügend Sessel und Sofas in ihrer
Wohnung, auch Brandy, Whiskey und in einem
Schmuckkästchen versteckte Opiumpfeifen. Auf die
Laune folgte die Neugier. Alle drei wollten den Grund
meiner Verwirrung erfahren, den seltsamen Visionen
eines wachen Menschen lauschen, der zwar klar redete,
aber von den Helden einer phantastischen Geschichte
besessen war, die sich hier, irgendwo in Indien abspielte,
jenseits des asiatischen Zaubers, der unwirklichen
Nächte und der lyrischen Monotonie der Gupta-Dynastie.

Ich möchte, daß Mihail mein wahres, nicht mein ima-
giniertes Leben erfährt. Aus diesem Grund hüte ich
mich davor, hier die Erinnerungen an jene Nacht auszubreiten. Was ich weiß, ist zu wenig und zu verworren.
Aber was Miss Edna in ihr Tagebuch schrieb, ist erhel-
lend genug. Miss Roth hat mir eine Kopie dieses Ab-
schnitts angeboten. Ich werde ihn hier übersetzen,
obwohl ich mir dessen bewußt bin, daß mein unbehol-

fener Schreibstil die einfache und klare englische Prosa verdunkeln wird.

Dem Datum, 6. September, hat die Autorin folgende Worte hinzugefügt: »Erneut durchsehen und prüfen, Ereignisse von überraschender Wichtigkeit«. Der Passus weist einige Kürzungen auf: Miss Roth hat offensichtlich bestimmte Gedankengänge ihrer Freundin, die ihre Beziehung untereinander betreffen, zensiert.

»Letzte Nacht kehrte Lucy heim, begleitet von Guy, dem Konsul, und einem Fremden, Doktor der Kunstgeschichte und Freund asiatischer Abenteuer. Lucy schien ein wenig durcheinander. Als wir einen Augenblick allein waren, flüsterte sie mir zu: ›Er ist ein seltsamer Typ, wir werden uns gut amüsieren‹. Natürlich sprach sie von ihrem neuen Freund. Dieser hatte nichts Besonderes an sich, mit Ausnahme seines klaren, scharfen Blicks, der nicht zu seinem ansonsten sanften Erscheinungsbild passen wollte. Jeder, der in seine mongolischen Schlitzaugen sah, konnte nicht umhin zu denken, daß sie einem anderen gehörten. Ja, sogar der Doktor selbst schien aufgrund seiner Unsicherheit das gleiche Gefühl zu haben. Aber das Seltsamste an ihm, das, was mich anfangs erschreckte, war seine Art zu sprechen. Manchmal war seine Rede erstaunlich direkt und konzis, wie die eines mathematisch geschulten Geistes; zuweilen jedoch – und diese Phasen dauerten lange an – unverständlich, wenngleich rhythmisch und verführerisch. Dies ist das passende Adjektiv. Wir verstanden ihn nicht, hörten ihm aber trotzdem mit großem Vergnügen zu. Wir schienen im wahrsten Sinne des Wortes verzaubert. Von seinen mandelförmigen Augen ging ein seltsames Licht aus, auch wenn ich nicht genau sagen kann, was ich mit dem Wort

›Licht‹ meine. Jedenfalls schien dieses Licht von den Augen eines anderen auszugehen.

Was der Doktor über die Mystifikationen und Illusionen sagte, die ihm zuwider waren, zeugte von einem gesunden Menschenverstand. Ein weiterer Widerspruch: eine seltsame Atmosphäre um sich herum zu erzeugen und gleichzeitig alle Mystifikationen zu verfluchen. Mehrmals versuchte er, uns konkrete Beispiele zu geben, ohne daß wir ihn jedoch verstanden hätten. Zuerst dachte ich, daß dieser Mensch an Träume glaubt, aber dann gab er mehrmals zu verstehen, daß die nächtlichen Träume, ob sexueller oder spiritueller Natur, nichts anderes als Illusionen wären. Das soll noch jemand verstehen...

Ich habe den Eindruck, daß Lucy sich sehr für diesen Typen interessiert, was eigentlich dem frigiden, ironischen Wesen einer kapriziösen Ästhetin widerspricht. Und ich hatte den Eindruck, daß nur Lucy, die ihm aufmerksam und leidenschaftlich zuhörte, etwas von seinen Märchengeschichten verstand, deren Leitmotive ein Sommertraum, ein verlorener Sohn und eine Jungfrau namens Isabelle waren. Geschichten, die von Gefühlen und Überraschungen, von aufregenden Freuden und einer unstillbaren Neugier handelten. Ich muß zugeben, daß auch ich von dem Gesehenen und Gehörten fasziniert war. Ein Fremder inmitten einer von Brandy und warmem Champagner berauschten Gruppe, die ihn zum Trinken überreden wollte. Trotzdem waren ihre demütigenden Versuchungen zum Scheitern verurteilt. Ich weiß nicht, warum er der einzige von uns allen war, der den Eindruck eines klaren, wirklich wachen Geistes vermittelte. Selbst ich war angetrunken, verwirrt und erschöpft. Aber der Mann, der seine Erzählung vom Sommernachtstraum fortsetzte, besaß eine bewundernswerte Sicherheit und eine ironische Überlegenheit jenen gegenüber, die für sich beanspruchten, in der wirklichen Welt fest verankert zu sein. Sogar Guys Genie erschien mir plötzlich zweifelhaft.

Es kam, wie es kommen mußte. Lucy rauchte wieder Opium. Dies passierte ihr äußerst selten, denn Lucy ist zu sehr Künstlerin, um anderswo als in ihren Kunstsammlungen Zuflucht zu suchen. Wenn sie aber raucht, bebt ihr ganzer Körper. Ihre Frigidität und ihre vermeintliche Männlichkeit verschwinden. Lucy ist nicht wiederzuerkennen, mit aufgerissenen Augen, stierem Blick, gekräuselten Lippen und mit einer zynischen Sinnlichkeit, die sich in ihren Gesten und Worten ausdrückt. Sie zwang uns alle, jene Pfeifen zu rauchen, die ihr der Konservator des Museums aus Hanong geschenkt hatte und die sie dem Schmuckkästchen entnahm. Ich lehnte mit der üblichen Begründung ab. Alle anderen gaben sich dem trockenen Rausch hin, der mich zwar anekelte, den ich aber stets mit lebhaftem Interesse verfolge.

Bereits nach den ersten Zügen begann der Doktor zu husten. Die anderen hatten die Lider zur Hälfte geschlossen. Ich lenkte meine Blicke auf das entstellte Gesicht des Doktors. Was in ihm vorging, kann ich nicht sagen, weil ich diesen Menschen von Anfang an nicht verstanden habe. Aber ich erschrak, als ich bemerkte, daß die Droge bei ihm eine völlig andere Wirkung zeigte. Tatsache ist, daß der Doktor Symptome eines Erwachens aufwies: konvulsive oder ruhige Gesten des Widerwillens, des Kampfes gegen die Übelkeit. Die anderen schenkten ihm keine Aufmerksamkeit, weil sie die Augen bereits geschlossen hielten. Lucy hatte eine minimale Dosis zu sich genommen und dämmerte in einem ent-

rückten Halbbewußtsein dahin. Aber für mich begann das Spektakel beängstigende Züge anzunehmen: Ein Mann, der erwacht, und eine Frau, die nach ihm verlangt.

Der Doktor bat mich um Erlaubnis, sich zu erfrischen. Als er zurückkehrte, war er nicht wiederzuerkennen. Die Augen waren nicht mehr die seinen: klein, harmlos und gewöhnlich. Der Raum, den er sah und in dem er sich bewegte, war der unsrige. Dies wurde mir bewußt, weil es mich bei seinem Anblick nicht mehr schauderte und ich nicht mehr das Gefühl hatte, einen Alptraum zu erleben.

Wir unterhielten uns lange miteinander. Lange, das heißt eine Viertel Stunde, bis das Opium bei den anderen seine Wirkung tat und Lucy zu verwandeln begann. Der Doktor entschuldigte sich, weil er noch immer unter dem Einfluß des Traumes zu stehen schien. Danach sprachen wir über die Entdeckung von Guy, und er zeigte sich interessiert daran, mehr darüber zu erfahren. Er schien intelligent zu sein, obgleich mir einige seiner Prämissen zweifelhaft vorkamen. Vor allem das, was er als »Graphismus« bezeichnete und als unheilbare Krankheit in Europa betrachtete.

Ungefähr zu diesem Zeitpunkt unserer Konversation erhob sich Lucy aus ihrer Chaiselongue und warf sich ihm hemmungslos an den Hals. Sowohl ich als auch der Doktor waren völlig überrascht. Eine verwandelte Lucy, die ich kaum wiedererkennen konnte, vom Doktor ganz zu schweigen...

›Hast du in deinem Sommertraum niemals mit Isabelle geschlafen?‹

Noch bevor ich dazwischen gehen konnte, hatte sie ihn in ihr Schlafzimmer gezerrt. Im übrigen kann Lucy

tun und lassen, was sie will; es war ja nicht ihr erstes
Abenteuer dieser Art gewesen...
   Die anderen beiden träumten vor sich hin. Ich ver-
suchte zu lesen. Drei Uhr morgens. Ich fragte mich, was
wohl die Bediensteten, der Konsul oder Guy am näch-
sten Tag sagen würden, wenn sie erfahren, daß Lucy
nicht allein geschlafen hatte. Ich schloß die Tür ihres
Zimmers und hinterließ Guy einige Zeilen: Wenn er er-
wachen würde, sollte er mich rufen.
   Es ist morgens, es ist warm, und ich bin noch ein wenig
müde. Doch heute werde ich alles erfahren. Weil ich
nichts, absolut nichts verstehe. Nur Lucy wird mir sagen
können, wer dieser Mensch ist.«

Was Miss Roth ihr sagte, weiß ich nicht, weil ich nur
dieses eine Fragment zu lesen bekam. Ich glaube, daß
Miss Edna übertrieben hatte, daß sie noch unter dem
Bann der Geheimnisse stand. Ich nehme an, daß die
Verwandlung meiner Augen nicht ganz so furchteinflö-
ßend gewesen war. Ich glaube nicht an die Bedeutung
von Blicken. Ich glaube nicht, daß sich Gedanken in
einem Häutchen spiegeln können, so dünn und durch-
lässig es auch sein mag. Mir ist diese zutiefst weibliche
Vorstellung, daß man Gedanken in einem Gesicht lesen
kann, fremd. Ich würde sogar sagen, daß die Psychologie eine Wissenschaft ist, die von Frauen erfunden und
durch ihre Neugier aufrechterhalten wird.
   Nur ein weibliches Gehirn kann auf die Idee kommen, daß es eine Entsprechung zwischen Gedanken und
Körper gibt.
   Ich dankte noch einmal dem unbekannten Gott dafür,
daß er mich vor der Sinnlichkeit bewahrt hatte.

IX. Jemand schenkt mir eine Lampe

»...*Forth from her land to mine she goes*
The island maid, the island rose...«

Lucy kannte zahlreiche *Songs of Travel* auswendig, rezitierte aber mit besonderer Freude vor allem *To princess Kaiulani* und *To Sidney Colvin*, indem sie die Songs im Flüsterton vortrug, mit halb geschlossenen Lidern, die ihre kalten Blicke verschleierten. Und während ihr Körper sich der frischen Brise des Ventilators hingab, weilte ihre Seele vielleicht an den Stränden von Apemana, wo Stevenson geschrieben hatte:

»...*I heard the pulse of the besieging sea*
Throb for away all night. I heard the wind
Fly crying and convulse tumultuos palms.
I rose and strolled. The isle was all bright sand
And flailing fans and shadows of the palm...«

Manchmal blieb Lucy mitten in einem Gedicht stecken, machte sich an einer Haarsträhne zu schaffen (ein unerträglicher, männlicher Tick), ohne sich an die Fortsetzung erinnern zu können, und ging – in ihrem Wiener Jargon fluchend – schnurstracks zur Bibliothek. Die dreißig Bände der *Tusitala*-Ausgabe, die sie immer wieder las, füllten ganze zwei Reihen ihres Bücherregals, während der XXII. Band meistens auf dem Tischchen mit den Keksen und den Likören lag.

Ihre Leidenschaft für Stevenson war ansteckend. Sie zwang fast alle Freunde, *Island Night's Entertainments* und *Weir of Hermiston* wieder zu lesen, und nach dem Tee verkündete sie uns des öfteren, daß sie ein neues Kleinod in der Korrespondenz oder den *Vailima Papers* entdeckt hätte. Ich für meinen Teil blieb von Lucys Idolatrie, von ihrer Stevenson-Manie mehr oder weniger unbeeinflußt. Was mich an ihrer umfangreichen und teuren Sammlung, die alles enthielt – einschließlich der Erinnerungen und Kritiken von Margaret Black bis Jean Marie Carré –, interessierte, war nur eine jener modernen Manien, für die ich stets empfänglich gewesen bin. Unsere Diskussionen über Stevenson glichen einem hitzigen Match, dessen Publikum aus dem Konsul, dem Professor und Miss Edna bestand. Jedesmal, wenn Lucy genüßlich eine Seite aus der Anthologie vorlas, zitierte ich eines jener mittelmäßigen, ja schwachen Fragmente, die selbst in Stevensons Hauptwerken zuhauf vorkommen. Es bereitete mir eine teuflische Freude, Lucys Idol wanken zu sehen. Und dies nur, um ihr eine einfache Wahrheit vor Augen zu führen, an der ich mich in meiner Leidenschaft für Kultur und Literatur stets orientiert habe: Daß es nämlich kein vollkommenes Genie gibt und daß wir uns gewaltig irren, wenn wir an ein solches glauben. Der Bewunderer ist blind und verherrlicht noch das letzte Gekritzel seines Gottes, während ihm zahllose andere Bücher guter Schriftsteller verborgen bleiben. Kurz gesagt, nur die Perfektion – ganz gleich, wo und bei wem wir sie finden mögen – verdient unsere Verehrung.

»Oh! Aber das wäre unmenschlich, Doktor«, wandte Lucy ein. »Wie könnte ich an dem ästhetischen Urteil eines Genies zweifeln, das seine Fähigkeiten bewiesen hat und das ich liebe? Wozu soll das gut sein?«

»Natürlich ist es unmenschlich und unnötig«, erwiderte ich mürrisch. »Trotzdem gibt es gewisse Leute, zu denen ich dich – so wenigstens meine Hoffnung – gezählt habe, die eine große Freude dabei verspüren, ihre menschliche Begeisterung, in der sich Sympathie und Interesse vermischen, asketisch zu zügeln und die Welt dementsprechend nach unveränderlichen und inhumanen Prinzipien zu beurteilen. Diese Axiome können religiöser, metaphysischer oder künstlerischer Natur sein. Die Perfektion im Werk eines Genies ausfindig zu machen, stellt für mich eher eine metaphysische als eine ästhetische Tat dar.«

»Du spielst mit den Worten«, sagte Lucy, ein böses Lächeln auf den Lippen.

»Genau. Das heißt, eine Wahrheit auszusprechen, ohne sie zu verstehen«, entgegnete ich trocken und mit gleichgültiger Miene. »Wie die heiligen Kinder sprichst du verblüffende Wahrheiten aus, während du ironische Pfeile abzuschießen glaubst. Ist es nicht so? Alles wurde durch Spiel und Worte geschaffen, spontan, grundlos und frei. Am Anfang war das Wort, nicht wahr? Du könntest mir viele hinduistische Textstellen aufzählen, die beweisen, daß Shiva das Universum tanzend erschuf und daß die Worte – wie jede andere fruchtbare Handlung – nur dann Gestalt annehmen, wenn sie richtig und präzise ausgesprochen werden. *Wortspiel* ist im übrigen ein ziemlich seltsamer Ausdruck, unter dem sich die meisten Leute Halluzinationen oder kindische Phantasien vorstellen, aber für mich faßt er die echte Metaphysik und alles, was wesentlich in der Kunst ist, zusammen.«

»Im Prinzip habe ich nichts gegen Meinungsänderungen«, sagte der Konsul. »Trotzdem erstaunt es mich, daß Lucy plötzlich das Wort *menschlich* in den Mund nimmt, was sie früher nie getan hätte.«

»Das ist richtig«, bemerkte Edna amüsiert, indem sie sich an Lucy wandte. »Hast du deine Sarkasmen in bezug auf den Humanismus etwa vergessen?«

»Ihr legt alle Worte auf die Goldwaage und beurteilt einen Menschen nach einem einzigen Satz. Mit Sätzen kann man alles Mögliche rechtfertigen. Was ich sagen wollte, ist nur, daß wir, das heißt die Mittelmäßigen, nicht das Recht haben, einen genialen Geist zu kritisieren, und daß es menschlich ist, im Werk eines Autors, der seine Meisterschaft bereits unter Beweis gestellt hat, auch schwächere Seiten zu entschuldigen…«

»Sie zu entschuldigen, einverstanden, aber nicht sie in den Himmel zu loben…«, unterbrach ich Lucy.

»Ich bitte Sie, ich bitte Sie… Was ich sagen wollte, könnte man auch anders ausdrücken: Es ist besser, die Meisterwerke eines Genies als jene eines mittelmäßigen Geistes zu lieben; es ist besser, die Verfehlungen eines Schöpfers als die Dummheiten eines gewöhnlichen Freundes hinzunehmen. Was mich und meinen humanen Instinkt, meine Sympathie, Nachsicht, Parteilichkeit und Bewunderung betrifft, kurz gesagt, all das, was mit einer mehr oder weniger weiblichen Sensibilität verbunden ist, wird durch meine Intimität mit Stevenson, dem mittelmäßigen wie auch dem genialen, eher befriedigt als durch die Verehrung eines lebenden Freundes.«

»Vielen Dank für die leidenschaftlichen Liebesbezeugungen«, sagte der Konsul im Scherz, aber mit einem traurig-süßen Unterton.

Unsere Diskussion zog sich wie immer bis weit nach Mitternacht hin. Anfangs aßen wir im *Nanking* oder im *Shanghai* zu Abend, aber als man meine Verlegenheit aufgrund meines finanziellen Engpasses bemerkte, improvisierte Lucy kleine Diners in ihrer Villa in der *Park Street*.

Je besser ich die Zimmer eines Hauses kennenlerne – in die mich das Abenteuer in Krisenzeiten unerwartet verschlägt –, um so mehr wächst mein Glücksgefühl, wenn ich sie wiedersehe. Das Stadtviertel wird seinem Namen wirklich gerecht: Gärten so groß wie Parks, Kletterrosen, gelbe *Geandah*-Büsche, Sträucher mit roten, duftenden Blüten, Kokosnuß- oder Mangobäume mit dichtem Blattwerk, Bäume, deren Blütenstände Orangen gleichen, asphaltierte, schattige Straßen, teure Villen am Rande sandiger Alleen und hinduistische Bedienstete in langen, weißen, sauberen Livreen. In jedem Garten hört man zahllose Vögel aller Art: Kuckucke und Raben, Aare und tropische Pfeifer. Der Atem der Vegetation und die berauschenden, starken, bitteren Düfte vertreiben sogar die Gluthitze – und an den Nachmittagen riecht es noch nach Frühling.

Wenn ich mit Miss Roth im olivgrünen *Cadillac* von der Universität nach Hause fahre, werden wir beide von dem schrillen Gezwitscher der Vögel und dem schweren Duft der Gewürze betäubt. Jeder fühlt sich an etwas anderes erinnert: ich an die Myrtenbäume der Strände von Zypern, sie an die Küste von Valparaiso oder Colorado. Hier sieht man nichts mehr von der Stadt. Hier pflücken die Passanten Blumen von den Mauern. Je länger sich der Herbst hinzieht, desto stärker blühen die Sträucher, schlagen die Bäume aus.

Am liebsten würde ich die gerade geschriebenen Sätze wieder streichen. Es macht mir keine Freude, die Vegetation zu feiern, weil ich nicht dazu geschaffen bin. Aber sobald ich eines der Zimmer betrete, wo Lucy ihre Wunderdinge aufbewahrt, vergesse ich die Parks und die Gärten. Als leidenschaftlicher Liebhaber künstlicher Kleinigkeiten und asiatischer Virtuositäten zieht mich die Bronzesammlung im Flur in ihren Bann: zwei nepalesische Drachen mit abscheulichen Köpfen, länglichen, ausgetrockneten Körpern und grotesk verdrehten Muskeln; ein kolossaler Naga mit neunzehn Köpfen und dem Rücken einer schwarzen Schlange; und eine außergewöhnliche Darstellung der wütenden Durga, die den monströsen Dämon Mahishasura in zwei Teile haut. Mich fasziniert vor allem diese Statue – die Miss Roth von einem Mäzen aus Puri im Anschluß an mehrere Konferenzen über die Provinz Orissa geschenkt bekam –, das feine Blattwerk und das Halbrelief der Krone, das spielende Elefanten und insektenflügelige Dämonen darstellt. Meine Augen, denen die nackten Schönheiten der europäischen Museen gleichgültig sind, erstrahlen beim Anblick der beiden *Apsaras*-Torsi mit ihren verschränkten Schenkeln, üppigen Brüsten und großen Augen, mit ihrem Lächeln und ihren wie die Saiten einer *Vina* gespannten Armen, von ihrem schweren blendenden Schmuck gar nicht zu reden… All dies befriedigt meine seltsame Neugier für die Mythologien, die mit der göttlichen Kali zusammenhängen.

Trotzdem kann Miss Roth meine Begeisterung für diese Statuen nicht teilen. Im allgemeinen schätzt sie die indische Plastik weniger wert, als man es bei einer Professorin für asiatische Kunstgeschichte erwarten würde. Unumschränktes Lob hatte sie nur für wenige Ausnahmen übrig: Für eine Waffensammlung aus Rajputana und für einen tamilischen Shiva, den sie in Südindien gekauft hatte – eine äußerst originelle Statue, die durch einen bizarren Kontrast zwischen dem grazilen Körper und dem voluminösen, jeglicher Schwerkraft enthobenen Kopf besticht.

Zu den wahren Schätzen, die sie in ihren Zimmern aufbewahrte, muß ich jedoch die afghanischen Teppiche zählen, deren Bildmotive – Störche und Blitze – mit goldenen beziehungsweise silbernen Fäden gewebt wurden; Dekken aus Jaipur, gewirkt mit wildem Rosa und verblichenem Gelb, deren verschwommene Zeichnung den auf Blumen fallenden Sonnenstrahlen ähneln; schwere, mit Eisen beschlagene Silberschmiedearbeiten aus Bengalen und Perlen aus Malabar in wohlriechenden Holzschatullen mit Perlmuttdeckeln und pastoralen Szenen, wie man sie auf den orphischen Mosaiken vorfindet, die in den allerersten christlichen Basiliken überdauerten. Es liegt mir fern, all die Wunder aufzuzählen, welche die reiche, launische Wienerin in den acht Jahren auf ihren Reisen und dank ihrer Freundschaften angesammelt hat. Meine Beschreibung vermag kaum die Seite eines Katalogs zu füllen. Aber ich sehe es als meine Pflicht an, die im *Nanking* stattgefundenen Veränderungen und Ereignisse aufzuklären. Meine Freundschaft zu Lucy und die täglichen Besuche kamen allein aufgrund der Wunderdinge in der Villa und der unermeßlichen Gelehrtheit der Professorin zustande. Ich verschwendete keinen einzigen Gedanken daran, Miss Roth zu verführen, obwohl sie gerade dies gewollt hätte. Sie zwang mich, zwei Dinge zu verstehen: daß die Wohnung der Familie Axon nicht mit Indien gleichzusetzen sei und daß Leben bedeutet, es aufs Spiel zu setzen und es nicht zu vergeuden. Ich weiß nicht, aufgrund welcher bizarren Seiten meines Geistes es Lucy gelang, mich auf einen anderen Weg zu bringen. Sie weckte alte Leidenschaften in mir, vor allem für gewisse Lektüren. Jene zwei Jahre geistiger Einsamkeit und mittelmäßiger Abenteuer verliehen mir kostbare Fähigkeiten. Und wie leicht zu verstehen ist, halfen mir diese Errungenschaften, mich in einer neuen Welt zurechtzufinden.

Für mich war die verbrachte Nacht im Schlafzimmer der Professorin jener Ruf, den ich gehört hatte, und jene Welt, in die ich zurückkehrte. Obwohl ich diese Nacht, in der ich gegen meinen Willen geliebt hatte, hier nicht weiter erwähnen möchte, muß ich eine einzige Sache gestehen: daß ich von den Wundern des Zimmers verführt worden bin, von der Öllampe, deren Rauch nach Rosen und Sandelholz roch, von den drei Originalen Bushiyo Haras und von jenem Fischer mit der Hamletmaske des Gaho Hashimoto, von den Meerlandschaften oder den Chrysanthemen Hatastatus sowie von den unzähligen Schmuckstücken und den Kleinodien aus Perlmutt. Im Gegensatz zu Lucy, die die Erregung liebte, die sich bei Einbruch der Nacht meiner bemächtigt hatte und deren eigentliche Ursache, nämlich das Opium, sie nicht wahrnahm. Sie liebte nur das, was ihr vergiftetes Blut ihr zu tun befahl.

Etwas Seltsames war geschehen: Ich sang ein Loblied auf den Sieg über den zerrissenen Traum, ich besang die Rückkehr in meine alte Welt der Wolken und Störche, und mein Körper stillte wie eine frische Quelle den dunklen Durst der Professorin, die mich noch vor wenigen Stunden gekränkt hatte, als sie nach mir verlangte. Jene Mischung aus Demütigungen und Rache, Grausamkeiten und Liebkosungen, jenes Geflecht aus Traum und Wachzustand, Unbewußtem und Erinnertem, aus Emotionen und körperlicher Erregung machte aus mir für eine Nacht einen Mann, der sich selbst fremd und der Professorin gefügig wurde: Einen unermüdlich Liebenden, der beharrlich die Lust in einem erschöpften Körper weckte, in einem Leib, auf den sich die Stille wie eine Dämmerung in der Wüste senkt, in der das Licht verschwindet und sich der Ball am Horizont rot, kalt und gleichgültig zeigt. Über den Körper, der eine Zeitlang vom Opium aufgewühlt war, breitete sich ein eisiges Schweigen aus. Gegen sie hatte ich gekämpft, sie hatte ich besiegt. Geschwächt, verstand Miss Roth vielleicht, daß ein junger Körper auch andere Freuden zu bieten hat und daß diese Freuden sich spät einstellen, bei Tagesanbruch, wenn sich die anfängliche Spannung beruhigt und die Umarmung sich lange wie ein Lamento hinzieht.

Ich bin kein sinnlicher Mensch, obgleich Miss Roth das Gegenteil glaubte. Nüchtern und neugierig gab ich mich dem Spiel hin. Mehr nicht. Ich erinnere mich nicht, Gefallen daran gefunden zu haben. Aber die Lust der Professorin hat sich zu tief in mein Gedächtnis eingeschrieben, als daß ich sie vergessen könnte. Manche Männer kennen diese Schwäche der weiblichen Psyche, die unentwegt körperlich begehrt, und nutzen sie aus, um sich selbst unentbehrlich zu machen. Es gibt Stunden, in denen jene lebendige Körpermasse – stärker als man glauben möchte und dauernder, als man es wünschte – von einem Besitz ergreift. Im übrigen sind die langen Leidenschaften für bestimmte Männer oder Frauen nichts anderes als die Obsession einer einmaligen Erfahrung, die sich wie ein schweres Siegel auf jenes mentale und psychische Kraftzentrum legt, das man zuweilen als Seele bezeichnet.

So begreife ich Lucys Leidenschaft mir gegenüber. Diese blinde Leidenschaft, die sie vergeblich Freundschaft oder Bewunderung für meinen künstlerischen Instinkt zu nennen versucht. Außerdem bin ich nicht der einzige, der so darüber denkt. Edna lächelt mir boshaft zu. Und obwohl ich zögere, dieses Adjektiv zu verwenden, scheint sie auf ihre Zimmergenossin eifersüchtig zu sein. Sie befürchtet vielleicht, daß unsere Beziehung Lucy bloßstellen könnte. Zweifellos fühlt sich Edna in einem Haus unwohl, dessen Diener den Nachbarn alles erzählen. Die Villa der Professorin hatte nie einen allzu guten Ruf genossen: zu viele Götzen und zu viele *Liquors*. Ihre Freundschaft mit dem Konsul – der sie immer ohne seine Gattin und zu seltsamen Stunden besuchte – war in der ganzen Stadt bekannt, und der Opiumverdacht lastete über ihrer Villa wie über jeder anderen prachtvollen und zweifelhaften Wohnung in Kalkutta.

Edna betrachtete argwöhnisch, vielleicht allzu argwöhnisch Lucys Kapriolen. Mein zurückhaltendes Verhalten während der Besuche war der Professorin nicht entgangen. Und weil sie ihre Gefühle im Griff hatte, nahm sie meine Ablehnung nicht übel und sann auch nicht auf Rache. Trotzdem bewahrte sie die Erinnerung an jene Nacht, und wenn wir allein blieben, beschwor sie diese des öfteren herauf, in der Hoffnung, mich erneut verführen zu können.

»Oh! Nein, nein, jetzt hast du dich verändert, jetzt bist du ein anderer... Ich gebe zu, daß du ein guter, gebildeter Freund bist, Doktor... Aber damals hattest du etwas Seltsames und Verführerisches an dir, mit jener dummen Geschichte, mit jenem Traum, den niemand verstehen konnte, mit deinen funkensprühenden Paradoxien, denen das Schweigen eines vom Tode Auferstandenen folgte und der Schrecken eines *Tremens poeticus*... Und dann, Gott weiß, wie ich es nennen könnte... eine Art Minderwertigkeitsgefühl aus dem Verdruß, zu sein und gleichzeitig nicht zu sein, nicht den Mut gefunden zu haben, zu bleiben, neu geboren zu werden, und der Sehnsucht nach der Dunkelheit des

Jenseits... Gott weiß, wie ich es nennen, es beschreiben könnte... Aber du warst mehr als ein gebildeter Mann ... Ich gestehe dir aufrichtig: Genau jenen suche ich. Ich bin neugierig, ich dürste nach dem Wahnsinn Deines Traumes... Bis heute hast du ihn mir nicht erklärt, weil alles, was du mir über die Zeit gesagt hast, ganz und gar nicht die Erfahrung beleuchtet... Warum kehrst du nicht zu deinem Sommertraum zurück? Weißt du, gerade dieser Ausdruck, mit seinen Anklängen an Shakespeare und die keltische Mythologie, an Fräulein Julie und *The Golden Bough*... All dies erregt mich, quält mich... Ich gestehe dir, daß du kraft deines schwärmerischen, lächerlichen Monologs aus jener Nacht in mir lebst...«

»Nur ein Monolog, Lucy?«

Die Professorin fing an zu lächeln, halb belustigt, halb gedemütigt, zwischen Spöttelei und Verführung schwankend. Sie versuchte, ihren Ausbruch zu entschuldigen. Sie wollte mir einreden, daß es nicht ein Sieg war (was ich ohnehin nie gedacht hatte), sondern eine ihrer Launen. Und auf all meine boshaften Anspielungen, die vielleicht auch ein rohes Gefühl männlicher Eitelkeit enthielten, antwortete sie dunkel, indem sie mir erklärte, daß das Opium die weibliche Sinnlichkeit steigert, während es die der Männer unterdrückt. Unser Versuch, jenen nächtlichen Akt, der uns für Stunden eng miteinander vereinigte, zu erklären oder zu entschuldigen, ihn herunterzuspielen oder zu vergessen, schien mir sonderbar, wenn nicht sogar komisch. Aber der Akt glich einer Mauer, welche die Sicht verwehrt, einem unüberwindbaren Felsen.

Indessen verfestigte sich unsere Freundschaft. Jeder von uns beiden eröffnete dem anderen neue Wege, obgleich jeder von uns gänzlich unterschiedliche Erinnerung mit jener Nacht verband. Es war nicht einfach, Miss Roths Seele zu ergründen, und auch nach zwei Monaten täglicher Begegnungen maße ich es mir nicht an, all ihre Geheimnisse entdeckt zu haben.

»Doktor, um mich zu verstehen, mußt du zunächst das erfahren, was mir mißfällt, genauer gesagt, all das, was mir nicht gefällt...«, sagte sie mir eines Nachmittags im Oktober.

Was ihr vor allem nicht gefällt, ist das Weibliche mit all seinen Implikationen: die Liebe, die Ergebenheit, die Poesie der Erotik, die Monogamie, der Feminismus, Europa. Immer wieder versuchte ich den gemeinsamen Nenner dieser unterschiedlichen, für Miss Roth aber zusammenhängenden Begriffe zu finden. Sie hatte Europa verlassen, weil alle über die Liebe oder die Frau reden und denken, selbst dann, wenn sie philosophieren, bildhauern oder sich bekämpfen.

»Das *Ewig Weibliche*, genau das ist es, was mir in Europa den Atem verschlägt... Die Asiaten begehen unzählige Sünden; sie sind grausam, zuweilen schwachsinnig und verrückt, ein anderes Mal schmutzig; aber sie haben zwei Eigenschaften: Sie verklären weder die Frau, noch glauben sie an den Fortschritt. Natürlich besitzen sie eine erotische Dichtung, aber im Vergleich mit der religiösen und philosophischen ist sie unbedeutend... Oh! Es ist ermüdend, überall, tagaus, tagein, von Idylle und Ehebruch, von Frauen und Humanismus, von kulturellen Errungenschaften eines vom Feminismus angesteckten Europa zu lesen oder zu hören... Siehst du das etwa nicht? Hier stellt sich die Elite andere Fragen; das Wissen wird wirklich geschätzt; die Handlung wird respektiert, aber nicht verehrt; man verwechselt Psychologisches nicht mit Seelischem... Aber ehrlich gesagt, akzeptiere ich diese Unterscheidung nicht, obgleich ich mich darüber freue, und zwar gerade deshalb, weil sie in Europa ignoriert wird, weil niemand einen Zugang dazu findet...«

Ich könnte Hunderte von Seiten mit Miss Roths Ausführungen füllen, aber da ich kein Buch über Asien schreibe, sondern nur die einfache Erzählung meines Lebens in einer asiatischen Stadt, höre ich damit auf.

Außer dem Weiblichem haßte Miss Roth jede Art von Ideologie, von Metaphysik und Theosophie. Für alles fand sie einen Ausdruck in Oltramares Buch: mentale Therapie, moralische Therapie. Miss Roth verachtete die Menschen, die Halt in einem abstrakten Absoluten suchten oder in einem Glauben, dessen Gegenstand keine Dialektik zu transzendieren vermochte, oder in jedem Dogma, das auf Gesetzen, Konzepten und dem Humanismus beruht. Ihr zufolge konnte ein gescheiter Mensch nichts Besseres tun, als sein Dasein in ein Kunstwerk zu verwandeln, und zwar nicht im Sinne eines Abenteuers oder metaphysischer Torheiten, sondern im wahrsten Sinne des Wortes: zu lieben, zu leben, sich zu ernähren, von Kunst zu träumen – von Kunst und von Künstlern.

Miss Roth verwirklichte mit Leidenschaft und Risiko dasjenige, von dem sie glaubte, es sei ein Instinkt der Elite. Ihr Leben ist ein ununterbrochener, raffinierter Genuß; mit erstaunlicher Fertigkeit kultiviert sie Veränderungen, Nuancen und Variationen. Aus der langen Vertrautheit mit spontanen Phantasien und Launen, mit Widersprüchen und Paradoxien entstand eine verführerische Reihe philosophischer Aphorismen, die Miss Roth *Volte-face* nannte.

»Es ist irreführend, das Philosophie zu nennen, was nur Weisheit ist«, ermahnte mich Miss Roth, lächelnd und rauchend, ohne den Ausdruck belustigten Ernstes abzulegen. »Und meine Weisheit, welche die eines Künstlers ist, kann nicht zum Dogma erhoben werden: *The golden rule is that there is no golden rule*. Ich vermute und hoffe, daß du über genügend Scharfsinn verfügst, um mich nicht unter die Dilettanten, Epikureer oder phrasendreschenden Skeptiker einzureihen. Ich behaupte nicht, daß meine Ansichten der Weisheit letzter Schluß seien, und deshalb teile ich sie anderen auch nicht mit, aber mit ihrer Hilfe kann ich alles kritisieren, was ich für notwendig und angebracht halte.«

Ich muß zugeben, daß ich in den allerersten Wochen von Miss Roth glaubte, sie wolle nur kritisieren, vor allem Ednas theosophische Phantasien, die Entdeckung des Professors sowie meine Apologien einer überkommenen Metaphysik und der modernen Literatur. Später erfuhr ich, daß Miss Roth überaus gut über die Neuerscheinungen in der Buchhandlung aus der *Park Street* informiert war und die vom Professor gemachten Entdeckungen mit viel Taktgefühl kritisierte. Es ist hier nicht der Ort, von unseren langen Gesprächen zu berichten, beispielsweise über die neue Ausgabe der *Silpa Sastra* von P. Bose, dem es gelang, die Grundsätze der indischen Architektur und Skulptur in einem jüngst erschienenen Buch darzulegen, das im universitären Rahmen viel besprochen wurde. Miss Roth, die den *Vishnudharmottara-Traktat* über Malerei aufmerksam studiert hatte, bewies eine außergewöhnliche Fähigkeit für Nuancen – vollkommene, aber auch weniger vollkommene Stellen zu erkennen, die selbst dem geübten Blick entgingen – sowie ein geniales Feingefühl, sie auszudrücken. Wie im Falle Stevensons, den Miss Roth von Anfang bis Ende kannte und verstand, hatte sie auch über die Grundsätze der indischen Skulptur nichts veröffentlicht.

»Ich habe zu viele Informationen gesammelt, und meine Ansichten sind zu neu, um sie in einen Aufsatz zu pressen. Außerdem habe ich nicht die Zeit, um ein Buch zu schreiben. Wozu sollte es gut sein? Das Leben ist zu kurz... Bei uns sind Philosophen Autoren, die über die Philosophiegeschichte Studien verfassen, während Kunstkritiker jene sind, die veröffentlichen... Zuweilen verstehe ich, warum ich nie etwas veröffentlichen wollte; es sind zu viele Dummheiten geschrieben worden, nicht wahr? Und all unsere Aktivitäten... Was können wir letzten Endes tun?«

Unter der Maske tagtäglicher Veränderungen, die sie sorgfältig pflegte und provozierte, verbargen sich Disziplin und genaue Orientierung: Was Miss Roth *Vergnügen* nannte, war nicht immer nur ein spontaner Genuß, der sich um moralische und soziale Verflechtungen wenig scherte, sondern oftmals die Befriedigung, richtig zu denken, zu verstehen, eine Wahrheit in einer vermeintlich dunklen Seite oder die Dummheit in einem Dogma zu entdecken.

Miss Roth rechtfertigte den Katholizismus mit Hilfe der Kathedralen, mit Hilfe von Jacopone da Todis *Laudes* und Chestertons Prosa. Gleichzeitig konnte sie nicht aufhören, ironische Bemerkungen über Milton zu machen, weil der arme Blinde ein Puritaner war.

Da Miss Roth jede Art von Systemdenken ablehnte, fand sie immer eine ungeahnte Hintertür, wenn ihre Aphorismen sie zu weit von der Wahrheit entfernt hatten. Ich glaube, daß sie die Gewohnheit, »Um so schlimmer für die Geschichte!« zu sagen, von einem englischen Autor übernommen hatte, und das immer dann, wenn einer von uns sie peinlicherweise an ein Datum oder ein Ereignis erinnerte, das man im kleinsten Taschenlexikon nachschlagen konnte.

Als Kritikerin der asiatischen Kunst hatte Miss Roth manchmal jedoch geniale Einfälle. Ich glaube, noch nie eine vollkommenere Beschreibung und eine genauere Erklärung der Verformung des indischen Typus in der buddhistischen Skulptur aus Annam gehört oder gelesen zu haben. Und als ich sie um Informationen über die Varianten der bengalischen Darstellungen *Umas* bat, haben mich das treffsichere Urteil und der Geschmack überrascht, mit denen Miss Roth zwischen der schöpferischen Phantasie des Meisters und der grotesken Häßlichkeit technischen Unvermögens zu unterscheiden wußte, zwischen leuchtenden, lebendigen Details, die ihren Ursprung im Spiel der Hand und der Seele hatten, und dem überflüssigen Beiwerk. Unsere Museumsbesuche waren Stunden unvergeßlichen Genusses. Miss Roth stellte mit weiblicher Leichtigkeit unerwartete Vergleiche an, rief mir Graphiken aus ihrer eigenen Bibliothek ins Gedächtnis; verlangte nach Photos aus der Museumssammlung, um mir Exemplare aus *Amritsar* oder *Travancore* zu zeigen, suchte aus, stellte dar, urteilte. Selbst aus Epochen, deren Material und Bibliographie ich erschöpft hatte, konnte ich einiges von Miss Roth lernen. Ich verspürte damals die demütigende Melancholie der Jugend, die über alles verfügt, außer über das reife Kunstverständnis und die Erfahrung, die sich erst nach jahrelanger, intensiver Beschäftigung mit einem Thema einstellen.

Ich glaube, daß Miss Roth sehr reich ist oder es zumindest war. Sonst wüßte ich nicht, wie ich mir die Pracht ihrer Zimmer und die darin angesammelten Schätze erklären könnte. Es ist kaum nötig zu erwähnen, daß sich in der Bibliothek alle farbigen Reproduktionen und alle asiatischen Photosammlungen des letzten Jahrhunderts befanden, teure und seltene Bände, die sich nur Universitäten und öffentliche Bibliotheken leisten konnten. Aber Miss Roth hatte auch eine überraschende Menge an Stichen und Handschriften gesammelt, sogar Originale, die von besessenen Europäern und amerikanischen Millionären gesucht wurden. Unter ihnen befand sich ein Dutzend persischer Handschriften mit Blumenverzierungen und Miniaturen, ein sehr alter *Moise de Khores*, das armenische Original, und der *Divan* des Maghribi, der irgendwann einmal einem holländischen Orientalisten gehört hatte. Des weiteren zahllose arabische Handschriften, die sie zwar nicht lesen konnte, die aber die Einsiedlerin im Palast der Bilder mit ihren langen, bleichen Fingern ergötzten. Später erfuhr ich durch eine vertrauliche Mitteilung Ednas, daß Miss Roth, bevor sie nach Indien gekommen war, die Sammlung eines deutschen Fürsten geerbt hatte, der vor zwanzig Jahren als der beste Kenner persisch-arabischer Handschriften galt. Die Verbindung der Wienerin mit dem alten Sammler ist ziemlich unklar. Aber der Fürst schenkte noch zu Lebzeiten Miss Roth die Früchte eines leidenschaftlichen Sammlerlebens, weil seiner Meinung nach niemand würdiger wäre, sie zu besitzen und sie zu verstehen, als Miss Roth, selbst wenn sie diese nicht zu lesen vermochte. Bei dieser Gelegenheit erfuhr ich von Edna auch, daß die Professorin viel älter war, als ich vermutete, und daß sie alle Europäer kannte, die irgendeine Berührung mit dem Orient hatten, vom Verleger Luzac bis zu Keyserling und dem Oberst Lawrence. Selbst in ihrer umfangreichen Autographensammlung fanden sich alle Freunde, Bewunderer und Meister wieder. Sie war überall gewesen und hatte immer dazugelernt. Sie hatte Masaharu Anesaki in Tokio und Harvard gehört, Takakusu in Berlin, Yamakumi in Kalkutta, Jacobi in Bonn, Przyluskhy in Paris und Louis Finot in Saigon. Und überall offenbarte sie ihre unermeßliche Neugier für die Belange der Kunst und ihre Verachtung für alles Dogmatische. Sie kannte eine Unmenge an Anekdoten über Künstler und lebende Orientalisten; freilich verstehe ich unter den Künstlern die asiatischen, weil Miss Roth für die abendländischen nur eine kühle Gleichgültigkeit an den Tag legte und vorgab, noch nicht genügend Erfahrung zu besitzen, um ihre Werke zu betrachten und zu verstehen, daß es Kunst ist.

Aus Shantiniketan, wo sie den Winter verbracht und eine berühmte Vorlesung über den Einfluß der indischen Kunst in Zentralasien und China gehalten hatte, kehrte sie mit einer großen Leidenschaft für die bengalische Dichtung zurück. Wenngleich sie in Sanskrit immer schwach gewesen war und einen Text nicht ohne Übersetzung verstehen konnte, hatte sie im Bengalischen verblüffende Fortschritte machen können, vielleicht weil sie es gerne sprach und unentwegt den Balladen der Gitani zuhören konnte. In ihrer Bibliothek stand ein Exemplar der bengalischen Sprachgeschichte und Literatur von Dr. Sen mit einer langen und schmeichelhaften Widmung des Autors. Sooft Thomson Indien besuchte und sie traf, wurde er nicht müde, sie um die Mitarbeit an einer Sammlung bengalischer Gedichte in englischer Sprache zu bitten. Miss Roth lehnte mit der

Begründung ab, ihre große Monographie über das monumentale Orissa erlaube ihr nicht, sich ein anderes Werk aufzubürden. Im übrigen gestand sie mir, an einem ihrer bevorzugten *Liquors* nippend, daß sie nicht wüßte, warum sie an einem Buch mitarbeiten sollte, das die Leser ohnehin nicht verstünden. Sie war auf Thomson geradezu wütend, weil er eine kurze Anthologie von Ramprasad Sen übersetzt hatte. Dieses bengalische Genie war zugleich Miss Roths Lieblingsdichter. All die lyrischen Beschwörungen, die der unnahbaren und ewigen »Mutter« Durga galten und mit originalen Melodien vorgetragen wurden, stellten für mich ein undurchdringliches Geheimnis dar und machten Miss Roths Seele trunken. Sobald ich sie darum bat, sie mir zu übersetzen, trafen mich ernste, spöttische Blicke.

»Was hast du zwei Jahre lang in Indien gemacht? Du hast *gelebt*, nicht wahr? Du hast das Leben kennengelernt, nicht wahr? Welches Leben? Das Leben der Familie Axon, das von Mrs und Mr Axon, das von Tom und von Isabelle. Dafür hättest du genauso gut auch nach Southampton gehen können. Ich verstehe nicht, warum du nach Indien gekommen bist, außer um Bengalisch zu lernen. Die süßeste und vollkommenste Sprache des Globus... Die Menschen können nach Indien des Geldes oder der Dichtung wegen reisen, und beide Gründe sind willkommen. Aber dich verstehe ich nicht; dreißig Tage auf dem Meer zu verlieren, um dich in Isabelle zu verlieben...«

»Lucy, es nützt nichts, mich zu tadeln. Du weißt allzu gut, daß ich für sentimentale Krisen nicht tauge...«

»Die Sache ist uninteressant. Aber warum hast du nicht Bengalisch gelernt?«

Neben der mystischen Lyrik von Ramprasad Sen, die

Miss Roth – jenseits des weiblichen Ideals oder der Melancholie vergänglicher Freuden – für den Gipfel dichterischer Eingebung hielt, war ich erstaunt, unter ihren Lieblingsdichtern der Tang-Dynastie vor allem Li Po und Tu Fu zu entdecken, die Miss Roth in unzähligen deutschen und englischen Übersetzungen besaß. Ich sage *Lieblingsdichter*, weil sie diese auswendig kannte. Aber wie gründlich Miss Roth in der chinesischen Dichtung bewandert war, davon konnte ich mich in jener Nacht der Gespräche mit dem Professor überzeugen, dem es gefiel, irgendeine Zeile eines Tang-Gedichts zu übersetzen und sich von Miss Roth den Verfasser nennen zu lassen. Was ich an der orientalischen Bildung der Professorin bewunderte und selbst begehrte, war die vollkommene Aneignung des Geschmacks, des Rhythmus, ich möchte sagen, der Seele, die für die Dichter und Künstler Asiens wegweisend waren. Die scheinbare Monotonie der Gedichte war für Miss Roth eine Perlenschnur unnachahmlicher Aufzeichnungen, die den Autor unter Hunderten von Strophenpaaren verriet. Sie vermochte Chen Tzu von Tsui Hao zu unterscheiden, während der Professor, der ziemlich gut Chinesisch konnte, nur mühsam Tu Fu oder jeden anderen Dichter aus derselben Tang-Dynastie auseinanderhalten konnte. Diese seltene Begabung, aufgrund einer einzigartigen Intuition die feinsten Nuancen zu entdecken, bewies sie auch in den anderen orientalischen Literaturen, beispielsweise im Sanskrit, wo es ihr gelang, Bhartrihari neben Bilhana oder Amaru zu erkennen. In meinen Augen ist diese Sache unnatürlich und höchst erstaunlich, und dies um so mehr, als Miss Roth nur die Übersetzungen mit den unvermeidlichen Dummheiten und Verfälschungen kannte.

Ich müßte ausführlich von den Begegnungen unserer Gruppe in der Villa aus der *Park Street* erzählen, und bei der Aufzeichnung der geistreichen Worte von Miss Roth verweilen. Aber ich befürchte, daß all die Eigenschaften, welche die Gestalt der Kunstgeschichtsprofessorin ausmachen, übernatürlich erscheinen könnten; auch befürchte ich, daß meine ungeschickte Feder nicht die vertraute Atmosphäre unserer Gespräche, die sozusagen einer *spirituellen Orgie* glichen, einzufangen vermag. Trotzdem kann man mein Verhalten nicht verstehen, wenn man nicht wenigstens flüchtig das Leben, das ich mit meinen neuen Freunden zu teilen anfing, kennt.

Es ist hier nicht der Ort, die seit Herbstbeginn zunehmende Ratlosigkeit der Familie Axon zu erwähnen. Zumindest in jenen Monaten der Hitze und des Monsuns gab ich mich schweigsam, was Mrs Axon und teilweise auch Isabelle dem tropischen Klima zuschrieben. Aber wie sollten sie sich nun meine Redseligkeit erklären, meine oftmals schlüpfrigen Anspielungen? Und wie sollten sie die täglichen, meist erst nach Mitternacht endenden Besuche der berüchtigten ledigen Professorin beurteilen, die beinahe ein altes Mädchen war und über die die kundigen Nachbarn nicht allzuviel Lobenswertes sagen konnten und für die *Father* Lucas nur eine verzweifelte Geste der Verachtung übrig hatte? Es ist wahr, ich selbst lieferte Einzelheiten in Hülle und Fülle, sei es über das Haus, sei es über die Herrin, wobei ich darauf achtete, nichts über das Geheimnis jener ersten Nacht und die Eskapaden von Miss Roth zu enthüllen. Mir war aufgefallen, daß Isabelle ihren Wunsch, immer mehr über das Haus der »außergewöhnlichen Frau«, wie ich sie nannte, zu erfahren, kaum verbergen konnte. Und mir schien Vernas Scherz über das Alter der Professorin weniger grausam zu sein als das kalte Lächeln Isabelles, mit dem sie ihre Verachtung gegenüber einer Frau Ausdruck verlieh, »die aufhörte, Frau zu sein, weil sie zu viel las und die Gewohnheiten der Männer annahm«. Unter »Gewohnheiten der Männer« verstand Isabelle folgendes: ein Haus allein zu bewohnen, verheiratete Männer zu empfangen, zu rauchen, *Liquors* zu trinken und Professorin an der Universität zu sein.

Manchmal, wenn ich von der *Park Street* zur Wohnung der Familie Axon zurückkehrte, dachte ich amüsiert an die seltsame Lage dieser zwei Wesen, die einander nur durch meine Erzählungen kannten und sich nicht leiden konnten: Miss Roth Isabelle meines Traumes wegen und Isabelle Miss Roth aus unzähligen Gründen, zu denen vielleicht jener gehörte, daß ich bei Tisch zu viel von ihr sprach und dies Mrs Axons Hoffnungen trübte. Ich weiß nicht, warum ich versucht war zu glauben, daß die Beziehung der beiden Frauen, die einander sonst nie begegnet waren, nicht meine Schöpfung war, sondern daß ich in diese Umgebung hinein geboren wurde, um eine Verbindung zwischen Miss Roth und Isabelle herzustellen. Und viele andere Gedanken überfielen mich, auf deren Aufzeichnung ich verzichte, aus Angst, sie zu entstellen. Ich fand Gefallen daran, zwischen den beiden – aufgrund ihrer Herkunft und Kultur einander fremden Wesen – Gemeinsamkeiten zu entdecken, zumal sie die einzigen waren, die ich in meinem neuen Leben näher kannte. Nichts kann verschiedener sein. Und dennoch – hatte nicht ich Isabelle gekränkt, und bewahrte nicht Isabelle jenen Vorfall in lebhafter Erinnerung? Und war Miss Roth nicht jene, die mich nach unserer ersten Nacht im *Nanking* in ihr

Zimmer gezerrt hatte? Bewahrte sie nicht die Erinnerung an einen noch niemals zuvor getroffenen, halluzinierenden und seltsamen Mann, den sie vergeblich in mir wiederzufinden versucht? Und klafft zwischen jenen zwei großen Stunden – im *Bristol-Theater* und im *Nanking* – nicht der Abgrund meines Sommernachtstraums? Und bin ich selbst nicht jener, den Isabelle in Begleitung von Miss Roth zu sehen meint, und nicht jener, den sich Miss Roth in Begleitung Isabelles einbildet? Zahllose alte Gedanken stürzten auf mich ein: der Gedanke an meine Bedeutungslosigkeit, an meine Bestimmung, gleichzeitig in zwei Welten leben zu müssen, auszutrocknen und, ohne Frucht getragen zu haben, unterzugehen. Aber jetzt lebte ich zu sehr in den Vorstellungen der Göttin Durga, um an Bedeutungen zu denken oder mir Fragen zu stellen.

Unsere Begegnungen in Miss Roths Villa waren außergewöhnlich. Der Professor erschien in einer von einem alten Pferd gezogenen *Gari* und brachte eines von jenen chinesischen Büchern mit, die der Gastgeberin gefielen. Wochenlang trug er das Opusculum des Yang-Chu in der wunderbaren Ausgabe von Shanghai mit sich herum und übersetzte dessen Parabeln und Aphorismen – eines Dichters, dem die ganze Welt als ein einziger »Garten der Freude« erschien. Ich fing an, den Professor lieb zu gewinnen, diesen unverbesserlichen Träumer, der seine Träume erst dann genoß, wenn er sie an Berge von Seiten gelehnt hatte! Der Professor schwieg fast immer, während er den dicken Rauch der burmesischen Zigarren inhalierte und mit einem gut gespitzten Bleistift die auf dem Tisch verstreuten Buchdeckel oder Zeitungsränder verzierte.

Seine Freundschaft mit Miss Roth war alt. Er hatte sie

in Cambridge kennengelernt, wo sie beide bei Giles Vorlesungen besuchten. Die junge, intelligente Wienerin erregte bereits in den Kolloquien Aufsehen und ließ sich von den mißtrauischen oder eingeschüchterten Universitätsleuten nicht daran hindern, ihre paradoxalen Ansichten zu entwickeln. Nach dem Krieg folgte Miss Roth dem Ruf des Vizekanzlers der Universität von Kalkutta, wo sie zu ihrer großen Überraschung bei ihrer Antrittsvorlesung just auf jenen alten Kollegen stieß. Der Professor hatte darauf verzichtet, etwas zu erreichen, was man in Universitätskreisen als »Karriere« zu bezeichnen pflegt. Wie er gestand, wäre es von ihm wirklich dumm gewesen, offiziell eine Wissenschaft zu repräsentieren, die durch seine Entdeckungen bis in die Grundfesten erschüttert worden war. In seiner Jugend hatte er geglaubt, sich auf Kleinasien spezialisieren zu müssen, aber nach der ersten Expedition mit Sir Aurel Stein wurde sein Interesse an Zentralasien so groß, daß er sich in Kalkutta niederließ und ein eifriger Leser der Bibliothek der Asiatischen Gesellschaft wurde. Er hatte gehofft, irgendwann einmal wieder in England zu leben, aber weil es ihm mehrmals mißlungen war, mit Hilfe von Ausgrabungen seine Entdeckungen zu überprüfen, mußte er den Gedanken an eine Rückkehr aufgeben. Er widmete sich zunehmend dem Studium des Chinesischen und mongolischer Dialekte und schickte kurze Mitteilungen an das *Bulletin de l'Ecole Française de l'Extrême-Orient* oder an *Acts of the Asiatic Society of Japan*. Er hatte kein einziges Buch veröffentlicht, weil es ihm nicht gelungen war, das Geld für die Ausgrabungen aufzutreiben. Die Mitteilungen waren konfus, wenn nicht sogar unlesbar, mit Ausnahme der Korrekturen an kürzlich erschienenen Ausgaben oder an mongolischen

Glossaren, kritischen Bemerkungen über zweifelhafte Monographien, die auf Chinesisch gedruckt wurden, neuen Beiträgen zu anderen jüngst publizierten Texten aus Turfan, die vor wenigen Jahren erschienen waren. Derjenige, der den Professor nach diesen kleinen und unbedeutenden Veröffentlichungen beurteilte, hätte ihn zu Unrecht den Tausenden von orientalischen Sammlern und Bibliothekaren zugeordnet, in deren Hirnen kein Platz für Ideen ist und deren Verallgemeinerungen lediglich für Zeitungen taugen. Der Professor hingegen bewies, obwohl er ein leidenschaftlicher Sammler von Einzelheiten war, ein sensibles und gesundes Verständnis für das, was Miss Roth die »Wirklichkeiten der Elite« nannte. Die Entzifferung eines schwierigen Textes ließ ihn die Grammatik vergessen, und ich hörte ihn mit Begeisterung reden (soweit ein englischer Orientalist ihrer fähig sein kann) über den Einfluß des Stillebens auf die Weltanschauung oder über das, was er »energetische Egalität« nannte, nämlich die Egalität zwischen dem Potential des Objekts, das man kennen muß, und jenem des Forschers: Ein dunkler Text erhellt sich weniger aufgrund seiner inneren Struktur, als durch den Erkenntniswillen des Forschers, der ihn studiert. Wenn diese Energie das Objekt durchdringt und mit dem Erkenntniswillen des Forschers harmoniert, ist das Problem gelöst.

Der Konsul kam im eigenen Auto und ich zu Fuß, weil der Weg bis zur Villa in der *Park Street* kurz und voller betörender Düfte war. Der Konsul brachte Geschenke mit: Blumen, Zigaretten und Biskuits. Die Blumen für Edna, die Zigaretten für Miss Roth und die Biskuits für uns alle fünf zum Tee. Miss Roth empfing uns immer in blassen Kimonos, während Edna stets dieselben schlichten weißen Seidenblusen trug. Der Empfang hatte nichts Offizielles oder Künstliches an sich. Wir pflegten weder die Gespräche eines Studienkreises, noch beabsichtigten wir, eine theosophische Sitzung abzuhalten. In der Regel las uns Miss Roth aus Stevenson vor oder informierte uns über stumpfsinnige Neuerscheinungen, die sie in den Werbebroschüren der Buchhandlungen gefunden hatte. Obwohl sie über ein außergewöhnliches Gedächtnis verfügte, gab sie wiederholt mit spöttischem Unterton ihre absurden, zuweilen sogar falschen Einschätzungen kompetenter Autoren zum besten. Aber diese nicht allzu boshafte Gewohnheit dauerte nicht lange. Jeden Tag entdeckte Miss Roth ein neues Paradoxon oder eine neue Wahrheit und vervollkommnete dergestalt den Ausdruck ihres »Systems«.

Manchmal klärte sie uns – apologetisch – über den Zweck eines jeden Kunstgegenstandes in ihrem Zimmer auf. Sie beklagte das kurze und düstere Leben. Dem Weg der großen europäischen Häresie folgend, hätten die Modernen keine Zeit mehr zu leben.

»Ist Ihnen aufgefallen, wie wenig Aufmerksamkeit die Menschen ihrem Lebensweg schenken? Jeder wünscht, sieht und erträumt sich nur das Ziel. Es handelt sich um eine vollkommene Verblendung und Unempfindlichkeit, um eine Verirrung, die das Leben mit seinem Ende verwechselt. Jeder beeilt sich, etwas zu beenden: den Tag, die Nacht, das Jahr, die Arbeit, das Leiden... Was mich betrifft«, fuhr Miss Roth fort, wenn sich unsere Kommentare erschöpften, »habe ich mir längst das angeordnet, was man *Achtsamkeit* zu leben nennen könnte.« (Ich glaube nicht, daß es notwendig ist, daran zu erinnern, daß ich hier nur den Kern der Gespräche, ohne die Unterbrechungen und Abschweifungen, vereinfacht wiedergebe.) »Es wäre mittelmäßig und fade«, sagte Miss Roth, sich morgens über die Sonnenaufgänge zu freuen, froh zu sein, daß die Vögel erwachen und die Büsche erblühen. Ich gebe zu, diese ursprünglichen Instinkte sind in mir ausgetrocknet. Die pantheistische Freude, die in jedem Menschen schlummert, erwacht in mir und befriedigt mich nur selten. Aber morgens finde ich so viele andere Gelegenheiten der *Jouissance* (Miss Roth bediente sich dieses Ausdrucks immer auf französisch). Ich ziehe jeden neuen Kimono mit einer fast »sinnlichen Erregung« an, betrachte meine Vase aus Tokio, den Glanz dieses Coomaraswamy-Bandes in der *Editio princeps* oder verliere mich (Miss Roth drückte sich oft gewöhnlich und kitschig aus) in einer seltsamen Betrachtung jener zwei Hokusei... Ich habe nur eine Stunde Zeit, aber in dieser Stunde lebe ich, ohne mich zu zerstreuen... Weder philosophiere, noch predige ich. Bergson hat mich nie interessiert. Mein Erleben hat nichts Organisches oder Unbewußtes an sich. Höchst seltsam, ich kenne, entfalte und kritisiere mich, indem ich lebe. Und weil alles, was ich tue, spontan, frei und heftig ist, gefällt es mir, mein Leben eine Orgie zu nennen...«

Ich habe in diesem Abschnitt den Monolog eines Oktobernachmittags verdichtet, an dem sich Miss Roth kühner und vielgestaltiger gab, als ich es vermutet hätte. Eine wahre Orgie starker Empfindungen: Eine Mischung aus männlicher »*Je-m'en-fiche*«-Haltung, zartem, zuweilen verdorbenem Ästhetizismus, Doktrinen und Gedichten. Es ist über die Maßen schwer, einen Menschen zu verstehen; es ist nahezu unmöglich, ihn zu beschreiben. Aber wann handelt es sich um Miss Roth?

Wenn ich die Seiten, die ich in den letzten Tagen über sie geschrieben habe, wieder lesen würde, müßte ich mich zweifellos angewidert abwenden, denn ihre Beschreibung scheint allzu sehr unter den vielfältigsten Einflüssen gewisser Lektüren zu stehen. So erinnert ihre verfeinerte Sinnlichkeit an die eines d'Annunzio. Hingegen vermittelt die wahre Miss Roth – soweit ich sie verstehe, kenne und zu schildern vermag – in ihren Gesten und Ansichten einen außerordentlich harmonischen Eindruck. Und so stark sie auch von ihren asiatischen Lieblingsvorbildern beeinflußt sein mag, erkennt jeder in ihr eine offene, warme, unermeßlich fruchtbare Persönlichkeit.

Miss Roths Leben schien wahrlich arm an Ereignissen zu sein. Was ich unter Risiko, Abenteuer oder Leben verstand, nannte sie bloß Aberglauben oder Nostalgie. Eines Abends, als ich ihr von den Offenbarungen angesichts meiner Entsagung und der freiwillig angenommenen Rolle in der Familie Axon erzählte, pries ich das Unvorhergesehene eines neuen Lebens. Miss Roth kritisierte mich: Die *phänomenale* Seite des Lebens war ihr völlig gleichgültig.

»Es fließt sehr viel modernes Blut in deinen Adern, Doktor, und der neue asiatische Humanismus, den du gerade annimmst, hat dich vom Aberglauben an die Evolution, die Geschwindigkeit und das Abenteuer noch nicht gereinigt… Du hast nur insofern recht, als du die Diktatur der Vernunft ablehnst. Jede Abtötung, durch welche Art von Enthaltsamkeit auch immer, ist kein Leben – einverstanden, aber ich habe eine andere Vorstellung vom Leben als du. Die Bewegungen und Einflüsse der Massen, die geistigen Verzichtleistungen zugunsten des Pragmatischen, die Anpassung an den unteren Durchschnitt und das dem Zufall oder der Familie Axon überlassene Leben, das Zurückdrängen humanistischer Reminiszenzen in dir, all dies ist sozusagen ein terrestrisches Dasein, aber nicht mehr. Für mich, die ich mich von Empfindungen und Wahrheiten nähre und die ich wechsle, sobald ich ihrer überdrüssig werde, sind die Ereignisse reine Nebensache. Ich lehne sie nicht ab, wenn sie eintreffen, aber ich suche auch nicht nach ihnen. Ich verzichte keinesfalls auf den Schwerpunkt meines Lebens, nämlich auf die Kunst. Bei all meinen Reisen war ich zuerst Künstlerin und dann Mensch. In meinen Beziehungen und Freundschaften war ich zuerst Sammlerin und dann Frau. Mein erster Liebhaber, ich glaube, daß Edna dir davon erzählt hat (dümmliches Lächeln), war ein alter Fürst, den ich aufgrund seines Geschmacks, seiner Aristokratie und seiner unermeßlichen Gelehrsamkeit verehrte... Es gefällt mir, neue Freundschaften zu schließen, wenn ich dadurch einem anderen Rhythmus oder einer anderen Kultur begegne ... Aber niemals konnte ich zwischen gefühllosen, ungebildeten, mittelmäßigen oder armen Menschen leben. Ich ersticke, ich ersticke im physiologischen Sinne des Wortes... Die Abenteuer in Kalifornien oder in Argentinien, die Piraterie in den ozeanischen Archipelen, keine dieser Odysseen vermag meine Aufmerksamkeit zu fesseln. Ich war auf Tahiti, weil auch Stevenson dort war; mir haben die Korallenstrände gefallen, weil Stevenson sie beschrieben hat...«

»Da sind wir uns einig, Lucy!«

»Du kennst meine Gleichgültigkeit gegenüber dem, was andere für großartig und schön in der Natur halten. Um ehrlich zu sein, sie beeindruckt mich nicht. Sie gefällt mir so, wie mir eine Seife oder ein Paar Schuhe gefallen. Ich gebe zu, daß sie notwendig, ja unentbehrlich wie jede morgendliche Toilette ist. Aber sie berührt mich nicht, sie macht mich nicht traurig. Manchmal ruft sie jenen physiologischen, orgiastischen Schock hervor, der die panischen Instinkte in mir erwachen läßt. Aber das bleibt neben der Seele, das heißt neben der Kunst, und deshalb bestehe ich auf dem, was ich meine Metaphysik nenne...«

Miss Roth ließ nicht ab davon, mir meine *phänomenale* Obsession vorzuwerfen, meine Gier nach äußerlichen Veränderungen, meine modernen Neigungen, die mich in fremde Laken zerrten, mich fremden Willen unterwarfen – und das nur aus dem Wunsch heraus, mich vergewaltigt zu fühlen, den Befehlen einer Masse zu gehorchen, die ich keines Blickes würdigen sollte. Und trotz meiner Argumentationen und der Gewißheit, daß mein Leben in diesen letzten Jahren nur eine Folge des *verlorenen Paradieses*, meiner verlorenen Jugend war, spürte ich, wie die Atmosphäre in der Villa aus der *Park Street* und meine enge Freundschaft mit Miss Roth mich vom Weg an der Seite der Familie Axon abbrachten, um mich zu meinen vergangenen dilettantischen Ansichten zurückzuführen. Ich wußte, daß, was immer auch geschehen würde, ich niemals zu meinen Quellen zurückfinden könnte. Miss Roth verglich scherzhaft meine Lage mit jener des gefallenen Menschen und der Sühne durch den Erlöser. Wie die vom Schöpfer wahrhaft getrennte Menschheit, war ich verbannt und isoliert, wartete ich auf eine Wiedergeburt durch das Herabsteigen des Heiligen Geistes und des Herrn, in Gestalt eines von der Jungfrau geborenen Sohnes...

»Hör auf mit der Gotteslästerung«, drohte der Konsul scherzhaft.

Aber ich war versucht, Miss Roths Vergleich wörtlich zu nehmen, und oftmals plagte mich eine Ungeduld beziehungsweise die Vorahnung, daß meine Erlösung nah war. Das hier Gesagte muß nicht in seinem theologischen Sinne verstanden werden, sondern einfach menschlich, allzu menschlich. Häufig verspürte ich die Last meiner Sünde und meiner Bestimmung. Es ermüdete mich, in jedem Selbstgespräch zu erfahren, daß ich noch nicht Frucht tragen konnte, daß ich meinen Platz noch nicht gefunden hatte, daß ich noch immer verflucht war, in zwei Welten umherzuirren: in einer mir nahen und in einer aus Erinnerungen und Sehnsüchten bestehenden, wo auch immer sie sich befinden mochte, aber nicht weniger zugänglich und Trost verheißend.

Trotzdem, die Selbstgespräche und Erinnerungen dieser Art wurden immer seltener. In Miss Roths Villa entdeckte ich ein neues Leben und unbekannte Leidenschaften. Ich wurde wieder zu dem, der ich einst gewesen war: ein gescheiterter Künstler, der seine Energien statt in Kunstwerke in Emotionen und Genüsse fließen läßt. So verbrachte ich viele Stunden lesend in einem Lehnstuhl in Miss Roths Bibliothek. Ich hatte die Arbeit an den javanischen Steininschriften wieder aufgenommen, aber nicht etwa, um eine Monographie zu verfassen, sondern um ein Thema bis zur Erschöpfung zu beherrschen und mich daran zu erfreuen.

Während ich dieses Kapitel schreibe, fange ich an, müde zu werden, und dabei habe ich von unseren Begegnungen und all dem, was ich über den Konsul weiß, noch nichts erzählt. Auch habe ich jene Nacht der gefährlichen Enthüllungen noch nicht erwähnt, jene

Nacht, als Lucy, vom Opium, das sie ohne mein Wissen geraucht hatte, halb wild geworden und mit der ganzen Sehnsucht ihrer dreiundvierzig Jahre mich an sich drückte und murmelte, daß ich wieder zu dem geworden wäre, den sie einst kannte: der aus dem Traum erwachte Mann, der Mensch, der sich wiedergefunden zu haben vorgibt.

Die Ereignisse dieser Nacht haben sich folgendermaßen zugetragen: Die Gäste gingen, und ich schickte mich an, sie zu begleiten, als Lucy mich bat, noch eine halbe Stunde zu bleiben, um mir neue Durga-Bronzen zu zeigen, die ihr erst kürzlich aus Madura geschickt worden waren und einem Sammler aus Colombo gehörten. Ich vermutete nichts Besonderes hinter der Einladung der Gastgeberin, weil Edna ebenfalls blieb und es nicht das erste Mal war, daß wir allein Fachgespräche führten. Miss Roth zog einen betörenden Kimono an, der jeden anderen Mann – mich beschäftigten in jener Nacht nur zerebrale Leidenschaften – um den Verstand gebracht hätte. Außer Tee servierte Miss Roth, gegen den Rat von Kakuzo, starke *Liquors*. Dann ließ sie Edna und mich eine halbe Stunde allein. Ich muß bekennen, daß mich die Erinnerungen jener ersten in der Villa verbrachten Nacht erneut einholten. Vielleicht weil ich mit Edna allein war, vielleicht auch weil Miss Roth von den *Liquors* stark benommen war. Die Freundin schien ehrlich besorgt zu sein und blickte ungeduldig zur Schlafzimmertür. Später habe ich erfahren, daß sie wußte, was sich in jenem Zimmer mit den dunklen Teppichen und den duftenden Lampen ereignete, und daß sie sich vor dem fürchtete, was enthüllt werden könnte.

Miss Roth kehrte wie verwandelt zurück. Ihr Monolog – es war Brauch, sie nicht zu unterbrechen, wenn sie eine paradoxe Wendung auf die Spitze zu treiben oder eine Nuance auszudrücken versuchte – war wirr und glänzend zugleich. Ich ahnte, daß sie wieder Opium geraucht hatte und die gleiche Versuchung wie in der Nacht vom *Nanking* verspürte. Was sie mir gestand, werde ich hier nicht schreiben. Lucy ist zynisch, aber manchmal findet sie einen bitteren Gefallen daran, dem zu widersprechen, was sie Stunden zuvor in nüchternem Zustand gesagt hat. Ich entdeckte in ihren Sätzen und in ihrem Verlangen, daß sie von einer Erinnerung beherrscht wurde, und das ganz besonders in Zeiten der Einsamkeit und des Traums. Ich fühlte mich nicht geschmeichelt, weil ich mich in dem Bild, das sie sich von mir machte, nicht wiederzuerkennen vermochte. Ich war von meinem Traum weit entfernt, in Lucys Welt befangen, und unsere Umarmung wäre enttäuschend gewesen. Der Palimpsest lichtete sich nicht mehr. Ich glaube, Miss Roth erriet dies. Ich vermochte nichts in ihren dunklen Augen zu lesen, auch betrachtete ich ihren Körper nicht, der einer warmen Schlange glich, während ihr Kimono an den Pelz eines Blaufuchses erinnerte.

Es übersteigt meine Kräfte, die Ereignisse jener Nacht wahrheitsgetreu zu beschreiben. Gegen meinen Willen wurde ich Zeuge einer zügellosen Sinnlichkeit. So muß ich denn Szenen unerwarteter, barbarischer Wollust beschreiben, um Miss Roths Obsession und Ednas Eifersucht zu erklären. Ich muß versuchen, Lucys Mut und den Zynismus ihrer Freundin zu verstehen; desgleichen meine absurde Anwesenheit in einem Zimmer sapphischer Liebe. Die Aufgabe, einen solchen Bericht in dieses Heft zu schreiben, ist unmenschlich und grotesk. Ich fühle mich in meinem Innersten verletzt, weil ich eine fremde Rolle einnehmen mußte, weil mich das Schicksal zwischen zwei Menschen stellte, die ich nicht verstehen kann und deren Laster mich nicht verlocken. Und trotzdem muß ich diesen Vorfall erzählen, weil er uns drei in einem sündigen Geheimnis verbunden hat.

Während ich die Ausschweifungen der Professorin mit neugierigem Forscherblick verfolgte, beobachtete ich an Edna eine wachsende Erregung, ein lasterhaftes Fiebern und Zittern, die sie nicht mehr unter Kontrolle hatte. Und als ich versuchte, mich der unerwarteten Szenerie zu öffnen, sie zu verstehen, entsetzten mich Ednas Umarmungen. Und das nur, weil Edna nicht mich, sondern Miss Roth umarmte! Wenn Edna mich mit ihren weißen Armen umschlungen hätte, wäre ich bestimmt schockiert gewesen, aber weit weniger brutal als beim Anblick, den sie mir jetzt bot: schwitzend und außer sich in den Armen der Freundin.

Wie versteinert, meinen Augen nicht trauend, wohnte ich der Orgie bei, die ihren Anfang auf dem kaffeebraunen Teppich mit den Drachen- und Pfauenbildern nahm. All diese Teppiche schienen mir von unergründlichen Blicken beseelt zu sein. Auch die Bronzestatuen mit den grotesken Masken und die Bücher im Halbschatten der großen Wand – alles wurde wie in einem Alptraum lebendig. Die Dinge erwachten vom knirschenden, wimmernden, unwirklich sich steigernden Spiel der zwei Leiber mit ihrer weißen und glatten Haut.

Ich glaube, daß nur wenige Minuten vergangen waren, bis ich wieder zu mir kam. Was Miss Roths Zynismus nicht heraufzubeschwören vermochte, erfüllte der Anblick der nackten Körper im violetten Licht. Mein Spasmus war der eines gepeitschten, besiegten, zermürbten Menschen. Ich ertrug die bitteren und schwindelerregenden Gefühle eines zutiefst Gedemütigten. Von wem? Warum? Dies waren Fragen, die ich mir damals nicht stellte und auf die ich keinesfalls eine Antwort erhalten hätte.

Feuerrot vom Lichtschein der mit Blumen und Bergen verzierten Lampe, bot ich mich in meiner Angespanntheit den beiden Frauen an. Der Augenblick währte lange. Meine Ratlosigkeit katapultierte mich in die Vergangenheit, in meine Jugendzeit, zurück. Aber die Schlange mit den zwei Mündern ignorierte mich, und das Gemurmel ihrer Litanei erstickte mein Schweigen. Als ich gierig einen Arm ausstreckte, um die beiden zu trennen, drückte meine Brust Ednas Busen – ein Schrei des Ekels und des Entsetzens machte alle meine Hoffnungen zunichte. Miss Roths versöhnliches Lachen vermochte mich nicht zu trösten. Der Zynismus, mit dem sie einige Entschuldigungen stotterte, brachte mich nicht auf. Wie eine von der kalten Asche des Nachtfeuers gelöschte Flamme fühlte ich mich armselig, verjagt, öde und verwaist. Fassungslos betrachtete ich Miss Roths Arme, die den ermatteten, unwirklich luftigen Körper Ednas trugen.

Allein in dem von der warmen Brise der Mitternacht schwül gewordenen Salon zurückbleibend, versuchte ich mich zu sammeln, mich an den Anfang des Beisammenseins mit dem Konsul und dem Professor zu erinnern. Die beiden hatten über die Politik der kanadischen Regierung und die Ermordung des Handelsattachés aus Colombo gesprochen. Dieser Beginn des Abends schien mir einer ganz anderen Zeit anzugehören, ich hatte ihn vielleicht in Büchern gelesen oder von den Leuten erzählt bekommen. Dieser Beginn des Abends war nicht der, den ich kannte, er war falsch, steril, unwirklich.

Ich nahm eine Zigarette aus Miss Roths Schachtel, löschte das Licht und verließ die Villa, indem ich die Türen leise schloß und behutsam auf die Veranda trat. Im Hof stieß ich gegen die Schilfmatten, auf denen, eingewickelt in Laken, die Diener schliefen. Sie wünschten mir eine gute Nacht. Ich kehrte nach Hause zurück. Ich wußte nicht, ob ich je wieder die Villa besuchen und was ich dem Professor sagen würde.

Es sind vier Tage vergangen, ohne die Freunde zu den gewohnten Zeiten beim Tee in der *Park Street* getroffen zu haben.

Und nach vier Tagen hielt das Auto des Konsuls vor dem Haus an. Der Konsul freute sich, daß ich nicht krank war, und teilte mir mit, daß Miss Roth mit Hilfe des Professors mir eine Dozentenstelle für französische Sprache am *St. Xavier-Kolleg* verschafft hätte.

»Hat das Miss Roth getan?« fragte ich leise und bleich werdend.

X. Der Gefangene und die Fee

Alles kann sich ereignen – gegen alle Regeln der Vernunft. Diese Binsenweisheit fiel mir ein, als ich zu Miss Roths Wohnung zurückkehrte. Es gibt Ereignisse, die, bevor sie eintreten, von den Menschen für unmöglich gehalten werden. Und es gibt seltsame Begebenheiten, die sich niemand auch nur vorzustellen vermag.

In diesem Sinne setzte sich unsere Freundschaft auch nach der zweiten Nacht der Überraschungen und Ausschweifungen fort. Ich entdeckte bei Miss Roth eine einzige Veränderung, ich würde sagen, eine Befreiung von den Obsessionen, die sie in der Nacht von *Nanking* heimgesucht hatten. Wir setzten unsere Lektüre fort, und Miss Roth rauchte weiterhin mit halb geschlossenen Lidern die vom Konsul gebrachten Zigaretten und schlürfte dazu starke *Liquors*. Nur Edna machte einen irgendwie verstörten Eindruck, obwohl weniger, als ich es erwartet hatte. Es gab zwischen uns etwas, das einer Wunde glich. Wir hüteten uns davor, sie mit Blicken oder Worten zu berühren. Die Scham und die Vorurteile ignorierend, die noch immer das weibliche Herz erfüllten, zeigten sich sowohl Miss Roth als auch Edna kaum eingeschüchtert von der Präsenz des Mannes, der Zeuge ihrer wilden Umarmungen auf dem Teppich mit den Drachen und Pfauen gewesen war.

Meine neue Arbeitsstelle am Kolleg verschonte mich vor den Proben am *Bristol-Theater*. Ich hatte von neun Uhr morgens bis drei Uhr nachmittags Unterricht, und dank Miss Roths Einfluß verdiente ich mehr, als mir eigentlich zustand, fast doppelt so viel wie am *Bristol-*

Theater. Und die Arbeit bereitete mir weniger Mühe. Auch Mrs Axon fühlte sich durch einen angesehenen, von den Jesuiten bezahlten Pensionär sehr geschmeichelt. *Father* Lucas hatte sie vielleicht davon in Kenntnis gesetzt, daß die Privilegien, die man mir einräumte, ein Beweis meiner Fähigkeiten und meines guten Rufs waren. Mrs Axons und Isabelles Freude wäre grenzenlos gewesen, hätten meine häufigen Besuche in der *Park Street*, wo ich fast täglich zum Tee und zum Abendessen erschien, ihnen nicht Anlaß zu Spekulationen gegeben.

Über meine Erfahrungen als Lehrer werde ich mich hier nicht weiter auslassen. Ich habe nichts Neues dazugelernt, obwohl ich stets ein offenes Ohr für meine Schüler hatte. Abermals mußte ich die zum Himmel schreiende Unwissenheit der Jugend feststellen, die auf der ganzen Welt dieselbe ist: eine, die sich von den sportlichen Erfolgen des Kollegs benebeln läßt und nur am Sammeln von Detektiv-Romanen interessiert ist.

Mit größerer Aufmerksamkeit beobachtete ich Verna und Lilian. Zwischen uns herrschte eine künstliche, gespielte Gleichgültigkeit, die meine Abwesenheit während der Sommermonate natürlich erscheinen ließ. Verna, das frühreife, lasterhafte Mädchen, war trotz ihres Schwurs, nie wieder mit mir zu sprechen und meine Freundin zu sein, jederzeit bereit, ihr Wort zu brechen und die Sünde erneut zu begehen. Ich glaube, daß sie eine seltsame und widersprüchliche Meinung von mir hatte. Wie sollte sie sich mein Verhalten nach Toms Flucht erklären? Meinen Eifer, mit dem ich ihren Reizen erlag, meine unbeugsame Strenge während des Sommers, nicht zu vergessen meine Beziehung zu Miss Roth (die Verna in Verdacht hatte, amoralisch zu sein) und meine Freundschaft mit Isabelle? Es gab eine Reihe von

Verhaltensweisen und Gesten, die sie verwirrten, und zwar nicht, weil sie sich widersprachen und keinen roten Faden erkennen ließen, sondern schlicht und einfach aufgrund ihres Daseins.

Über Lilian schien ein durchsichtiger, kühler Schleier zu schweben, gewoben aus den Fragen ihrer heiligen Naivität, Mrs Axons Befehlen und Isabelles Eifersucht. Natürlich war Isabelle auf ihre Zwillingsschwester neidisch. Aber nicht etwa weil Männer und junge Leute im Hause waren, sondern weil Lilian, allen Mängeln zum Trotz, jenen einfachen Zauber unbefleckter Schönheit verströmte, den Zauber einer Jungfrau, die keine Verlockungen und Gefahren kennt, die treuherzig und einfältig ist.

Isabelle hingegen war von nun an kein Mädchen mehr. An den langen Sommertagen, in den warmen Nächten ohne Freunde und Spaziergänge, in den Stunden unerträglicher Schwüle, wenn die Frauen in ihren Zimmern hinter verriegelten Fenstern unter der heißen Brise des Ventilators schwitzten, halb schlafend, beinahe wie Tiere, waren gewisse Ahnungen in ihr herangereift. In der Schläfrigkeit der Nachmittage, im salzigen Abendwind, auf der *Chaiselongue* der Terrasse ausgestreckt, bei der langweiligen Lektüre der alten, umschlaglosen, verblätterten Magazine tauchten in ihr gewisse Gefühle, Erinnerungen und Gedanken auf, vermischten und dehnten sich aus: neue Hoffnungen und reizvolle Aussichten vertrieben den alten Ekel. Isabelle hatte das einsame Laster ungewöhnlich spät entdeckt. Ihre Sinnlichkeit – durch die sportliche Kameradschaft mit sonnengebräunten Jungs entfacht – hatte sich irgendwann einmal abgekühlt, um nach den Sommermonaten mit neuen Versuchungen und dem jugendlichen

Laster wieder zum Leben zu erwachen. Auf Isabelles bronzefarbenem Gesicht zeigten sich die ersten Anzeichen. Ihr Erwachen in der Welt der Erwachsenen glich dem Heben eines Bühnenvorhangs. Aus ihren dunklen Augen strahlten immer lebhaftere Lichter hervor. Isabelle wunderte sich über ihre naive und puritanische Einstellung der vergangenen Jahre, über den Wunsch nach einem Mann und einer Familie mit vielen Kindern. Und der Traum, eine Filmschauspielerin zu werden, erschien ihr jetzt sogar lächerlich. Isabelle wußte noch nicht, was sie eigentlich wollte, weil sie noch von ihren Launen und ihrer Unzufriedenheit beherrscht wurde. Sie hatte sich zu stark verändert, um zu den alten Idolen und kindlichen Hoffnungen zurückzukehren. Sie war zu zart und unbeständig, um eine Entscheidung treffen und sie auch in die Tat umsetzen zu können.

Zwischen mir und Isabelles gärendem Leben gab es eine übernatürliche Verbindung. Man hätte sagen können, daß unsichtbare Antennen, Tausende von tastenden Augen sich auf ihre Geheimnisse und Verfehlungen richteten. Zweifellos spürte Isabelle meine Anwesenheit auch in ihren intimsten und einsamsten Augenblicken. Ich erriet dies an ihren ängstlichen, erwartungsvollen Blicken, die sie mir zuwarf. Sie wartete, wartete ... Aus meinem Körper und aus meiner Seele waren Legionen unterwegs zu Isabelle. Vergeblich versuchte sie mich, den düsteren, bartlosen Mann, in ihren zahllosen leidenschaftlichen Fieberträumen wiederzuerkennen.

Müde von den Stunden am Kolleg und den Szenen in Miss Roths Villa, dachte ich in jenen Herbstwochen nur beiläufig an die Erwartungen Isabelles. Neben meiner Arbeit erlaubte ich mir keine anderen geistigen Beschäftigungen, ließ mich nicht von anderen Fragen verführen.

Ich hielt die sympathische Verbindung zu Isabelle aufrecht, weil ich sie von meinem Wesen nicht lösen konnte. Aber ich tat nichts und gab nichts von all dem preis, was Isabelle sich von mir erhoffte. Ich vertiefte meine Beziehung zu Mr und Mrs Axon. Ihre Freundschaft diente mir als Schutzschild. Weil ich mich fürchtete, mit Isabelle allein zu bleiben, verbrachte ich die Ruhestunde nach dem Abendessen, indem ich mich mit Mr Axon beriet und mir das Gejammer von Mrs Axon anhörte. Unser gemeinsames Gesprächsthema war selbstverständlich Tom. Viele Monate lang hatte ich nichts von seinem Herumirren erfahren. Erst vor kurzem unterrichtete uns ein langer Brief darüber, daß er sich in San Francisco niedergelassen hatte und ziemlich gut bezahlt wurde, ohne jedoch genaue Angaben darüber zu machen, welche Arbeit er verrichtete, und ohne seine Anschrift bekannt zu geben. Wir alle hatten ihm über das *Post-Office* geschrieben, und ich nehme an, daß Mrs Axon ihm vieles erzählt und ihn zur Rückkehr aufgefordert hatte, weil seine Antworten eine ehrliche Bestürzung verrieten und von Bitten um Vergebung durchdrungen waren, die Mrs Axon jedes Mal beim Lesen der Briefe bei Tisch zu Tränen rührten. Die Schwestern sahen Toms Rückkehr mit nicht allzu großer Ungeduld entgegen. Verna verlangte Briefmarken von ihm, während Isabelle ihm riet, möglichst lange in Amerika zu bleiben und erst als reicher Mann wiederzukommen, wie es ein Vetter des Vaters getan hatte. Nur Lilian schien in einem Haus ohne Bruder traurig zu sein. Ich begnügte mich damit, ihm einen eiligen Brief zu schicken, in dem ich ihm meine Lage am Kolleg schilderte und ihm nahelegte, sich nicht von Sehnsüchten überwältigen zu lassen, nicht auf die Rufe aus der Heimat zu hören, sondern sich anzustrengen und zu arbeiten, bis er seiner Kräfte Herr werden würde.

Mr Axon war vernünftig geworden und lobte seinen Sohn für den Mut und den Weg, den er eingeschlagen hatte.

»Tom hatte schon immer eine abenteuerliche Natur«, sagte Mr Axon, »und nur die Liebe zu seiner Mutter hielt ihn die Jahre hindurch zu Hause fest. Schon seit langem hatte ich gesagt, daß Tom *mir* ähneln würde, aber niemand wollte mir glauben…«

Bereits im September, am Anfang der *Puja*-Ferien, hatte Isabelle den Entschluß gefaßt, auf die Schule zu verzichten. Sie fand genügend Argumente, um Mrs Axon davon zu überzeugen; zum einen war die Schule zu teuer und ermüdete sie zu sehr, und zum anderen fragte sie sich, was für einen Sinn diese Studien für ein Mädchen hätten, die ein Buch lesen und einen Brief beantworten kann. Isabelle hatte gehofft, nach England reisen zu können, als Begleiterin einer parsischen Millionärin, die nach Oxford fuhr, um ihre Kinder zu sehen. Aber der Dame war bald aufgefallen, daß ihr Mann ein Auge auf die Schülerin geworfen hatte, und so mußte Isabelle ihre Hoffnungen begraben.

Weil es in der Familie Axon üblich war, daß jeder einer Arbeit nachging, fand Isabelle kurz darauf eine Stelle als Verkäuferin bei einer Filiale der Firma *Shorabzi & Co.* Sie erhielt den mittelmäßig bezahlten Posten – mit dem Versprechen einer Gehaltserhöhung – dank der Empfehlung eines Freundes von Mr Axon, der bei derselben Firma als Buchhalter angestellt war.

Diese gute Nachricht wurde eines Abends bei Tisch gefeiert, was Mrs Axon eine Schale voller Süßigkeiten und zwei Flaschen Brandy kostete. Es ergab sich, daß auch Noel anwesend war, der, vom Zauber Catherines gefangen, jetzt sehr oft zu Besuch kam. Noel wünschte Isabelle unter anderem eine baldige Verlobung, was Mrs Axon hoffnungsvoll lächeln ließ. Isabelle antwortete sehr klug, indem sie daran erinnerte, daß sie dies nicht betreffen würde, weil es der Entschluß der Männer sei, und daß diese manchmal zu lange warten würden und sie außerdem noch viel zu jung sei, um sich zu beeilen. Woraufhin Mrs Axon halb im Scherz einwandte, daß ein Mädchen für einen seriösen Mann nie zu jung sein könnte. Catherine Irving begann den Fehler, ihre Ansichten über die Ehe zu äußern: Aufgewachsen in einem feministisch geprägten Haus, gab sie zu bedenken, daß man nicht nur vom Wohlwollen eines begüterten Mannes abhängig sein sollte. Außerdem fügte Catherine hinzu, daß sie nichts gegen voreheliche Versuche einzuwenden hätte, was Mrs Axon aufbrachte und sie den Protestantismus, die Ehescheidung, die Mode, die Zivilisation und die junge europäische Generation kritisieren ließ. Das Gespräch drohte auszuufern, und ich wurde am nächsten Tag für meine beschwichtigenden Worte, das heißt für jenen Gemeinplatz vom unendlichen Willen Gottes, belohnt. Ich glaube nicht an die göttliche Präsenz bei der offiziellen Verbindung zweier Unbekannten, aber ich kannte die Wirksamkeit dieser Formel bei der aufgebrachten Mrs Axon.

An jenem Abend überraschte mich die Freundschaft zwischen Catherine und Noel, und ich verstand, warum Isabelle sich in letzter Zeit so abweisend jenem gegenüber verhielt, den sie sich während der Schulzeit als Verlobten erträumt hatte. Nur Mrs Axon bemerkte dies noch nicht und zählte Noel zu meinen Konkurrenten.

Mrs Axon sah in jedem gut situierten jungen Mann einen potentiellen Ehegatten für Isabelle. Da sie vorsichtig war, machte sie jedoch nur einem begrenzten Kreis von Jugendlichen diesbezüglich Hoffnungen, für die sie jeden Sonntagmorgen in der Kathedrale betete. Seitdem Isabelle auf die Schule verzichtet hatte, war Mrs Axon besorgt. Sie wünschte, Isabelle würde einen jungen Mann finden, der sie auf ihrem Weg zur Arbeit begleiten könnte. Insgeheim mißtraute Mrs Axon den Geschäften der Firma *Shorabzi & Co*, genauso wie sie sich vor einem eventuellen Besuch Isabelles in England fürchtete. In Mrs Axons Vorstellung gab es gefährliche, lasterhafte und sündige Länder und Straßen. Sie war froh, als sie erfuhr, daß die parsische Millionärin auf die Begleitung Isabelles verzichtet hatte, obwohl sie den Grund überhaupt nicht kannte. Isabelle, die ihn ahnte, vertraute ihn nur uns, das heißt den Fräulein Irving und mir, an, und zwar anläßlich eines lustigen Abends, bei dem die Mädchen Portwein servierten und Isabelle zum Rauchen drängten.

Isabelles Arbeit war nicht schwer, und sie schien an Feiertagen beinahe schlechter Laune zu sein, weil das Geschäft geschlossen hatte und sie zu Hause bleiben mußte. Mrs Axon hatte Noel gebeten, sie wenigstens ab und zu auf dem Weg von der Arbeit zu begleiten. Sie brachte nicht den Mut auf, mich darum zu bitten. Es begann eine aufregende Zeit, in der Mrs Axon nicht wußte, was sie von meinen Gedanken halten sollte. Eines Abends amüsierte es mich, die beiden, Isabelle und Noel, auf der *Chowringhi Road* zurückkehren zu sehen: Noel in Gedanken bei Catherine, Isabelle gleichgültig und abwesend. Noel konnte diese Pflicht nicht ablehnen, weil dies ihn von Catherine ferngehalten hätte.

Die Fräulein Irving schienen enttäuscht zu sein, als
ich am *Bristol-Theater* gekündigt hatte. Sie hatten sich
an meine Kameradschaft gewöhnt, und es gefiel ihnen,
in dem von mir bezahlten Taxi zu den Proben zu fahren.
Der Patron hatte einen Schwarzen gefunden, einen professionellen *Tapeur*, aber er mußte ihn am Ende des
Monats entlassen. Alle Mädchen hatten über dessen Un-
anständigkeit und Zynismus geklagt. Der Schwarze hatte sich in Indien verirrt. Der Zauber bunter Reklame-
schilder eines Bahnhofs aus Missouri hatte ihn hierher
verschlagen. Der einzige, mit dem er sich verständigen
konnte, war Mr Fox, weil nur dieser Amerika lobte und
jedesmal seufzte, wenn er sich an San Francisco erinnerte.
Abermals war der Patron auf der Suche nach einem
Pianisten und fand ein altes Fräulein, das lange Zeit die
elektrische Orgel eines Kinos aus dem Viertel bedient
hatte. Es waren wieder die Mädchen, die ihre Kündi-
gung veranlaßt hatten, weil sie im Walzertakt spielte und
schnell müde wurde. Sie trank ununterbrochen eisge-
kühlten Sirup und rauchte Stalins Zigaretten. Schließlich brachte Stalin einen Italiener, der in Kinoateliers
und Bars aufgewachsen war und dem es gelang, alle zu-
friedenzustellen, weil er auch seine Freizeit im Theater
verbrachte und bereit war, überall Hand anzulegen: bei
Problemen mit der Elektrizität, den Kulissen, der
Schneiderei und den Tänzen. Er hatte nur eine einzige
Schwäche: das Kartenspiel, aber das Laster wurde ge-
duldet, weil er sein ganzes Geld an Stalin verlor.
Ich kehrte oft ans *Bristol-Theater* zurück, aber jedes-
mal zur Zeit der Aufführungen, wo ich die ehemaligen
Kollegen entweder in der benachbarten Bar oder auf der
Bühne antraf.
Catherine hatte mich eines Tages gebeten, den drei,

das heißt ihr und ihren Schwestern, bei der Vorbereitung eines Phantasietanzes zu helfen, der eine Überraschung für Stalin werden sollte. Sie hatte die unterschiedlichsten Partituren ausgewählt, die eine groteske und vulgäre Mischung ergaben. Ich bot mich an, selbst ein neues Stück zu komponieren, wobei ich mich von meinen Erinnerungen und Catherines Tanzdarbietungen inspirieren ließ – sehr zum Erstaunen von Mrs Axon und den Mädchen, die meine Musik begeisterte. Meine Freude bestand jedoch nicht in der Tanzvorführung der Fräulein Irving, sondern im Ballett, das Catherine mit den Schwestern und den drei Axons improvisiert hatte. Weil Verna die kleinste war, tanzte sie allein in der ersten Reihe. Sich hinter dem Rücken an den Händen haltend, bildeten Catherine, Anna, Loveday, Isabelle und Lilian eine Gruppe, die vor Jugend und Freiheit nur so sprühte. Das Ballett wurde auf alle möglichen Melodien, sei es Jazz oder Romanzen, improvisiert. Elegant und einfallsreich leitete Catherine zu neuen Rhythmen über und dirigierte die Reihe der Tänzerinnen mit ihren Armen, ihrer Stimme und den in die Luft geworfenen Beine. Alsbald wurde der Tanz für mich sowohl Notwendigkeit als auch Freude. Mir selbst war es gelungen, alle möglichen Verrenkungen zu vollbringen, indem ich gleichzeitig spielte und den Kopf zur Mitte des Salons wandte, wo sich das Ballett der sechs Schülerinnen Noels gierigen Blicken darbot. Mrs Axon tolerierte dieses Spiel nur halbherzig, weil sie es für ungesund hielt und sich davor fürchtete, die Mädchen könnten auf den Gedanken kommen, es den Fräulein Irving gleichzutun und selbst Tänzerinnen zu werden.

An einem jener Abende, als die Mädchen gerade zu tanzen anfingen, indem sie ihre Beine hoch in die Luft wirbelten, überraschte uns Miss Roth mit ihrem Besuch. Obwohl niemand sie kannte, wußte jeder sogleich, um wen es sich handelte. Lucy wurde vom Konsul begleitet und war im eigenen Wagen gekommen. Auf der Terrasse hatte sie sich bei der Großmutter nach meinem Zimmer erkundigt, wartete die Antwort aber nicht ab, weil sie meine Stimme erkannt hatte, und schritt aufmerksam in den Salon, der von der Jugend der anwesenden Irving-Fräulein und der Axon-Geschwister erstrahlte. Das Aufeinanderprallen gegensätzlicher Charaktere, wie man sie üblicherweise in Büchern antrifft, mißfällt mir, und ich hätte es mir nicht erlaubt, auch nur eine Zeile über sie zu schreiben, wenn die Anwesenheit der Professorin mit ihren müden Blicken und ihrem kostbaren Kleid nicht so befremdlich gewirkt hätte angesichts der bronzefarbenen, halbnackten Mädchen: Körper, die sich ihrer Nacktheit nicht bewußt waren, mit prallen Brüsten, die aus den engen, verschwitzten Blusen hervorquollen, und mit wild tanzenden Locken.

Der einzige, der sich nicht überrascht zeigte, war der Konsul. Mit seiner germanischen Rundlichkeit, seinen undurchdringlichen kurzsichtigen Augen und seinem ehrlichen Lächeln gelang es ihm stets, das Eis der ersten Gespräche zu brechen und die Schüchternheit der Jugendlichen zu vertreiben. Es war der Konsul, der die ganze Zeit sprach, fragte und antwortete. Miss Roth, die vor allem die Aufmerksamkeit der Mädchen auf sich zog, schwieg mürrisch und dennoch belustigt. Es freute sie, auf französisch Bemerkungen über die Familie Axon zu machen, und sie zitierte Sätze eines Wiener Humoristen, die mir, sehr zum Verdruß von Mrs Axon und der Großmutter, ein Lächeln abverlangten. Zweifellos empfand Miss Roth, die weder lieben noch eifersüchtig sein konnte, für Isabelle nichts anderes als eine seltsame Neugier und für Mrs Axons armseliges, groteskes Innenleben nur eine Mischung aus Ekel und Gleichgültigkeit. Ich täte Miss Roth Unrecht, wenn ich ihre Haltung affektiert und ihre Indifferenz böswillig nennen würde. Ich weiß nicht, durch welchen alchemistischen Zauber es ihr gelang, sich von den mittelmäßigen, gewöhnlichen Eigenschaften der Alltagsmenschen zu befreien. Obwohl vielleicht den meisten ihr bekundeter Ekel und die Empörung über die Armut, über den schlechten Geschmack und die Mittelmäßigkeit aufgesetzt schienen, waren sie natürlich und instinktiv. Französisch zu sprechen, bedeutete für Lucy eine Art Zuflucht und Schutz. Wenn sie mich darum bat, ihr Sibelius' Finlandia vorzuspielen, so nicht etwa, um die Mädchen zu ärgern, die ungeduldig darauf warteten, der mißgestimmten Besucherin – sozusagen als Revanche – ihre nackten und vollkommenen Beine zu zeigen, sondern um in diesem Salon, der mit alten und neuen Möbeln vollgestopft war und in dem neben barbarischen Reproduktionen bunte Kalender (Weihnachtsgeschenke der großen Firmen) hingen, atmen zu können. Auf dem Blumentischchen waren Photographien zu sehen: eine von *Father* Lucas und fünf von Tom, darunter eine, die ihn zwischen Pokalen und Medaillen zeigte, mit breiten Schultern und Muskeln, die mit Bleistift übertrieben nachgezeichnet waren. Ich ahnte, warum Miss Roth das Gefühl hatte, ersticken zu müssen, weil ich ihren redlichen Geschmack für das Ambiente, den Luxus, die Eleganz und den Reichtum kannte. Sich an jenen Abend erinnernd, tadelte sie mich später des öfteren, indem sie mir meine mittelmäßigen, ungehobelten und unmöglichen Freundschaften vorwarf. Und sie

176

fragte sich, wie es möglich wäre, daß in meinem Seelen-
plasma ein solches Gemisch existieren konnte, daß ich
überhaupt noch atmen, mich an der Familie Axon und
zugleich an asiatischen Kleinodien erfreuen konnte.
Wenn ich sie daran erinnerte, daß es solche Widersprüche auch zuhauf in ihrer Seele gab, entgegnete Lucy, daß
die Wechsel, die Widersprüche und *Volte-face* ihres Lebens sich immer auf einer von Vulgarität und Ge-
schmacklosigkeit freien Ebene abspielten, daß sie die
Häßlichkeit der Schönheit vorzog, aber nicht das Mit-
telmaß und den Schmutz, daß sie oft das Laster, aber nie
der Stumpfsinn verlockte, daß sie die Wilden verstand,
aber nicht die Halbgebildeten, daß sie mit dem Pöbel
sympathisierte, die Bourgeoisie jedoch verabscheute.
Natürlich antwortete ich ihr, indem ich sie auf ihre eigenen Widersprüche verwies, und klärte sie darüber auf,
in welchem Sinne mir die Familie Axon gefiel. Aber
Miss Roth gab vor, mich nicht zu verstehen. Eine ihrer
Eigenschaften ist es, die Wahrheiten anderer zu leugnen,
wenn ihr ein Paradoxon nicht gefällt.

An jenem Abend versuchte Isabelle, sarkastisch und
hinterhältig zu sein. Niemals zuvor trieb es mir die
Schamröte so sehr ins Gesicht. Niemals zuvor empfand
ich so sehr die Lächerlichkeit einer unterlegenen Frau,
die ihre Rivalin auf dumme Art und Weise anzugreifen
versuchte. Sich im Kampf der Waffen des Gegners bedienen zu müssen, ist ein weit verbreiteter Irrglaube.
Eine vorgetäuschte Gleichgültigkeit, ein vorgetäuschtes
böswilliges Lachen in einem gewöhnlichen Gesicht geben jedoch nur ein peinliches Schauspiel ab.

Während der Konsul eine erst kürzlich sich zugetra-
gene Anekdote vom Tenniswettbewerb zum Besten gab,
versuchte Miss Roth mit Isabelle zu sprechen, derent-

wegen sie gekommen war und die sie kennenlernen wollte.

»Mir scheint, Sie in der *Shorabzi*-Filiale von *Chowringhi* gesehen zu haben, nicht wahr?«

»Oh! Ja ... Ich arbeite seit zwei Monaten dort. Ich bin Büroangestellte und zugleich Verkäuferin ... Wissen Sie, Miss Roth, ein anständiges Mädchen kann nicht anders leben ...«

Miss Roths Lächeln verwirrte sie mehr als eine wütende Unterbrechung. Isabelle wartete einige Augenblicke, und weil sie nicht den Mut aufbrachte, das Gespräch wieder aufzunehmen, entschuldigte sie sich und beeilte sich, Biskuits und Eislimonade zu servieren.

»Sie ist unausstehlich«, sagte Miss Roth in ihrer Wiener Mundart.

»Entschuldige, sie sind alle köstlich ...«, gab der Konsul lächelnd in derselben Mundart von sich ... Schau nur, welch zarte Formen ... Ah! Wenn ich noch einmal jung wäre ...«

Lucy beachtete ihn nicht.

»Ist das die Jungfrau deines Sommertraums? Erinnerst du dich an das, was ich dir in Port Said gesagt habe, Doktor? Du bist sentimental ...«

»Aber Lucy, du kennst sie ja gar nicht.«

»Dumme Antwort ... Glaubst du vielleicht, man müsse einen Menschen erst sezieren oder mit ihm zehn Jahre zusammenleben, um ihn zu kennen?«

Irritiert durch die Blicke der anderen, die uns nicht verstanden, verzichtete ich auf eine Antwort, obwohl ich sie wußte. Es gibt Menschen, die man kennt, ohne ihnen vorher begegnet zu sein. Aber wie viele andere – beginnend mit der eigenen Seele – entgleiten einem stets, ohne daß man sie einzufangen vermöchte?

Während des Balletts hatte Miss Roth lang und aufmerksam, beinahe wollüstig den keuschen Körper von Lilian Axon betrachtet. Es wunderte mich nicht. Ich kenne Lucys Laster. Und ich erriet ihre Sehnsüchte, die den frischen Schenkeln galten, genauso wie ich die feuchten Gedanken des Konsuls beim Betrachten Catherines lesen konnte. All dies war mir zuwider und irritierte mich, aber nicht in moralischer Hinsicht. Ich war weder eifersüchtig, noch beeinflußte es meine Beziehungen zu den beiden Parteien. Es verwirrte mich unmittelbar, wie mich jede Sinnlichkeit verwirrt, die mein Wesen verletzt und aufwühlt.

So war ich wirklich dankbar, als mich Miss Roth fragte, ob sie mein Zimmer sehen dürfte. Als wir durch den Salon gingen, blieb sie vor dem Lehnstuhl stehen, aus dem sie die zwei bösen Augen eines winzigen Körpers anschauten.

»Dies ist die kleine Verna, nicht wahr?«

»Fräulein Verna Axon, *please*...«

»So?«

»Ja!«

Ich hatte nicht erwartet, Lucy derart begeistert zu sehen. Sie umarmte die kleine Ungezogene, obwohl sich diese zur Wehr setzte, und bat Mrs Axon darum, ihr am nächsten Tag ein Geschenk schicken zu dürfen.

»Es gibt also noch Hoffnung«, flüsterte sie mir belustigt zu, als wir mein Zimmer erreichten. »Die Familie Axon ist noch nicht ganz verloren. Ich will damit sagen, daß Vernas Weg sie nicht direkt ins Paradies der Katholiken führen wird. Sie wird erst alle Versuchungen durchlaufen müssen.«

In meinem Zimmer sah sich Miss Roth nur das Album mit den Photographien an, die einen sonnengebräunten Knirps zeigten: in weißen Hemden, lächelnd oder aufgrund des Lichts blinzelnd, neben einem Busch oder einer Terrasse, allein oder inmitten einer unbekannten Gruppe. Für meine Sammlung von Stichen hatte sie nur flüchtige Blicke und eher höfliche als bewundernde Worte übrig. Nicht weil sie diese abwertete, sondern weil sie sich in einem durch und durch bürgerlichen Zimmer befanden. Miss Roth stellte sich vor, wie die Großmutter morgens mein Bett richtete, wie Mrs Axon hereinkam, um mir Neuigkeiten zu bringen, wie Tom nur mit einem um die Hüften gewickelten Badetuch herumlief und wie die von Neugier getriebenen Mädchen mir Besuche abstatteten. Und sie stellte sich vor, wie ich – gleich einem armen und gewissenhaften Studenten – nachts arbeitete. Dieses von Arbeit, Redlichkeit, mittelmäßigen Freuden geprägte und vor Stürmen geschützte Leben – ein Leben, das die Durchschnittsmenschen führten, wo auch immer sie sein mochten: auf dem weißen Kontinent oder an den gelben, violetten, sandigen Ufern. Es war diese Atmosphäre, die den außergewöhnlichen Geist von Miss Roth zu ersticken drohte. Sie, die von Natur aus Begünstigte, die ihr Vermögen verschwendete, um auf nichts verzichten und keine Kompromisse eingehen zu müssen.

In jener halben Stunde, die sie in meinem Zimmer zubrachte, pries Miss Roth Lilians Schönheit sowie Isabelles Augen und Stirn. Aber sie gestand mir auch, daß die Einfältigkeit Isabelles sie abstieß und zugleich amüsierte. Danach stimmte sie wieder in einen Lobgesang ein, der Lilian galt. Als sie mich jedoch beiläufig fragte, ob ich die Mädchen zu einem Tanztee in die Villa aus der *Park Street* mitbringen könnte, ergriff mich Panik.

»Lucy, mit meiner Hilfe darfst du nicht rechnen,

wenn es darum geht, deinen sexuellen Appetit zu befriedigen. Du weißt genau, daß mich das ganze Getue um die Sinnlichkeit kalt läßt.«

»Und trotzdem«, entgegnete Miss Roth, »scheint dich eine dämonische Obsession zur Sünde zu drängen, oder christlich-kasuistisch ausgedrückt: Du hast einen Hang zum Fleischlichen, nicht zum Geistigen.«

»All diese Dinge gehen mich nichts an. Vielleicht bin ich zu sehr mit ihnen verhaftet, aber du weißt, wie gleichgültig sie mir angesichts ihrer Ergebnisse, ihrer Früchte sind... Lucy, erlaube mir, dir einige Charaktereigenschaften zu gestehen, die es dir ermöglichen, für mich Verständnis aufzubringen. Natürlich möchte ich jetzt keine Dialektik betreiben. Alles, was ich dir sagen kann, ist dieses: Daß ich ein Mensch bin, der sich nicht mehr für die Früchte seiner Handlungen interessieren kann. Ich bin genau das Gegenteil dessen, was ich früher war. In jungen Jahren wollte ich durch meine Werke leben; etwas später wollte ich unsterblich werden, indem ich *Menschen* schuf... Nunmehr gehen mich die Ergebnisse nichts mehr an. Gute oder schlechte, unerwartete oder vorherzusehende, stumpfsinnige oder glänzende – es interessiert mich nicht mehr. Dies bedeutet nicht, daß ich die Gelassenheit der Götter erreicht habe, sondern nur, daß ich ein zusätzliches Problem gelöst und eine weitere Angst ausgemerzt habe. Ich bin ein Teufel oder ein vom Teufel Besessener, ganz wie du willst. Und obwohl ich mich des öfteren auf sexuelle Beziehungen einlasse, irrst du dich, wenn du in mir einen sinnlichen Menschen, einen dem Fleisch verfallenen, erkennst, nenn es, wie du es willst...«

»Interessante Dinge, auf jeden Fall«, unterbrach Miss Roth meine Verteidigungsrede.

Ihr Tonfall ließ vermuten, daß der Besuch ihr mißfallen hatte. Wir kehrten in den Salon zurück, wo wir den Konsul in noch besserer Stimmung vorfanden, als wir ihn verlassen hatten. Vielleicht erinnerte ihn Mrs Axons Wohnung – mit dem Ballett der sechs Mädchen und der schlichten bürgerlichen Atmosphäre – an seine im Norden verbrachte Kindheit und Familie, an das Haus mit den blonden Tanten und den rechthaberischen Onkels. Später dankte mir der Konsul für die Freude, die ihm die Schwestern Irving und Axon bereitet hatten. Er wollte wieder kommen, aber nach dem, was sich ereignet hatte, war sein erster Besuch auch sein letzter gewesen.

Ich lebte zwei Jahre an der Seite von Mrs Axon, ohne sie zu kennen. Deshalb konnte ich auch nicht ahnen, daß die halbe Stunde, die ich mit Miss Roth allein in meinem Zimmer verbracht hatte, soviel Wut in der Seele der Gastgeberin erzeugen und einen wahren Sturm heraufbeschwören konnte, den weder das Einschreiten Mr Axons noch das Mr Thackers zu beschwichtigen vermochte.

Ich war mir der heftigen Zuneigung Noels für Catherine an jenem Abend nicht bewußt. Aber Mrs Axon hatte sie bemerkt. Mrs Axons Hoffnungen galten immer noch Noel. Ich war unsicher, denn Noel war fast schon versprochen. Wenn ich mich nicht entschlösse, würde Noel Isabelles Verlobter werden. So wollte es Mrs Axon. Aber es geschah, daß sich Noel von uns verabschiedete und sich trotzdem noch eine Stunde lang mit Catherine allein auf der Terrasse unterhielt. Mrs Axon versuchte ihren Zorn zu besänftigen, indem sie an Miss Roth kein gutes Haar ließ. Für mich, den einzig Leidenschaftslosen unter allen, war das Abendessen etwas

Pittoreskes. Die Mädchen konnten mit ihrem Lob für den Konsul nicht aufhören, bezeichneten ihn als »fein und intelligent«. Mrs Axon befahl ihnen, zuerst die Suppe auszulöffeln und erst dann zu sprechen. Nachdem die Mädchen mit dem Essen fertig waren, fingen sie an, Miss Roth zu kritisieren, indem jede von ihnen einen anderen Makel hervorhob: ihre eingefallen Wangen, ihre viel zu teuren Kleider, ihren Zynismus, ihre Freundschaft mit dem Konsul. Mrs Axon fügte vieles hinzu, viele andere Fehler, und schlußfolgerte, daß, wenn Miss Roth noch keinen Mann gefunden hatte, es einen Grund dafür geben müßte.

Mrs Axons unerbittliche Haltung war eine Offenbarung für mich. Deshalb amüsierte es mich, Mrs Axon anzustacheln, indem ich meine Freundin verteidigte. Man findet immer Argumente, um jemanden zu verteidigen, selbst in der Gegenwart einer Mrs Axon. Aber der eigentliche Grund ihrer Wut waren nicht meine Worte, sondern das von der Terrasse kommende Getuschel und Gekichere. Die Nähe des Paares im Dunkel der Nacht ließ Isabelle vor Kälte erschaudern und Mrs Axon vor Wut kochen. Ich schenkte ihnen keine Aufmerksamkeit. Und ich hätte sie auch weiterhin nicht beachtet, wenn die Ereignisse jenes Abends mich nicht aufgerüttelt hätten. Kurzer Hand rief Mrs Axon Noel und Catherine zu sich. Beide traten schüchtern, aber vergnügt in das Licht des Salons. Mrs Axons Stimme klang gezwungen höflich und gelassen. Dies gelang ihr, indem sie ihre Lippen zusammenkniff und sich steif machte. Sie fing damit an, Noel daran zu erinnern, daß es nicht ritterlich wäre, in der Seele eines Mädchens Hoffnungen zu wecken, wenn man bereits einem anderen sein Wort gegeben hätte.

Danach tadelte sie, immer noch mit steifem Oberkörper, Catherine, daß sie es mit dem Flirt zu weit treiben würde, daß sie den bösen Nachbarn Gelegenheit gebe, die Ehre des Hauses zu verleumden, daß sie einen Freund der Gastgeberin ausnützen und einen viel jüngeren Mann mißbrauchen würde. Auf all dieses antwortete Noel mit gestotterten Entschuldigungen und Catherine mit einem heftigen Glühen der Wangen. Ich ahnte die Wut dieser Protestantin, die von Mrs Axon beschuldigt wurde, den Nutzen der Tugend vorzuziehen und »einen viel Jüngeren zu mißbrauchen«. Und ich irrte mich nicht: Catherine sagte an jenem Abend einige kluge Worte über die Heuchelei und die übertriebenen Sorgen der Mütter, deren Töchter noch nicht verlobt waren.

Dann zog sie sich zurück, ohne eine »gute Nacht« zu wünschen. Der arme Noel versuchte lächelnd zu lügen, indem er beteuerte, daß zwischen ihm und Catherine nichts wäre. Zu all diesem schüttelte Mrs Axon nur herausfordernd den Kopf.

Mir wurde die Szene peinlich. Mr Axon rauchte schweigend, und Isabelle schien weder etwas zu sehen noch zu hören. Das Gespräch war nach Catherines Weggang noch nicht zu Ende. Mrs Axon bat Noel, es sich gut zu überlegen, ehe er wiederkäme. Vielleicht hat sie später ihren zornigen Ausbruch bereut, weil Noel nicht wieder auftauchte. Er traf sich mit Catherine im *Bristol-Theater*, aber als die Irving-Fräuleins besorgt mitteilten, daß ihre Schwester krank sei, besuchte Noel sie in ihrem Zimmer, ohne durch Mrs Axons Salon zu gehen.

Was dann geschah, weiß ich nicht, weil ich mich, nachdem Noel schüchtern »gute Nacht« gesagt hatte, sogleich zurückgezogen hatte. Ich vernahm noch lange Zeit Stimmen aus dem Salon. Isabelle mischte sich selten ein und erhielt jedesmal zornige Antworten. Ich stellte mir Mr Axon vor, wie er – eine Zigarette rauchend und mit seinen kurzsichtigen Blicken an der blauen Linie des Tischtuchs entlang gleitend – alten Erinnerungen nachhing.

Wenige Tage darauf, als ich zu spät von Miss Roth zurückkehrte, um am Abendessen teilnehmen zu können, klopfte Mrs Axon an meine Zimmertür. Die Art und Weise, mit der sie mir einen »guten Abend« wünschte, ließ vermuten, daß sie ein ernstes Gespräch vorhatte: dieselben zusammengepreßten Lippen, derselbe steife Oberkörper und dieselbe vorgetäuschte Heiterkeit.

»Doktor«, begann Mrs Axon, »ich bin eine arme, aber anständige Frau. Sie wissen, wie viele Opfer ich für meine Kinder gebracht habe, und Sie wissen, daß ich die Schulden, die ich gemacht habe, um die Gebühren für das Kolleg zu bezahlen, bis heute nicht begleichen konnte…«

Mrs Axon zählte mir ihre gebrachten Opfer nicht zum ersten Mal auf. Ich wußte, warum sie von der *Bengal Bank* ein Darlehen von zweihundert Rupien aufgenommen hatte: um den Arzt von Mr Axon während der sechs Krankheitsmonate bezahlen zu können; hundert Rupien von Chatterjee, um die Mädchen auf das beste Kolleg zu schicken; siebzig Rupien von einer Verwandten für Toms Gebühren. Ich kannte das ganze Elend der armen Mutter, und des öfteren verfluchte ich mich, weil mich diese Sache unberührt ließ, weil ich alles, was nicht mit Kunst und Metaphysik zusammenhing, nur mit teuflischer Gleichgültigkeit betrachtete. Ich zwang mich, Mitleid zu zeigen, das Leiden der anderen zu teilen, aber stieß in meiner Seele nur auf überflüssige Fragen. Auch an jenem Abend versuchte ich, traurig zu lächeln und einen Gemeinplatz zu wiederholen:

»Ich weiß, Mrs Axon, ich weiß alles, was Sie erreicht haben...«

Eine meiner Charaktereigenschaften, die ich meinem harten Schicksal verdanke, besteht darin, in entscheidenden Stunden Platitüden von mir zu geben, angesichts der Leiden meiner Mitmenschen versteinert zu bleiben, kein gutes Wort zu finden, mich nicht annähern zu können, mich leer und unrein zu fühlen, trotz meines Wunsches, den anderen Bruder oder Beichtvater zu sein. Ganz besonders in den entscheidenden Stunden zeigt sich meine Sterilität und Unfähigkeit, den magischen Kreis zu durchbrechen, der mich eisig gefangenhält. An anderen Tagen, an anderen Orten – an Tagen wie jeder andere auch, an Orten wie jeder andere Ort auch – bin ich frei und warmherzig.

»Doktor, ich muß ein ernstes Wort mit Ihnen reden«, fuhr Mrs Axon fort, ohne meine Zustimmung abzuwarten.

»Ist Mr Axon etwas Schlimmes zugestoßen?« fragte ich dümmlich.

»Sowohl ihm, als auch mir... Doktor, was haben Sie mit Isabelle vor?«

»Ich, Mrs Axon?«

»Ich bin eine arme Frau, Doktor, aber sowohl ich als auch Mr Axon wollen, daß die Ehre der Familie...«

»Ich verstehe nicht...«

»Kurz gesagt: Ich bin gekommen, um Sie zu fragen, wann Sie sich entschließen werden, Isabelle zu heiraten?«

Natürlich kam die Frage – obwohl verständlich – unerwartet. Aber auf mich, der unfähig ist, sich zu wehren oder prompte Antworten zu geben, wirkte die Antwort, die ich ruhig und ohne zu zögern gab, wie ein Wunder.

»*I am very sorry*, Mrs Axon... Aber diese Frage habe ich mir nie gestellt, die Sache geht mich nichts an, so daß ich Ihnen keine Antwort schuldig bin.«

»Wollen Sie damit vielleicht sagen, daß Sie niemals ein Auge auf Isabelle geworfen und ihr niemals etwas versprochen haben...?«

»Genau das, Mrs Axon.«

»Doktor, ich bin eine anständige Frau... Ich habe geglaubt, daß auch Sie... Ich habe nie an Ihrer Redlichkeit gezweifelt... Aber jetzt weiß ich alles, und es widert mich an, zu sehen... Es ist abscheulich, eine Heuchelei zu entdecken...«

»Ich verstehe nicht...«

»Isabelle hat mir alles gestanden, Doktor... Auch den Vorfall vom *Bristol-Theater*...«

Seit vielen Tagen denke ich nach und frage nach den Gefühlen, die von Mrs Axons Geständnis in meiner Seele ausgelöst wurden. Zum einen war die Überraschung so irritierend, daß sie nach einem Augenblick der Panik in eine überschwengliche Freude umschlug, ähnlich den Gesängen eines Befreiten, den Tänzen eines sieghaften Volkes, dem Erwachen aus einem Alptraum oder dem Glück desjenigen, der ein Geheimnis gelüftet hat. Ich könnte meine Empfindungen mit nichts anderem vergleichen als mit einer leuchtenden Energieentladung. Bis zu diesem Zeitpunkt wurde ich von einem Gespenst bedrängt, das mir wie mein eigener Schatten folgte. War es Isabelle, war es das Geheimnis, das uns beide miteinander verband, nur uns beide, war es der Zauber jener mißglückten und immer noch zerstörerisch wirkenden Verführung? Ich weiß es nicht, ich frage nicht danach, es ist mir gleichgültig. Aber in meiner Befreiung, die der Morgenröte glich, entdeckte ich die Großzügigkeit, die Jugend, die Lebhaftigkeit, den *Je-m'en-fichismus*, das Vertrauen und die Lust, Menschen und Götter zu verfluchen.

Nachdem ich überstürzt und nervös gefragt hatte:

»Isabelle hat es gesagt? Isabelle hat es also gestanden, nicht wahr? Isabelle hat alles gestanden, nicht wahr? Wie wir beide gelacht und aus demselben Glas getrunken haben, wie ich sie dann geküßt habe! Ja! Ich habe sie geküßt! Auch sie hat mich auf den Mund geküßt, Mrs Axon... Auf den Mund!... Und dann...«

Jedes meiner Worte glich einer Explosion, die Mrs Axon keine Zeit zum Antworten ließ. Danach fuhr ich ruhig fort:

»Ich weiß, Mrs Axon, Sie haben völlig recht, ich habe Ihren guten Glauben mißbraucht. Ich weiß, eine anständige Frau, eine Familie, der Ruf der Familie... Verzeihen Sie mir... Und damit sie nichts mehr kränken und ärgern kann, werde ich fortgehen, Mrs Axon, ich ziehe ins Kolleg um... Verzeihen Sie mir, bitte... Aber betrachten sie diesen Tag wie eine Warnung; über einen Monat, spätestens am vierten Januar...«

Mrs Axon schwankte zwischen Verlegenheit und Wut. Das Gespräch hätte sich hingezogen und wäre eskaliert, wenn Mr Axon nicht auf der Türschwelle erschienen wäre.

»Was sagt der Doktor, *Mum*?« fragte er sie.

»Der Doktor zieht um, *Dad*...« erwiderte sie.

Ich sah sie an. Eine Familie wie ein warmes Nest, eine arme Familie, die mich aufgenommen und Hoffnungen in mich gelegt hatte, zwei sparsame, einfache Leute, und drei Töchter mit ungewisser Zukunft... Ich könnte nicht sagen, daß mich das Mitleid ergriffen hätte. Ich wußte, daß mein Weggang ihr Vermögen fühlbar schmälern würde. Ich bot ihnen an, für alle Entschädigungen aufzukommen.

»In welchem Sinne, uns zu entschädigen, Doktor?« fragte Mrs Axon erstaunt.

»In dem Sinne, daß Sie meine notwendigen Entschuldigungen angenommen und mir verziehen haben. Aber wenn sie mir nicht verziehen hätten, wäre die Klage ans Gericht gegangen... Sie wissen, daß jeder Versuch, eine Minderjährige zu verführen, hundertsiebzig Rupien Strafe kostet...«

»So also, dieses Geld...?« fragte Mrs Axon.

»Ja, ich bin Ihnen dieses Geld schuldig, sozusagen als ...«

Ich fand nicht das richtige Wort. Und gleichzeitig war ich besorgt, daß Mrs Axon ablehnen würde. Aber ihr Dank beruhigte mich. Nein, Mrs Axon fühlte sich durch die hundertsiebzig Rupien nicht beleidigt. Sie nahm sie wie eine kleine Wiedergutmachung für die Kränkung der jungfräulichen Isabelle an.

»Doktor, ich wollte Sie nicht verärgern... Sie können bleiben... Vielleicht fassen Sie später den Entschluß, sich mit Isabelle zu verloben. Warum gefällt Ihnen das Mädchen nicht?«

»Ich werde nie heiraten, Mrs Axon, obwohl Isabelle über alle möglichen Qualitäten verfügt. Sie wird Noel glücklich machen...«

»Oh! Nein...«

»Oder jeden anderen jungen Mann... Ich bin der Schuldige, ich kann nicht heiraten.«

»Warum bleibt der Doktor nicht bei uns, *Mum*?« fragte Mr Axon.

»Nein, das kann ich nicht machen, zu bleiben, nein, bleiben kann ich nicht.«

Ich beendete das Gespräch. Es war mir peinlich, ich war müde und mich quälte das Gefühl, daß die ganze Zeit über nicht ich geredet und Versprechungen gemacht hatte, sondern *ein anderer* in mir.

»Doktor, ich glaube, Sie sind ein Ehrenmann. Ich glaube, daß niemand weiß und niemand erfahren wird ...«

Gleich nachdem Mrs und Mr Axon gegangen waren, nahm die Freude wieder Besitz von mir, und vor mich hin pfeifend, dachte ich: ›Isabelle hat gesagt, so also, Isabelle hat gesagt...‹

Ich weiß nicht, was geschehen wäre, wenn Mrs Axon das Geld abgelehnt hätte. Ich weiß nicht, ob sie die Klage beim Gericht hätte einreichen können. Mein Vergewaltigungsversuch fand ohne Zeugen statt, und Isabelle hatte das Geheimnis ein Dreivierteljahr lang gehütet. Es gab weder Beweise noch Briefe. Und trotzdem glaube ich – und dies war die Tatsache, die mich entsetzte –, daß uns etwas Absolutes miteinander verband, uns allein, einer im Angesicht des anderen, und beide im Angesicht des Himmels. Die Bindung war stärker, als Mrs Axon vermutete, weil sie übernatürlich war. Es war ein Mysterium. Und dennoch hatte Isabelle es gelüftet und den Zauber gebrochen. Isabelle hatte sich gegen sich selbst versündigt. Was sie dazu veranlaßt hatte, geht mich nichts an. Ihr Fall schenkte mir die Freiheit, eine vollkommene, eine religiöse. Ich hatte versucht, mich selbst zu befreien, indem ich meine Tat verdrängte und die Folgen mißachtete. Aber ich hatte nur eine halbe, trügerische Freiheit gewonnen, und die Gewissensbisse nagten weiter an mir. Ich war der Mann. Und Isabelle, die Frau, erlöste mich. Die Sünden der Frauen – der Tau unserer Erlösung.

XI. Der Soldat Nr. 11871

Mich verwundert nicht die Tatsache, daß Menschen bedeutende Ereignisse überleben, sondern daß sie das gewöhnliche und geruhsame Leben wiederaufnehmen können, nachdem sie derartige Stunden durchlebt haben. Mich erschreckt keine Veränderung, keine Prophezeiung oder Offenbarung, sondern allein die Fähigkeit der Menschen, sie zu vergessen, ihr Mut, in das alte, tote Meer zurückzukehren. Es ist dieses Überleben, das ich nicht verstehe. Ich finde jenes Wort, das besagt, eine blitzartige Veränderung oder eine erregende Enthüllung könne zum Tod führen, stumpfsinnig. Das eigentliche Problem ist ein anderes: Die seltsame Eigenschaft der Menschen, die Erinnerung an alle unerwarteten oder entsetzlichen Ereignisse zu verlieren. Ich gebe zu, daß das Gegenteil natürlicher erscheinen würde. Denn wenn ein Ereignis wirklich außergewöhnlich ist, wäre es natürlich, es im Gedächtnis zu bewahren, und nicht, es zu vergessen.

Über diese Merkwürdigkeiten, die dem menschlichen Geist eigentümlich und angeboren sind, denke ich jedesmal nach, wenn ich beobachte, wie aufgrund des Schicksals oder menschlicher Entscheidungen in meiner Umgebung schreckliche Veränderungen geschehen. Ich sehe mich kurze Zeit danach in die Dimensionen der Alltagsmenschen hinabsteigen, indem ich mir von dem offenbarten Ereignis nur eine Erinnerung bewahre, und von seiner Bedeutung nur eine abergläubische Gleichgültigkeit.

In diesem Sinne wurde ich gleich nach der Trennung

von Isabelle und dem Gespräch mit Mrs Axon derart mittelmäßig, daß es mich amüsierte, meine Abenteuer Miss Roth zu erzählen, die bemüht war, sich an meinen Geschehnissen desinteressiert zu zeigen. Was sie aufrichtig erfreute, war mein Entschluß, ins Kolleg umzuziehen. Miss Roth litt darunter, mich in einem Haus mit Photographien auf den Tapeten und einem verstimmten Klavier zu wissen. Die jesuitische Umgebung am Kolleg konnte mich nur verzaubern, mich, der heillos in die Dialektik verliebt war. Ich erwartete den vierten Januar fast mit Ungeduld. Ich vermied jedes längere Gespräch mit Mrs Axon oder mit Isabelle im Salon. Um den Schein zu wahren, hatte ich jedesmal ein Lächeln oder einen Scherz für Verna übrig. Ich bereitete teure Geschenke für Weihnachten vor. Mein Leben glitt mühelos dahin, ohne Hürden und ohne Dunkelheit. Diese farblosen Lebensphasen, in denen es keine Höhepunkte gibt, sind besonders vorteilhaft für große Gedanken und Werke. Gleich der blinden Larve versteht der Arbeiter den Sinn seines Tuns nicht. Aber zum Licht durchdringend, erfährt er, daß jene düsteren, von Gott vergessenen Tage Frucht getragen haben. Ich bin von solchen Zwischenzeiten fast immer verschont geblieben, und deshalb bin ich unfähig, etwas zu vollenden, und sei es nur ein einziges Werk. Von einem Wunsch zum nächsten, von einem Buch zum anderen, von einer Leidenschaft zur nächsten – mein Leben ist Zerstreuung oder unnötige Qual. Weder das Leiden noch die Lust ist schöpferisch; nur ihre Vereinigung an den langen, eintönigen, aschgrauen Tagen trägt Früchte.

Eine Woche vor Weihnachten geschah etwas, das mich erschütterte und verstummen ließ: der Tod von Catherine Irving. Sie starb binnen weniger Tage an Malaria. Sie starb so, wie ich es in meinem Sommertraum geträumt hatte. Die Nachricht hatte mich entsetzt. Den Körper der Toten hatte ich mir nicht angesehen. Ich konnte das Weinen der Schwestern, Isabelles und Mrs Axons nicht ertragen. Ich achtete nur auf gewisse Gesten und versuchte, mich an bestimmte Worte zu erinnern. Von jenem ersten Tag an verfolgte mich mein Alptraum. Jetzt war ich wirklich ein Besessener, weil mein Traum seit langem verschwunden war, weil ich ohne eine Erinnerung an ihn gelebt hatte. Aber plötzlich wurde ich zu einem Gejagten: Jemand faßte mir von hinten an die Schulter, jemand stieß meinen Körper, jemand stellte mir ein Bein. Jetzt streckte mein Traum seine Fangarme nach meinem Schicksal aus, nach meinem frischen Leben, nach meiner freien Seele.

Eine solche Schwäche war nicht natürlich. Auf den Schrecken der ersten Tage folgte eine seltsame Resignation, zu der auch meine japanischen Stiche und Masken beitrugen. Dieser Zustand – der mir so unerträglich war wie alles Verworrene – dauerte nicht lange an, erschöpfte mich aber. Was folgte, war nicht neu für mich. Es war das Leben desjenigen, der sich berufen fühlt – zu was, warum? – und dem die Ereignisse unzählige Male die Grenzen seiner Freiheit aufgezeigt hatten. Nicht frei zu sein... Ich wies diesen Gedanken von mir. Ich tröstete mich, indem ich mir sagte, daß die Freiheit eines jeden nichts als das blinde Schicksal ist. Wenn ich meines manchmal erahne, bedeutet dies, daß ich meine Freiheit verloren oder gewonnen habe?

Ich weiß es nicht und will nichts davon wissen.

Ich nahm schweigend und bestürzt an den Ritualen des Todes teil. Catherine Irving lag blaß und traurig auf dem Totenbett – Treibhausblumen liebkosten ihre Brust. Die Schwestern waren wie versteinert, unfähig zu sprechen, etwas zu tun. Mrs Axon und Mr Fox kümmerten sich um alles: Die Freunde vom *Bristol-Theater*, die Ballettänzerinnen, Noel – wir alle versammelten uns im Zimmer der Irving-Schwestern, und jeder von uns sah stumpfsinniger aus als der andere, und alles, was wir von uns gaben, waren Lügen, Lügen und Illusionen, alles, was wir sagten, schrie zum Himmel. Und Catherine lag tot in ihrem Bett.

Miss Roth war die erste, die bemerkte, daß ich mich verändert hatte. Sie versuchte herauszufinden, was es mit dem auf sich hatte, das sie als meine »Stimmen« bezeichnete. Ich lehnte mich dagegen auf, war sogar darüber verärgert. Aber ich nahm die Gelegenheit wahr, ihr noch einmal meine angeborene Abneigung gegen Mystifikationen und gegen jene Schwächen des Fleisches zu wiederholen, welche die Menschen »Mystik« nennen. Ich sagte ihr, daß das Geheimnis einfach und zugleich unzugänglich ist, gleich einer Zahl, einer Tat oder einem Wort für einen Blinden oder Tauben. Ich sagte ihr, daß mir die Possen zuwider sind, daß meine Angst – wenn man das, was ich empfand, so nennen kann – direkt und spontan war. Während dieser deprimierenden Tage waren die langen Gespräche mit Miss Roth, dem Professor und dem Konsul mein einziger Trost gewesen.

Müde kehrte ich nach Hause zurück. Wenn ich mich nicht davor gescheut hätte, Mrs Axon zu verletzen, wäre ich sofort ins Kolleg umgezogen. Mein Zimmer, das neben dem der toten Catherine lag, rief zu viele Erinnerungen in mir wach. Nein, ich drücke mich nicht genau aus. Es waren keine Erinnerungen, sondern anwesende »Mauern«, die mich weder melancholisch, noch traurig oder nachdenklich stimmten. Mein Wesen läßt sich von der Vergangenheit und von den Erinnerungen nicht überwältigen. Ich denke über mein bisheriges Leben mit Interesse nach und beobachte aufmerksam die Szenen. Meine Gelassenheit ist teuflisch, und Mihail wird sich irren, wenn er diese Ruhe auf eine Enttäuschung oder einen tiefen Schmerz zurückführt. Ich weiß nicht, wie ich es sagen soll, aber ich *leide nicht.* Das Wort »leiden« habe ich häufig in dieser Erzählung gebraucht, aber ich habe es nur geschrieben, weil ich kein anderes kenne, das meine Empfindungen und Gefühle auszudrücken vermöchte. Infolgedessen leide ich weder aufgrund von Erinnerungen, aufgrund all der Stimmen aus der Vergangenheit, aus einem erloschenen Leben. Und es waren auch nicht die Erinnerungen des Hauses Axon, die mich erstickten, sondern die Gegenwart jener wenigen Ereignisse, die mich vom eingeschlagenen Weg abbrachten und mich in einem falschen Licht erscheinen ließen. Es war nicht Toms Abwesenheit, die mich irritierte, sondern die Vergeblichkeit meiner Versuchung; nicht Catherines Tod verwirrte mich, sondern der Umstand, daß er eingetreten war, *nachdem* ich bereits von ihm wußte, wie ein Zeichen des Schicksals, wie ein Zauberkreis, der die Freiheit versteinern ließ.

In der Weihnachtswoche lernte ich Algie kennen, einen Soldaten des 53. Regiments aus dem Kantonnement Musifarabad, ein Freund der Familie Axon, der gekommen war, um seinen Urlaub in Kalkutta zu verbringen. Der Soldat war einst Bäckerlehrling in Birmingham gewesen und nach dem Tod seines Vaters ins Kolonialheer eingetreten. Ein richtiger Soldat, den ich gerne zum

Freund haben wollte. Er ist groß, beinahe häßlich, hat eine weiße Haut, geschorene Haare und einen Goldzahn. Und er ist geschwätzig. Er scheint clever, aber nicht intelligent zu sein. Er ist sanftmütig und vertraulich, versteht sich gut auf Kartentricks, ist sportlich, laut und manchmal von einer beeindruckenden Naivität. In den ersten Tagen hatte er in der Garnison der Stadt gewohnt, aber Mrs Axon hatte mich gebeten, ihn an Toms Stelle als Nachbarn in mein Zimmer aufzunehmen, und diese Kameradschaft war mir willkommen. Nachts unterhielten wir uns, wie ich es früher mit Tom getan hatte. Der Soldat schätzte vor allem Gespräche über Pornographie oder Pferderennen. Noch in der ersten Nacht hatte er mir seine Sammlung obszöner Illustrationen gezeigt, die er in Port Said und Bombay gekauft hatte. Sie stellten kopulierende Körper in ungewöhnlichen Stellungen oder riesige Geschlechtsorgane dar, dazu gereimte Verse und kameradschaftliche Widmungen. Er verweilte bei jedem einzelnen Bild und erzählte mir die Umstände, unter denen er es erworben hatte oder was seine Freunde darüber dachten. In seinem Birminghamer Slang erzählend und dabei am Mundstück seiner Pfeife kauend, klang alles so verworren, daß ich mich aufs äußerste amüsierte.

Algie zuliebe und weil ich am Kolleg keine Stunden hatte, hielt ich mich lange Zeit zusammen mit den Mädchen im Salon auf. Oft improvisierten wir ein bescheidenes *Dancing*. Die Fräulein Irving waren in aufrichtiger Trauer weggezogen. Wohin, wußte ich noch nicht. Wahrscheinlich zu einer Verwandten nach Puri, eine verwitwete, obskure Frau, die einzige Person, die sie in ihrer Not aufzunehmen bereit war. Das Zimmer der Irvings war verwaist. Mrs Axon hatte den Kindern untersagt, es zu betreten. Und die Kinder versuchten, sich anderweitig zu vergnügen: mit Algie, der sich als Pirat verkleidete, Messer in die Tür rammte, *Irish Songs* sang oder nicht enden wollende geschmacklose Anekdoten erzählte. Weil Algie ein guter Freund war, erlaubte ihm Mrs Axon, die Mädchen durch den Salon zu jagen, sie an den Haaren zu ziehen, sie zu umarmen und das Schlafzimmer zu betreten, das sich neben dem Salon befand. Und so ließen sie mich oft allein, ohne das Ende eines Jazzstückes abzuwarten, das ich gerade spielte, und rannten durch alle Räume – drei Mädchen und ein Soldat –, und dies vor den trüben Augen der Großmutter und dem erstarrten Gesicht Mrs Axons. Ein anderes Mal tanzte Algie, während ich spielte, mit Isabelle einen derben, einfältigen Tanz, der Verna sehr belustigte.

Der Soldat wurde ein guter Freund von mir. Die Nächte schweiften wir zusammen umher. Unsere Kameradschaft hatte etwas Burschikoses. Wir vertrauten einander sexuelle Geheimnisse an und pflegten gemeinsame Interessen. Wir erlaubten uns, Witze über die Axon-Geschwister zu machen, obwohl Algie sie nicht für bare Münze nahm und nichts Schlechtes über die Mädchen zu denken wagte, weil seine Freundschaft mit Mr Axon ehrlich und respektvoll war. An seiner Seite lernte ich das Regiment des Kantonnements von Musifarabad kennen: das morgendliche Wecken, die sportlichen Wettkämpfe, den an den Sonntagen erwarteten Kurier mit der Post und die Donnerstage, die den Antworten gewidmet waren. Und ich sah seine Kameraden, die er mit einigen wenigen Sätzen und Flüchen zum Lachen bringen konnte. Einer hatte ihm zweihundert Rupien gestohlen, einige Monate bevor er nach England zurückkehrte. Ein anderer hatte seine Verlobte in

Schottland verlassen, die ihm jede Woche schrieb und ihn »meinen Held« nannte. Und es gab Freunde, die erkrankten und von einem Spital zum anderen transportiert wurden, ehe sie starben. Die Nachricht gelangte von Musifarabad nach Bombay und von dort zu den Familien, nebst der Nummer ihres Grabes.

Am Morgen des zweiten Januars erinnerte ich mich daran, daß die letzten Tage, die ich im Haus von Mrs Axon verbrachte, zu Ende gingen. Auch Algie blieb nur noch eine Woche.

Mrs Axon war in der Stadt, Mr Axon im Dienst und die Großmutter arbeitete im Zimmer der Kinder.

»Doktor, tut es dir nicht leid, daß du fortgehst?« fragte mich Verna, und ich erkannte an ihrem Blick den Zorn über das bevorstehende Ende unserer Verbindung.

»Doktor, warum vergleiche ich das Leben immer mit einem Krokodil?« fragte Algie lachend.

»*What nonsense!*« rief Isabelle wütend.

Wir schwiegen stumpfsinnig. Mein Versuch, das Eis mit Hilfe des Jazz zu brechen, blieb erfolglos. Dann schlug Algie vor, ein Spiel zu spielen. Ein kindisches Spiel: Die Jungs mußten die Mädchen fangen.

»Fangt mich, fangt mich!« rief Isabelle.

Verna und Lilian liefen um den großen Lehnstuhl herum. Gerne hätte ich Isabelle verfolgt, aber sie war auf die Terrasse geflohen, von wo aus sie uns, mit einem Fuß auf der ersten Treppe, ironische Bemerkungen zurief. Sie war zu weit weg von mir. Ich spornte den Soldaten an:

»Fang sie, Algie!«

Ich lief den beiden anderen hinterher. Ich sprang über die Betten in Mrs Axons Schlafzimmer, aber die Mädchen liefen zur anderen Tür, die auf die Terrasse führte, hinaus. Isabelle hatte sich im Schlafzimmer versteckt. Ich rief.

»Fang sie, Algie!«

Müde geworden, blieb Verna am Ende des Salons stehen. Mit geröteten Wangen rief mich Lilian in den Hof. Zuerst wurde die Tür geschlossen. Wer schloß sie?

Dann wurden die Fenster geschlossen. Wer schloß sie?

Ein Schauder erfaßte mich. Ich starrte auf die Wand des Schlafzimmers. Ein Gefühl, ersticken zu müssen. Eine Vorsehung. Alle drei hörten wir die Geräusche der Kissenschlacht und Isabelles Lachen, ohne ihnen jedoch größere Aufmerksamkeit zu schenken. Dann schwiegen wir alle drei.

Ich spürte, wie Abgründe sich auftaten, die mich riefen und einluden. Ich verstand nicht, daß die Stunde gekommen war. Ich wollte nicht glauben, daß neben mir ein Soldat, ein Unbekannter, ein vom Himmel Gefallener... Denn den Schrei hatte ich gehört, nur allzu gut gehört: ein langer, in ein Winseln übergehender Schrei, *den ich wiedererkannte...*

Verwirrt betrat Lilian den Salon und fragte mich, warum sich die Tür nicht öffnen ließe; aber sie brachte nicht den Mut auf, nach Isabelle zu rufen. Ein unbekannter Schrecken schien sie erfaßt zu haben. Sie war wie verzaubert. Nur Verna begann, nervös und aufgeregt zu lachen.

»Doktor... Doktor... Isabelle...!«

Diese Unterbrechung verletzte mich beinahe. Man hätte sagen können, daß der Zauber eines Liedes, eines Traumes durchbrochen wurde. Ich schaute Verna streng an, und zum erstenmal in meinem Leben legte ich den Zeigefinger auf die Lippen und flüsterte geheimnisvoll:

»Pst...Pst...«

XII. ...und Unsterblichkeit

Die Gespräche nach dem Abendessen auf der Terrasse des Kollegs dauerten zwei Stunden, und sie hätten sich fast bis Mitternacht hingezogen, wenn *Brother* Joseph nicht in den Schlafsaal B der Cambridge-Seniorenklassen hinuntergestiegen wäre, um die letzte Runde zu machen. Gezwungen, den Lärm und das fiebrige Treiben aus den Klassenzimmern, dem Gymnastiksaal und den Schlafräumen zu ertragen, verfiel ich jeden Abend in jene Depression, die den Internatsschüler am Ende der Ferien überkommt. Ich hatte den Eindruck, selbst ein Gefangener von *Saint-Xavier* zu sein – wie jeder andere unter den Hunderten von Jünglingen. Die strenge, trockene, beleidigende, lasterhafte Atmosphäre, die mir Miss Roth vorausgesagt hatte, fand ich nicht vor. Aber all meine Pflichten – vom zehnfachen »*Good-morning*«, das ich auf den Fluren rief, bis hin zur Teestunde mit meinen Vorgesetzten – erschöpften mich nachhaltig. Oft fühlte ich mich wie ein beseelter Lumpen und antwortete mit der Genauigkeit eines verschreckten Dummkopfes. Die Verbindungen zur Welt hielt *der andere*, der Unbekannte in mir, aufrecht und erneuerte sie. Wenn ich es wagte, mir selbst beim Reden zuzuhören, entdeckte ich einen Menschen, der von der Last des Unvermögens erdrückt wurde und dabei verlegen lächelte. Man hätte sagen können, daß die Seele zu Stein wurde, wie jede Kreatur, für die das Dasein keine Überraschungen und Illusionen mehr bereithält. Sobald man die großen Illusionen des Lebens entdeckt, schrumpfen die Menschen und Tage zu nichts zusammen, entbehren sie des Sinns und der Freiheit. Alles geschieht so, wie es geschehen muß. Die Fragen erscheinen stumpfsinnig und die Menschen armselig, armselig.

Trotzdem ließ mich ein Gedanke nicht mehr los: Isabelle und der Soldat. Der Vorfall machte mich völlig ratlos. Die Zeit zwischen der Nacht vom *Bristol-Theater* und dem Januarmorgen schmolz dahin. Die beiden Ereignisse unterschieden sich kaum noch voneinander. Ihre Geheimnisse spotteten meiner. Warum hatte Isabelle den Soldaten, aber nicht mich akzeptiert? Diese Frage stellte ich mir nicht, weil es dumm ist zu glauben, daß die Seele – wo immer sie sich auch befinden mag – sich Fragen stellen kann. Aber all das hatte mich wie der Blitz in einem Traum erschreckt und erschöpft. Von nun an trieb ich ohne Lichter und ohne Gewissensbisse auf schwarzen, toten Wassern.

In diesem Gefängnis vermochten weder die Freundschaft Miss Roths noch die theologischen Debatten mit *Brother* Joseph mich aufzumuntern. Der Konsul dachte, daß ich unter der Trennung von Isabelle litt, und fragte mich, ob ich sie immer noch lieben würde, aber meine Antwort – ein einfaches, hartes »Nein« – machte seinen Scherzen ein Ende. In Miss Roths Villa glaubte jeder, daß mich andere Träume heimsuchten, Träume von schneebedeckter Erde im Winter, von meiner Heimat im Norden. Sie umsorgten mich wie einen Genesenden, und in den Gesprächen vermieden sie es, persönliche Dinge oder das Leben in der Stadt zu erwähnen. Heute fühle ich mich ausgelaugt, obwohl ich Lust habe, diese Geschichte, die eher von ihnen als von mir handelt, zu beenden. Denn ich nähere mich der gegenwärtigen Stunde, und je näher ich ihr komme, um so mehr trüben sich meine Gedanken; meine ungeschickte Hand zittert.

Im Frühling gelang es Miss Roth, mich aufzuheitern. Ich begann das Vergangene allmählich zu vergessen. Irgend jemand in mir – vielleicht ich selbst – trachtete danach, sich von der schrecklichen Bürde des großen Ereignisses zu befreien, und ich spürte die Anstrengung, die dem Erwachen des Frühlings glich. Für meine inneren Stimmen taub geworden, betrachtete ich unbeteiligt wie ein Dummkopf den Kampf. Ich sagte mir, daß jeder Sieg mir gleichgültig wäre. Von einem Schwindel in Miss Roths Räumen ergriffen, fing ich mit der Zeit jedoch an, Sympathie für den Rebellen in mir zu entwickeln, der mir sagte, daß kein Schicksal dazu berechtigt wäre, einen lebendigen Menschen zu zerbrechen, und daß sich ein Kampf immer lohnen würde.

Und so kam die Reise unserer Gruppe nach Chittagong gerade recht. Ich weiß zwar nicht, wie ich sie beschreiben soll, aber dieser bürgerlich-koloniale Ausflug löste das letzte Ereignis aus. Und mit seiner Erzählung endet diese Geschichte – überstürzt und überraschend wie alles, was mit meinem Leben verknüpft ist.

Wir trieben entlang der Küsten Bengalens. Die Schiffahrt rief bei mir ein seltsames Erwachen hervor, verbunden mit der Erinnerung an jene Fischer aus Orissa und der Hütte, die mich beherbergte. Wann? Weshalb? fragte ich mich. Ein lebhaftes Bild in meinem Geist, aber ein verblaßtes in meiner Erinnerung. Ich sah die stehenden, warmen Gewässer und den Zöllner wieder, der, von der Litanei der Taucher benebelt, heiser rief:

»Giau! Giau!... Gulmat Benao!«

Der Zöllner war nur ein einfacher kolonialer Agent des Golfes, der in der Gluthitze von Visionen heimgesucht wurde: von Kränen, die Opium schmuggelten. Am weißen Horizont zeigten sich die *Steamers* der großen Kompanien, die sich auf die Mündung des Stroms zu bewegten. Der Agent versuchte, seine Visionen mit der Hand wegzuwischen, die Klagegesänge und die kranken Kinder der Taucher mit den Götterbäuchen.

»*Giau! Giau!*«

Ich erinnerte mich an den weißen, erhitzten Horizont und an die von der Brise geknickten Bambusrohre, welche die Hütten am Strand säumten. Armut und Einsamkeit und die Monotonie der Wellen.

Die gleiche Eintönigkeit entlang der Küste Bengalens. Ich fragte mich: Wann? Wann nur? Denn ich erinnerte mich ganz deutlich an den Chor der Fischer und den öden Golf, der sich unter dem großen Meerbusen versteckte. Es gelang mir nicht, die chaotischen Empfindungen und Gedanken in der Vergangenheit einzuordnen.

»Erzähl mir, Doktor...«, bat Miss Roth mich.

Und ich erzählte ihr alles, erzählte die Sache mit dem Soldaten Nr. 11871. Der Konsul dämmerte im Halbschlaf auf der *Chaiselongue*, während der Professor und Edna sich auf der anderen Seite des Schiffes aufhielten. Zuerst wollte mir Lucy nicht glauben. Aber ich gestand ihr noch mehr. Ich gestand ihr meine Versuchung vom *Bristol* und Isabelles Haß und meinen Stolz – alles, alles gestand ich ihr, überstürzt und ausführlich, stammelnd wie bei einer Beichte, mit gebeugten Schultern, aber nicht aufgrund der Sündenlast, sondern der Atemlosigkeit des Beichtenden.

»Sag mir, Doktor...«

Und ich sagte ihr alles, alles. Und ich fragte mit der

Angst desjenigen, der nach den Aussichten seiner Erlösung fragt:

»Lucy, warum hat *sie* Algie geliebt? Warum gerade Algie...?«

Miss Roth konnte sich eines Lachanfalls nicht enthalten. Ich erkannte die Aufrichtigkeit und die Gleichgültigkeit in ihrem Lachen, aber es schmerzte mich trotzdem, machte mich wütend.

»Alle Welt lacht über mich, alle lachen mich aus... Hör auf, Lucy!... Dein Lachen ist dumm...«

»Doktor, ich habe dir immer gesagt, daß du sentimental bist...«

»Nein, nein, antworte mir. Kannst du antworten? Kannst du mir helfen? Ich bitte dich, ich bitte dich darum...«

»Doktor, warum befragst du nicht deinen Dämon?«

»Ich sehe ihn nicht mehr, ich habe ihn verloren, ich sehe nur noch mich, und vielleicht werde ich mich auch noch verlieren.«

»Ruhe, Meeresluft, gutes Essen und die Dämonen verschwinden, verschwinden ganz von allein...«, entgegnete Miss Roth belustigt.

»Lucy, versteh mich bitte. Kannst du mich verstehen?«

»Wieder irgendein Märchen, irgendein Sommernachtstraum? Erinnere mich an den Titel, den du mir in mein Heft in Port Said geschrieben hast. Komm, komm, ich weiß, wie abergläubisch du bist.«

»In Port Said?«

»Ach, wie wir doch alt werden, wie wir vergessen... Es war vor drei Jahren, eine Geschichte, die du mir erzählt hast, einen Titel, den du mir nicht übersetzt hast, vielleicht eine magische Formel oder vielleicht eine Vorsehung, wer weiß? Erinnerst du dich?«

»*Tinereţe fără de bătrîneţe şi viaţă fără de moarte*…«

»Vielleicht, vielleicht…«

Erleuchtet vom Licht der Erkenntnis, das plötzlich und himmlisch über mich hereinbrach, hielt ich inne. Warum hatte ich bis dahin nicht *daran* gedacht, warum hatte mich seine göttliche Einfachheit nicht getroffen? Mein Blick, frisch wie ein Lächeln, verärgerte Miss Roth.

»Warum siehst du mich so an? Wir werden alt, nicht wahr?«

»Nein, nein, Lucy. Alter, Jugend, was kümmern sie uns? Was geht uns die Vergänglichkeit an? Irgendwann wird jeder alt. Warum?… Sogar die ewige Jugend… Es ist dumm, nicht wahr?«

»Doktor, es ist bloß ein Mythos.«

»Oh! Diese Menschen, die an Worte glauben… Ich finde mich und meinesgleichen nur in den Mythen wieder. Nur der Mythos existiert. Die Menschen und Gott – nichts als Schatten. Aber der Mythos der ewigen Jugend ist stumpfsinnig, Lucy, ist entsetzlich. Wie könnte jemand die Erinnerungen begraben? Aber mit ihnen nimmt das Vergängliche Gestalt an. Jeden Tag ein anderer Mythos, jedes Jahr ein anderer, stets unzufrieden, sich gegen sich selbst versündigend, gegen deinen Bruder, ruhelos auf der Erde herumirrend, allein in der kalten Einsamkeit, aus den Sternen die Menschen erträumend, den Ruhm der toten Menschen beschwörend … Wozu soll das gut sein? Wozu?«

»Halt, Doktor, halt! Zwei *Schilling* je Wort…!«

»Nein, Lucy, verzeih mir, auch ich scherze. Ich habe immer gescherzt, wenn ich es selbst war. Es ist die Dummheit der anderen, die mich verdrießt, nicht meine Seele. Die Seele ist heiter und gleichgültig. Ich habe gelogen, als ich vorgab, besessen zu sein. Die Dämonen kommen nicht von Gott. Verzeih mir, ich scherze nur ...«

»Aber, weißt Du, Scherze über religiöse Themen bringen die Leute nur selten zum Lachen.«

»Mein Lachen ist unsichtbar, Lucy, es ist metaphysisch, es ist inquisitorisch. Ich bin frei, bin frei, erst jetzt bin ich frei, und ich liebe niemanden, ich liebe nicht einmal Isabelle. Aber ich bin frei, weil ich mich hingebe, mich ganz hingebe, Lucy, und für das ganze Leben.«

»Wirklich?«

Unser reges Gespräch weckte den Konsul auf.

»Hei, *jeune homme* ...«

Von Chittagong aus kehrte ich mit dem ersten Zug nach Kalkutta zurück, nachdem ich ein paar Zeilen in Miss Roths Zimmer zurückgelassen hatte: »*Versuche, mich zu verstehen, Lucy, obwohl ich bezweifle, daß es Dir gelingt, nach all dem, was auf dem Schiff geschehen ist. Ich bin wie neugeboren. Ich schreibe dieses idiotische Wort, um Dich zum Lachen zu bringen. Komm, lach und verzeih mir, daß ich weggegangen bin, ohne mich von Dir verabschiedet zu haben. Entschuldige mich bei Deinen Freunden, so gut Du kannst. Kurz gesagt: Ich lehne diese ewige Jugend ab, aber ich hoffe auf ein Leben ohne Tod und heirate Isabelle. Weil die Heirat ein transzendenter Akt ist, ist sie im Himmel unsterblich. Und auf der Erde werde ich durch meine Söhne ewig leben. Lucy, glaube mir, ich werde zehntausend Söhne haben. In alter Freundschaft usw.*«

»Guten Morgen, Mrs Axon... Wie geht es Mr Axon, den Kindern und Isabelle?«

Mit einer Zeitung auf den Knien und ihrer auf die Nasenspitze herunter gerutschten Brille, warf mir Mrs Axon einen erstaunten Blick zu. Noch bevor sie mir antworten konnte, hatte mich Verna entdeckt und Lilian die Großmutter benachrichtigt.

»Der Doktor ist gekommen! *Granny*, der Doktor ist gekommen!«

Isabelle war ein bißchen krank.

»Kann ich sie sehen, Mrs Axon?«

»Nein, nein, Doktor... Ich bin im Badezimmer... Warte...« hörte ich Isabelle sagen.

Aber ich nahm Mrs Axons Arm, die aufgestanden war, und öffnete die Tür. Isabelle saß bleich vor dem Spiegel.

»*Mammy*, warum läßt du ihn herein?«

»Isabelle, laß auch mich etwas sagen... Mrs Axon, willigen Sie in meine Heirat mit Isabelle ein?«

Ich beabsichtige nicht, die Szene zu schildern, denn ich könnte es gar nicht. Bleich und entsetzt wandte sich Isabelle zu mir hin. Mrs Axon richtete ihre Brille, rief die Großmutter herbei und versuchte die lachende Verna wegzuschicken.

»Doktor, Doktor... Isabelle...«

»Sei ruhig, Verna!«

Den Schock hatte außer Isabelle niemand bemerkt. Ich ahnte, daß sie am liebsten ablehnen würde, aber daß der Vorfall vom vergangenen Winter sie daran hinderte. Sie streckte mir eine untertänige und warme Hand entgegen.

Nur eine Stunde nach dem Abendessen kam Mrs Axon aufgewühlt in mein Zimmer.

»Doktor, ich muß Ihnen sagen... Niemand weiß es ... Wenn Mr Axon Wind davon bekäme, würde er sie umbringen... Algie, Sie wissen, an Weihnachten...«

»Ich wußte es, Mrs Axon, ich wußte es bereits…
Aber ich will Isabelles Mann werden… Und sie ist einverstanden…«

Mrs Axon blickte mich erstaunt an, wie angesichts
eines Wunders.

»Doktor… Sie sind ein Heiliger.«

Sie weinte.

Ich zitterte und unterbrach forsch das Gespräch.

»Nein, Mrs Axon, sagen Sie so etwas nicht, ich bitte
Sie, *sagen sie so etwas nicht*…«

XIII. Epilog

Meine Geschichte ist längst zu Ende. Ich versuche nicht, sie hier weiterzuerzählen, weil es mir nicht gelingen würde. Das Heft habe ich Mihail geschickt, und ich möchte kein neues mehr anfangen. Es gibt niemanden, für den ich schreiben könnte. Und dennoch: Beim Schreiben hat die Geschichte Besitz von mir ergriffen. Meine Gewohnheit, Aufzeichnungen zu machen, kann ich nicht mehr ablegen. Aber von nun an werde ich mich auf ein paar wenige Bemerkungen beschränken. Meine Geschichte ist zu Ende, und es gibt niemanden, für den ich weitere schreiben möchte.

Rangoon. Wir sind beide arm, Isabelle und ich. Die beiden Fräulein Irving, die beim *Pearl Cinema* angestellt sind, haben uns hierher gerufen. Ich klimpere von sechs Uhr abends bis nach Mitternacht auf dem Klavier: vor dem Abendessen im Sommeranzug, danach im schwarzen Frack. Die Fräulein Irving haben sich ein peinliches Ballett erdacht; und manchmal sang Isabelle aus der Loge *That's my weakness now*. Im hellen Licht eines Scheinwerfers konnte man eine bleiche, aufgeregte Isabelle mit burmesischen Augen sehen. Sie schämte sich, ihren schwächlichen, von der Schwangerschaft entstellten Körper auf der Bühne zu zeigen.

Lange Zeit dachte ich, Isabelle sei glücklich. Jetzt atmet sie frei auf; zu Hause versuchte sie mehrere Male, sich umzubringen, und nur das strenge Auge Mrs Axons bewahrte sie davor. Sie fürchtete sich vor ihren Freundinnen, sie fürchtete sich vor Mr Axon. Sie versteckte sich, ging jedem aus dem Weg und hatte auf ihren Posten verzichtet, indem sie vorgab, an Blutarmut zu leiden. Sie dachte, daß es niemand wüßte. Trotzdem hatten alle Freundinnen, alle Bekannten, davon Wind bekommen. Verna hatte die Einzelheiten überall erzählt. Und obwohl Mrs Axon sie mit der Peitsche geschlagen hatte, leugnete Verna – auf Jesus Christus schwörend –, ein Wort davon gesagt zu haben. Die Angst ließ Lilian Fieber bekommen; nachts träumte sie von Soldaten, Geistern und Feuern und sah im Traum Verna an der Zunge aufgehängt und Isabelle mit Tausenden von Seilen gefesselt, an denen Tausende von Menschen zogen und dabei »Aoo…!« skandierten.

Isabelle war von nun an sicher vor üblen Gerüchten. Um ihre Schwangerschaft zu erklären, schrieb sie zusammen mit mir an Mr Axon, beichtete ihren Fehler und bat gleichzeitig um Verzeihung; aber der Name des Soldaten wurde im Brief verschwiegen. Isabelle gab zu verstehen, daß ich der Schuldige wäre. Lange Zeit bekamen wir keine Antwort. Mrs Axon schrieb heimlich an Isabelle und gab die »Küsse« der Schwestern weiter. Zwei Monate später las ich jedoch einen langen, beleidigenden Brief von Tom, der mich verspottete, weil ich seine Schwester entehrt und sie nur aus Angst vor dem Gericht geheiratet hätte. Ich erkannte meinen Freund nicht wieder; Tom war streng und gemein. Ich antwortete ihm nicht.

Die Fräulein Irving sind Isabelle freundlich zugetan, mir gegenüber legen sie aber eine tiefe Verachtung an den Tag. Und sie halten mich für den Urheber einer Tat, die ich nicht begangen habe, *die ich nicht vollziehen konnte*. Alle Nachbarn erfuhren davon, alle Angestellten vom *Pearl Cinema*. Ich entdecke bei mir eine seltsame Heiterkeit, aber ich kann nicht sagen, daß ich zufrieden bin; ich kann nichts sagen.

Niemand schreibt mir. Meinen Brief an Miss Roth bekam ich ungeöffnet zurück. Ich verstehe es und ärgere mich nicht darüber. Der Gedanke an mich, an die Mittelmäßigkeit des Aktes und an das Leben, das ich zu erwarten hatte, mußte Miss Roth wohl den Atem verschlagen haben.

Ich gehe oft allein am Strand spazieren. Es ist derselbe Strand, an derselben frischen burmesischen Küste. Ich fühle mich den warmherzigen und klugen Burmesen sehr nahe. Noch vor kurzem hatten mir die burmesischen Statuetten gefallen.

Rangoon, im August. Isabelle verbringt die ganze Zeit zu Hause. Sie ist mager, gelb und häßlich geworden. Wenn ich in meiner Galakleidung vom *Pearl* zurückkehre, finde ich sie im Monsun-Dunst des Zimmers auf dem Bett dösend und seufzend vor. Sie ist derart entstellt – mit geschwollenem Bauch und einem winzigen Körper –, daß ich mich frage, wie sie meine Frau werden konnte. Ich ertappe mich dabei, daß ich sie hasse. Und ich weiß auch, daß sie mich haßt, seit langem haßt, und daß sie mir unsere Heirat nie verzeihen wird.

Ich weiß, warum ich diesen Schritt getan habe: um das Geheimnis zu verstehen, um zu erfahren, warum Isabelle sich dem Soldaten hingab, nachdem sie mich abgewiesen hatte. Alles, was ich einst geglaubt hatte, war Lüge oder Einbildung. Die Wahrheit ist nur diese: zu erfahren, zu erfahren. Ich bin besessen von der Lust nach Erkenntnis. Warum ist Isabelle gefallen? Ich nenne sie nicht mehr meine Frau, weil sie es nie war. Isabelle zeigte jedesmal, wenn ich mich ihr näherte, eine derartige Angst, daß unsere Ehe nur auf dem Papier besteht. Wir schlafen im selben Raum, weil Isabelle nicht schamhaft ist, aber ich habe sie niemals geküßt, niemals umarmt. Ihre Haut, ihr Fleisch, ihr Atem, ihre Nasenflügel können mich nicht ausstehen. Bei der geringsten Berührung, die versucht, eine Liebkosung zu sein, schaudert es sie eisig.

Und trotzdem, warum ist Isabelle gefallen? Ich quäle sie mit Fragen und Anspielungen, indem ich sie an die Tat des Soldaten erinnere. Manchmal bin ich gelassen, und meine Fragen verbrennen sie regelrecht. Ein anderes Mal sind meine Worte zornig, wild und schmutzig. Sie schweigt, leidet, weint. Selten betet sie. Ich glaube, daß sie den Fräulein Irving ihre Qualen gestanden hat, weil Loveday mich streng gerügt und mir gedroht hat.

Ich unterbreche diese Aufzeichnung. Heute muß ich früher zum *Pearl* gehen, weil der Film lang und der Patron unerbittlich ist.

»Sag mir, Isabelle, dir gefällt doch das Wilde?... War ich etwa in jener Nacht im *Bristol* nicht wild? Sag, Isabelle, sag es mir!«

»Doktor...«

»Komm, komm, nenn mich jetzt beim Namen. Versuch es. Kennst du meinen Namen? Es ist ein schöner Name, Isabelle, er ist aus meinem Land. Kennst du ihn? ... Es ist dumm, ständig zu schweigen, Isabelle...«

»Doktor, hör auf, ich bitte dich...«

»Komm schon, lächle auch für mich, Isabelle. Du hast nur ein einziges Mal gelächelt, für Algie. Du hast mir nicht gedankt. Und trotzdem, aus deinem Doktor ist jetzt nicht mehr geworden als ein *Tapeur* im *Pearl Ci-*

nema, und sag, Isabelle, habe ich all dies nicht für dich getan...?«

»Ja, ja, für mich hast du all das gemacht. Aber warum? Du beleidigst mich, du demütigst mich, du quälst mich, Doktor. Warum hast du all das getan, wenn *du doch weißt*...?«

»Ich weiß nichts, ich weiß nichts. Ich warte darauf, daß du es mir sagst; wie lang soll ich dich noch darum bitten...?«

Isabelle fing an zu weinen. Tränen flossen ihre blassen, hohlen Wangen hinab. Der kleine, entstellte Körper bebte unter ihren Seufzern. Ich setzte mich auf den Bettrand und versuchte, sie zu trösten. Ich war ruhig; das Schauspiel ließ mich kalt. Ich war wie versteinert: Ich wollte es wissen, ich kann gar nicht beschreiben, wie *sehr* ich es *wissen* wollte.

»Sag es, Isabelle, Isabelle... Sag es...«

»Verzeih mir... Hör auf damit... Ich bitte dich, ich bitte dich...«

Auch heute, auch morgen, auch die nächsten zehn Tage: Ich bitte sie, sie bittet mich. Und zwischen uns bleibt jener Akt bestehen, und wegen ihm werden wir uns hassen, werden wir uns hassen.

Warum habe ich geschrieben? Warum habe ich all dies geschrieben?

Jemand brachte mir die Nachricht, daß Isabelle mich ruft. Ich schickte den Arzt. Ich konnte das Kino nicht verlassen. Ich habe verwirrt die Egmont-Ouvertüre wiederholt, weil der Film eine dumme Belagerung im Frankreich zur Zeit der Renaissance zeigte. Ich zitterte, ohne zu verstehen, warum. Sobald er zu Ende war, eilte ich nach Hause. Die Fräulein Irving waren schon eine

Stunde vorher da. Ein französischer Arzt, zwei Krankenschwestern, die Hausherrin und eine alte burmesische Bedienstete. Isabelle rief mich, aber der Arzt erlaubte mir nicht, den Raum zu betreten.

Wie lange ich mich – verstört und um Jahre gealtert – im Nebenzimmer aufhielt, daran erinnere ich mich nicht mehr. Gegen Morgen hörte ich Stimmen: »Ein Junge!« Und auch ich wiederholte das Wort, ohne es zu verstehen.

Heute mittag empfing mich der Arzt im Zimmer, und Isabelle erkannte mich und lächelte mir zu.

»Doktor...«

Sie war so geschwächt, daß ich mich tief über das Bett beugen mußte, um sie verstehen zu können. Ich zitterte. Sie war ruhig, heiter und zufrieden.

»Doktor, weißt du, warum ich ihn bekommen habe?«

»Isabelle, ich bitte dich...«

»Jetzt kann ich es dir sagen... *Dir habe ich mich damals hingegeben*... Seit jener Nacht habe ich mich verändert... Ich weiß nicht, wie ich es dir sagen soll. Ich war so erschüttert, so verwandelt, nachdem du versucht hattest... Jeglicher Widerstand hatte sich aufgelöst... Du wolltest nicht an mich denken... Und ich war schwach, schwach... Und das gefiel mir... Algie, und jeder andere... Aber du, nur du warst schuld daran...«

Nach einer kurzen Pause, in der ich blitzartig die Wahrheit erkannte, fuhr sie von neuem fort:

»Es tut mir leid, daß du auf mich wütend warst. Aber wie hätte ich dir sagen können, daß du mir gefielst. Und du hättest mir nicht geglaubt. Aber jetzt kann ich dir alles sagen... Verstehe mich...«

Isabelle ist heute, gegen Abend gestorben. Sie starb, während ich weinte, betete und um Verzeihung bat. Sie hat mir verziehen. Danach starb sie in Frieden, indem sie nach ihrer Mutter rief.

Ich verstehe mich nicht; ich schreibe hier, *jetzt*. Aber auch ich bin ruhig und zufrieden. Ich weiß, was ich zu tun habe. Ich werde diese Seiten als unvorhergesehenes Postskriptum an Mihail schicken. Danach wird keiner mehr dort etwas von mir erfahren. Jetzt habe ich einen Grund, für den es sich zu leben lohnt: meinen Sohn.

All Seine Schlingen, alle Versuchungen haben sich aufgelöst. Der Teufel kann seinen Schatten nie mehr nach mir werfen. Weil ich Frucht getragen habe. Ein Sohn wurde geboren, er ist am Leben, am Leben! Und er ist mein... Ich bin nicht länger unfruchtbar, nicht länger verflucht, weil eine Jungfrau sich meiner erbarmt hat. Mein Kind wurde von einer Jungfrau geboren. Wie lebendig es ist, wie lebendig... Und wie stark fühle ich doch, daß es *meines* ist!«

– Ende –

Anmerkungen des Übersetzers

7, *Port Said*: Ägyptische Hafenstadt am N-Ende des Suez-kanals.

8: Roland Maurice Dorgelès, eigentlich R. Lécavelé, 1885-1973, französischer Schriftsteller, schrieb reportagehafte (Anti-)Kriegsromane, u.a. »Die hölzernen Kreuze«, Erinnerungen »Geschichten vom Montmartre« und Bohemeromane.

8, *Piräus*: Griechische Hafenstadt am Saronischen Golf.

9, Tinereţe fără de bătrîneţe şi viaţă fără de moarte: »Ewige Jugend« – wörtlich »Jugend ohne Alter und Leben ohne Tod« lautet der Titel eines rumänischen Märchens.

16: Annam, Landschaft an der Ostküste Hinterindiens, zwischen dem Delta des Roten Flusses und dem Mekongdelta, heute ein Teil Vietnams.

17, *Nilgir's Hills*: »Blaue Berge«, Gebirgsstock im südwestlichen Vorderindien mit Wald, Tee- und Kaffeepflanzungen.

21, *Kasuistik*: Teil der Sittenlehre, der für mögliche Fälle des praktischen Lebens im voraus an Hand eines Systems von Geboten das rechte Verhalten bestimmt.

27: James Fergusson, britischer Altertumsforscher, 1808-1886, bereiste den Orient und schrieb Werke zur altindischen, orientalischen und hellenischen Architektur, vor allem über Höhlentempel.

28, *Siam*: Früherer Name von Thailand.

35, *Lhasa*: Tibetisch, wörtlich »Ort der Götter«, Hauptstadt von Tibet.

35, *Simla*: Hauptstadt von Himatschal Pradesch, ehemalige Sommerresidenz des britischen Vizekönigs in Indien, im Himalaja.

36, *Urdu*: Staatssprache in Pakistan, bildet mit dem Hindi, der Staatssprache Indiens, die Sprachgruppe des Hindustani, dem Hindi fast gleich, nur arabische Schreibweise.

41: Paul Natorp, 1854-1924, deutscher Philosoph, Hauptvertreter der Marburger Schule des Neukantianismus, suchte nach einer »panmethodischen« Grundlage der Wissenschaft.

50: Arthur Conan Doyle, englischer Schriftsteller, 1859-1930, begründete durch seine Sherlock-Holmes-Geschichten die Mode der Amateurdetektivromane.

50: Edgar Wallace, 1875-1932, englischer Schriftsteller zahlreicher spannender Kriminalromane, u.a. »Der Hexer«.

54, *The man who knew too much*: »Der Mann, der zuviel wußte«, Originalsujet von Charles Bennett und D.B. Wyndham-Lewis, 1934 und 1955 von Alfred Hitchcock verfilmt.

82: John Galsworthy, 1867-1933, englischer Schriftsteller gesellschaftskritischer Romane, Novellen und Dramen aus der viktorianischen Zeit, u.a. »Die Forsyte Saga«, 1932 Nobelpreis.

82: Robert Browning, 1812-1889, englischer Dichter psychologisierender Werke.

91, *Punjab*: Englisch für Pandschab, vom Indus und seinen Nebenflüssen durchströmte Landschaft im NW Vorderindiens.

99, *Rawalpindi*: Pakistanische Hauptstadt im Pandschab.

100, *Prokrustes*: Eigentlich »Damastes«, Gestalt der griechischen Mythologie, ein riesiger Unhold und Wegelagerer, der allen Wanderern die Glieder lang streckte oder sie verstümmelte, bis sie in sein kurzes oder sein langes Bett paßten.

113, *Gari*: Indischer Kutschwagen.

114, *Bikaneer*: Hauptstadt des seit 1949 zu Radschastan gehörenden indischen Fürstenstaates.

116, *Canton*: Stadt im Süden Chinas, im Deltagebiet des Perlflusses.

118: Ludwig Binswanger, 1881-1966, schweizer Psychiater, Begründer der tiefenpsychologischen Daseinsanalyse.

122: Helena Petrowna Blavatsky, 1831-1891, russische Gründerin der Theosophischen Gesellschaft.

122: Annie Besant, 1847-1933, englische Theosophin, Feministin und Sozialistin.

123, *Ming-Ti*: Chinesischer Kaiser der Han-Dynastie, der maßgeblich an der Verbreitung des Buddhismus in China beteiligt gewesen sein soll.

123, *Gupta-Dynastie*: Dynastie von Königen, die in Magadha regierten und unter deren Herrschaft, 350-650 n.Chr., zahlreiche Tempel gebaut wurden.

129: Robert Louis Stevenson, 1850-1894, schottischer Schriftsteller neuromantisch-exotischer Romane und Erzählungen: »Die Schatzinsel«; »Der seltsame Fall des Doktor Jekyll und des Herrn Hyde«; »Das Flaschenteufelchen«.

131, *Shiva*: Sanskrit, wörtlich »der Gütige, der Freundliche«, neben Brahma und Vishnu die dritte Gottheit in der Hindu-Trinität, der Gott der Auflösung und Zerstörung.

133, *Valparaiso*: Chilenische Provinzhauptstadt, wichtigster Hafen des Landes.

134, *Naga*: Sanskrit, wörtlich »Schlange«, zumeist ein mystisches, halbgöttliches Wesen mit einem menschlichen Gesicht, dem Schwanz einer Schlange und dem gespreizten Nacken der Kobra.

134, *Durga*: Sanskrit, wörtlich »die Unergründliche«, einer der ältesten und am häufigsten gebrauchten Namen für die Göttliche Mutter, die Gemahlin Shivas.

134, *Puri*: Indische Stadt im Süden des Mahanadi-Deltas, berühmter Wallfahrtsort der Hindus.

134, *Orissa*: Staat in Indien, am Golf von Bengalen.

134: Apsara, sanskrit, wörtlich »sich im Wasser bewegend«, die Apsaras sind gefeierte Nymphen im Himmel Indras.

134, *Vina*: Altindisches, bereits in den Veden erwähntes Saiteninstrument, eine Art Röhrenzither.

134, *Kali*: Sanskrit, wörtlich »die Schwarze«, hinduistische Göttin und grimmige Gemahlin Shivas.

135, *Jaipur*: Hauptstadt des indischen Staates Radschastan.

135, *Malabar*: »Pfefferküste«, Südwestküste Vorderindiens.

139, *Fräulein Julie*: Theaterstück von August Strindberg, 1849-1912, bedeutendster schwedischer Dramatiker.

139, *The Golden Bough*: Der goldene Zweig, religionswissenschaftliches Hauptwerk von Sir James George Frazer, 1854-1941.

141, *Volte-face*: Französisch »Kehrtwendung, Meinungsumschwung«.

143, *Laudes*: Volkstümlich-religiöse Liedersammlung des italienischen Dichters und Franziskaners Jacopone da Todi, um 1230-1306.

143: Gilbert Keith Chesterton, 1874-1936, englischer Schriftsteller mit katholischer Einstellung: »Das Geheimnis des Pater Brown«.

143: John Milton, 1608-1674, englischer Dichter: »Paradise Lost«.

144: Uma, hinduistischer Name für die Gattin Shivas, Symbol für den höchsten Gipfel des Seins, die höchste Kraft des Einen, das Göttliche in seiner höchsten Manifestation.

144, *Amritsar*: Stadt im indischen Staat Pandschab.

144, *Travancore*: Ehemaliger indischer Staat an der Südwestküste Vorderindiens.

146: Hermann Graf Keyserling, 1880-1946, deutscher Philosoph und Religionspsychologe, der 1920 eine »Schule der Weisheit« gründete.

146, *Keyserling*: Thomas Edward, genannt Lawrence von Arabien, 1888-1935, britischer Archäologe und Schriftsteller.

147, *Ramprasad Sen*: Einer der bedeutendsten bengalischen Heiligen und Dichter des 18. Jahrhunderts, ein Verehrer der Göttlichen Mutter Kali.

148, *Tang-Dynastie*: Kulturell glanzvolle Dynastie Chinas, 618-907.

151, *Yang-Chu*: Taoistischer Philosoph, 4.-3. Jahrhundert v. Chr., dessen Grundlehren als extrem egoistisch oder hedonistisch eingestuft werden.

152, *Sir Aurel Stein*: Englischer Archäologe und Forschungsreisender in Asien, 1862-1943.

143, *Turfan*: Oasenstadt in Chinesisch-Turkestan.

155, *Jouissance*: Französisch, Genuß, von »jouir« = genießen.

155: Katsushika Hokusei, japanischer Maler und Holzschnittmeister, 1760-1849, von großem Einfluß auf die europäische Kunst, vgl. die 36 Ansichten des Fuji-san.

155: Henri Bergson, 1859-1941, französischer Philosoph, Vertreter einer spiritualistischen, in der Tradition der Mystik stehenden Lebensphilosophie.

155, *Je-m'en-fiche*: Französisch, »se ficher de« = sich nichts daraus machen.

156: Gabriele d'Annunzio, 1863-1938, italienischer Schriftsteller, Hauptvertreter der Neuromantik und Dekadenzdichtung.

160, *Madura*: Stadt im Süden des indischen Staates Madras.

160, *Colombo*: Hauptstadt von Ceylon, an der Westküste der Insel.

170, *Puja*: Sanskrit, wörtlich »Verehrung, Zeremonie«, ritueller, hinduistisch-buddhistischer Gottesdienst.

170, *Parsisch*: Der Parsismus ist die von Zarathustra gestiftete altpersische Religion, besonders in ihrer heutigen indischen Form.

173, *Tapeur*: Französisch, Klavierklimperer.

176, *Finlandia*: Sinfonische Dichtung des bedeutendsten finnischen Komponisten Jean Sibelius, 1865-1957.

195, *Kantonnement*: Truppenunterkunft.

206, *Chittagong*: Hafenstadt in Ostbengalen (Ostpakistan).

209, *Rangoon*: Rangun (Yangon), Hauptstadt von Birma, am O-Rand des Irawadi-Deltas.

Inhalt